오래된
책이
말을걸다

어느 날 갑자기 어른이 된 당신에게

오래된
책이
말을걸다

남미영 지음

예담

내 가슴을 뛰게 했던 문장들

워킹맘으로 살고 있던 40대의 어느 날, 점심 후 커피 한 잔을 들고 5층 창가에 서서 문득 만나게 되었습니다. 어느 날 갑자기 어른이 되어 있는 초라한 내 모습을. 크고 작은 좌절을 겪노라 빛을 잃어버린 눈빛, 누군가를 기다리는 모딜리아니의 여인처럼 왼쪽으로 갸우뚱하게 기울어진 고개…. 마른 수수깡처럼 가벼운 내 영혼이 거기 있었습니다.

그날의 충격은 저를 두고두고 슬프게 했지만 꿈 하나를 꾸게 해주었습니다. 언젠가 시간이 많아지면 그동안 읽었던 책들, 이래저래 읽지 못하고 미뤄두었던 책들을 실컷 읽어보겠다는 꿈. 그러면 이 허전하고 시린 가슴이 다시 뛰지 않을까?

그리고 20년이 흐른 후, 워킹맘을 졸업한 저는 비로소 책의 바다에 뛰어들어 꿈의 항해를 시작했습니다. 어린 시절에 읽었던 동화책과 청춘의 길목에서 만났던 책들, 30~40대의 고단했던 인생행로에 등불이 되어주었던 책들, 미루고 미루다가 읽지 못하고 지나친 책들…. 그런 책들을 몽땅 모아놓고 다시 읽으며 행복과 회한을 동시에 경험했습니다. 타임머신을 타고 과거로 돌아간 여인은 젊고 싱싱했던 자신을 만나서 행복했지만, 온전한 자신을 찾지 못한 채 허둥지둥 살아온 세월이 부끄러웠습니다.

나이 들어 다시 읽은 책들은 예전의 그 책이 아니었습니다. 한 번 뜯어먹은 대에서 새잎이 계속 돋아 오르던 텃밭의 상추처럼, 그때는 보이지 않던 새 의미들이 보였습니다. 다시 읽지 않았으면 영원히 놓치고 말았을 문장들, 그 의미가 너무나 아름다워서 책을 썼습니다.

이 책은 그렇게 명작의 바다를 항해하다가 얻게 된 두 번째 책입니다. 2014년, 명작에 나타난 사랑의 의미만을 골라 《사랑의 역사》라는 이름으로 묶어 여러분에게 보냈습니다. 그리고 이번에는 지난날의 저처럼, 어느 날 갑자기 어른이 된 자신의 가벼운 영혼 앞에서 당황해하고 있을 오늘의 젊은이들에게 이 책을 보냅니다.

우리 삶에는 몇 가지 행복이 있습니다. 의식주를 통하여 얻게 되는 일상의 행복, 인간과 인간의 만남을 통하여 얻는 관계의 행복, 홀홀 떠난 여행에서 얻을 수 있는 자유의 행복 그리고 책으로부터 얻는 독자의 행복이지요. 안데르센의 《미운 오리 새끼》, 몽고메리의 《빨강 머리 앤》을 만나지 못했다면 우리의 유년은 얼마나 지루했을까요? 위고의 《레미제라블》과 헤세의 《데미안》이 없었다면 우리의 청소년기는 얼마나 초라했을까요? 《크로이체르 소나타》《이성과 감성》《박씨전》《아Q정전》《하워즈 엔드》《댈러웨이 부인》《변신》과 같은 책을 만나지 못했다면 우리는 지금 얼마나 편협하고 좁은 사고의 틀에 갇혀 살고 있을까요?

정도의 차이는 있지만 여성의 삶은 비슷합니다, 누군가의 딸로 태어나서 누군가의 친구가 되고, 애인이 되고, 누군가의 아내가 되었다가, 어머니가 되고 할머니가 됩니다. 고전이 된 명작 속에는 이런 여자의 인생 고비마다에서 기대고 위로받을 수 있는 단단한 진실이 담겨 있습니다.

스티브 잡스는 생전에 '소크라테스와 반나절만 같이 있을 수 있다면 애플의 모든 기술을 넘겨줄 수 있다'고 말하곤 했습니다. 여러분은 이 책을 읽는 동안 톨스토이, 헤세, 발자크, 카프카, 제인 오스틴, 루쉰, 버지니아 울프 등 위대한 작가들과 몇 날 며칠 동안 대화를 나누고 있는 자신을 발견하게 될 것입니다.

위대한 책은 독자에게 질문을 던집니다. 책이 던진 질문의 답을 마련하는 동안 여러분은 작가와 대등한 위치에 서게 됩니다. 작가는 책을 쓰지만 의미를 찾아내는 이는 독자입니다. 그러니까 독자란 그 책을 완성하는 최후의 작가입니다.

이 책을 읽는 동안 여러분은 위대한 작가들로부터 수많은 질문을 받고 또 답을 준비하게 될 것입니다. 당신이 한 권의 책이라면 당신의 제목은 무엇일까요? 인생이라는 생방송에서 당신은 어떤 피디인가요? 인생이라는 무대에서 막춤을 추며 관객의 눈살을 찌푸리게 하지는 않았나요? 60억 인구 앞에서 당신은 어떤 클로징 멘트를 하게 될까요?

사막의 유목민은 지치지 않아도 가던 길을 멈춘다고 합니다. 너무 빨리 걸으면 정신이 미처 따라오지 못할까 봐 정신과 함께 가기 위해서이지요. 정신이 따라오지 못하는 시간은 짐승의 시간입니다.

사색의 작가 헤세도 때때로 자신을 향하여 '품위 있는 인간이란 자신의 영혼에게 점잖게 타이를 수 있는 사람'이라고 말해주곤 했답니다. 살아가면서 사색의 시간이 필요할 때마다 이 책을 펴고 동서양의 위대한 작가들의 목소리를 들어보세요. 그러면 비 오는 날 나무처럼 성성해지는 자신을 느끼게 될 것입니다.

　세월을 알차게 보낸 남자는 나이만 드는 게 아니라 멋이 들더군요. 시간을 알차게 보낸 여자도 나이만 드는 게 아니라 아름다움이 깃듭니다. 우리는 누구나 멋있고 아름다운 사람으로 기억되고 싶습니다. 누군들 찌질하고 추한 사람으로 기억되고 싶겠습니까. 행복이란 미래 어딘가에 있어서 우리가 찾아가는 공간이 아닙니다. 오늘을 잘 살면 자연스레 다가오는 기쁨의 시간입니다.

　10대와 20대에 읽는 책이 길 떠나기 전에 먹는 아침이라면, 30~40대에 읽는 책은 길 위에서 먹는 점심입니다. 그리고 50~60대에 읽는 책은 하루의 삶을 돌아보며 먹는 조용한 저녁입니다.

　젊은 날에 읽어보았다면 좋았을 명작들, 그러나 읽지 못하고 지나온 책들, 이제는 고전이 되어 모퉁이 길목에서 우리를 기다리고 있는 책들…. 그 책들이 일깨워주는 청량한 언어와 뜨거운 문장을 여러분에게 바칩니다. 명작의 바다에 오신 당신을 환영합니다.

봄이 오는 발자국 소리가 들리는 수지 집필실에서

남미영

차례

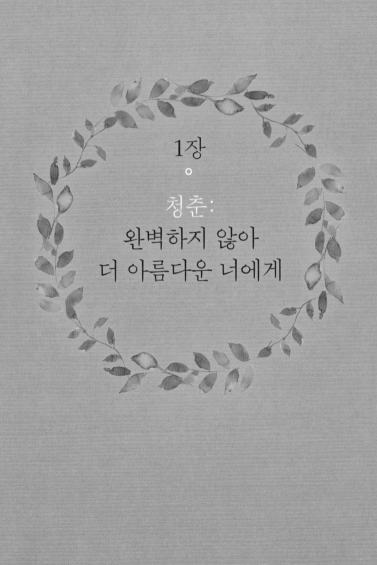

1장

청춘:
완벽하지 않아
더 아름다운 너에게

○

예측할 수 없어서
더 재미있는 인생

루시 모드 몽고메리의 《빨강 머리 앤》

내가 《오래된 책이 말을 걸다》라는 책을 쓰고 있다고 하자 독서교육전문가 이가령 교수가 말했다.

"그럼 《빨강 머리 앤》도 들어가겠네요?"

'빨강 머리 앤'이라고 발음할 때, 50대 중반 그녀의 목소리가 갑자기 10대 소녀처럼 통통 튀었다.

그녀뿐이랴. 수많은 여성들이 자신을 키워준 책으로 《빨강 머리 앤》을 꼽는다. 캐나다의 '빨강 머리 앤 클럽'에는 수십만 회원이 있고, 그들은 10년마다 큰 행사를 벌인다. 우리나라 소설가 백영옥 씨는 '빨강 머리 앤'과의 추억을 에세이로 썼고, 일본의 마쓰모토 유코는 《빨강 머리 앤》의 실제 무대인 캐나

다의 '프린스에드워드 섬'에 관한 기행 에세이를 썼다. 우리나라 제주도 우도에는 '빨강 머리 앤의 집'이라는 경양식 집 겸 앤 전시관이 있고, 일본에는 앤의 고향을 찾는 패키지여행 상품도 있다고 한다. 루시 모드 몽고메리Lucy Maud Montgomery의 《빨강 머리 앤》이 태어난 지 100년이 넘었지만 아직도 세계 곳곳에서 앤을 사랑하는 사람들이 다양한 방법으로 그녀를 그리워하고 있다.

나도 《빨강 머리 앤》에 푹 빠진 아이였다. 나도 앤처럼 외모 콤플렉스가 있었기 때문이다. 초등학교 3학년 때 우리 집에 오신 외할머니가 나를 턱으로 가리키며 말했다.

"저 애는 왜 저리 못생겼냐? 얼굴은 말상에, 턱은 도라지 캐는 꼬챙이같이 뾰족하고, 이마는 짱구에, 코는 양놈처럼 삐죽하고, 귀는 칼귀에, 인중마저 짧네. 에고… 쓸 곳이 하나도 없구나."

"못 먹여서 그래요. 살이 오르면 좀 나아질 거예요."

"나아지긴 뭐가 나아져. 저렇게 복 없이 생겼으니 지 애비가 빨갱이한테 붙잡혀 갔지."

외할머니는 부잣집에서 고이 자란 딸이 전쟁에 남편을 잃고, 입에 풀칠도 못하며 사는 것에 심사가 뒤틀리신 건지 걸핏하면 우리 집 식구들에게 험담을 날렸다. 그중에서도 어린 외손녀가 제일 만만했던지, 선생이었던 사위가 6·25 전쟁 중에 실종된 것이 다 '못생긴 외손녀 때문'이라는 이상한 논리를 펼치곤 했다.

외할머니의 말은 어린 나에게 깊은 상처를 남겼다. 세상에서 가장 못생긴 아이라는 자괴감에 나는 침울한 아이가 되었다. '우수우수'가 있던 성적표는 '미양미양'으로 바뀌었다.

그렇게 방황하던 나를 구해준 것은 책이었다. 특히 《미운 오리 새끼》와 《빨강 머리 앤》은 나를 나락에서 건져 올려준 책이다. 초등학교 3학년 때 만난 안데르센의 《미운 오리 새끼》는 못생겨서 슬퍼하고 있는 나에게 '괜찮아. 괜찮아. 너도 백조가 될 수 있어'라고 속삭여주었다. 그 위로가 어찌나 달콤하고 포근했던지, 나는 책이 주는 위로를 찾아 이 책에서 저 책으로 날아다녔다.

밥 먹는 것보다 책 읽기를 좋아하던 열두 살에는 동갑내기 '빨강 머리 앤'을 만났다. '앤'은 그때부터 구체적이고 실질적인 인생의 길을 함께 걷는 친구가 되었다. 앤이 작가가 되고 싶어 했을 때 나도 작가의 꿈을 꾸었고, 앤이 교사가 되고 싶어 했을 때 나도 교사의 꿈을 꾸었다. 앤이 이름 뒤에 'e'를 붙여 'anne'이라고 쓰자 나는 나의 성 'nam'에 'h'를 붙여 'nahm'이라고 쓰기도 했다. 그러면서 앤의 수다 속에 들어 있는 빛나는 대사들을 기억했다가 배우처럼 읊조렸다.

  행정 실수로 초록 지붕 집에 잘못 입양된 고아 소녀 앤 셜리. 예쁘지도 않고, 주근깨투성이인 얼굴에, 뻣뻣한 빨간 머리칼 때문에 행복하지 않은 여자아이. 농장 일을 도와줄 남자아이가 아니기에 언제 다시 고아원으로 돌려보내질지 모르는 열두 살 소녀. 그러나 앤은 곧 매슈 아저씨와 마릴라 아줌마를 사로잡고 만다.

  "데리러 오지 않으시면 어쩌나 막 생각하고 있었어요. 만약에 못 오시면 저 벚꽃나무에 올라가 밤을 보내면 참 멋질 거라고 상상하고 있었어요."

  "알아낼 것이 많다는 건 좋은 일 같아요. 이것저것 다 알면 무슨 재미가 있겠어요? 그럼 상상할 일도 없잖아요?"

  "마릴라 아줌마, 내일은 아직 어떤 실수도 저지르지 않은 새로운 하루라고 생각하면 기쁘지 않아요?"

  "전요, 뭔가를 기다리는 것에 그 즐거움의 절반은 있다고 생각해요. 그 즐거움이 일어나지 않는다고 해도 기다리는 동안의 기쁨이란 틀림없이 나만의 것이니까요."

앤의 이런 대사들은 가난과 외모 콤플렉스로 주눅 들어 있던 나에게 새로운 세상으로 통하는 창문을 열어주었다. 앤의 말을 입술에 올리면 가슴이 기쁨으로 저려왔다. 그녀의 멋진 대사들은 어둠 속을 헤매던 나에게 한 줄기 빛이었다. 소녀 시절 내내 나는 빨강 머리 앤을 졸졸 따라하며 사는 법을 배웠다.

앤은 화가 나면 참지 않고 저항하는 아이였다. 앤은 '삐쩍 마른 말라깽이에 얼굴은 못생겼고, 거기에 주근깨투성인데다가 머리까지 빨갛다'고 흉보는 린드 부인 앞에서 기죽지도, 울지도 않고 또박또박 대든다.

"아줌마처럼 야비하고, 무례하고, 인정머리 없는 사람은 본 적이 없어요. 만일 아줌마에게 너무너무 뚱뚱해서 볼품없고, 상상력이란 한 조각도 없어 보인다고 하면 마음이 어떻겠냐고요!"

그 장면이 어찌나 통쾌하던지 나는 눈물까지 찔끔 짜며 읽고 또 읽었다.

"엘리자가 말했어요! 세상은 생각대로 되지 않는다고. 하지만 생각대로 되지 않는다는 건 정말 멋져요. 생각지도 못했던 일이 일어나는 거잖아요?"

"그렇지만 마릴라 아줌마. 이렇게 재미있는 세상에 살면서 언제까지나 슬퍼할 수는 없잖아요?"

"린드 아줌마는 '아무것도 기대하지 않는 사람은 아무런 실망도 하지 않으니 다행'이라고 말씀하셨어요. 하지만 저는 실망하는 것보다 아무것도 기대하지 않는 게 더 나쁘다고 생각해요."

앤의 이러한 무한 긍정은 매슈 아저씨와 마릴라 아줌마뿐 아니라 친구들과 주위 사람들을 행복하게 만든다. 앤을 만나는 사람들은 모두 그녀의 행복 바이러스에 전염되어 행복해진다.

앤은 그렇게 자라 열여섯 처녀가 되고 교사 자격증을 받는다. 그러나 세상에는 행복이 있으면 불행도 따라오는 법. 매슈 아저씨가 투자한 증권이 폭락하자, 아저씨는 심장마비로 쓰러진다. 그리고 마릴라 아줌마가 차츰 시력을 잃어가자 앤은 결심한다. 더 넓은 세계로 나가 공부할 수 있는 기회를 포기하고 마을 학교의 교사로 남아 마릴라 아줌마를 돌보며 살겠다고.
"이 세상은 남의 고통을 분담하며 서로 돕고 사는 거란 이야기를 들었어요. 저는 지금까지 매슈 아저씨와 마릴라 아줌마 덕분에 편하게 자라왔어요. 이제 드디어 제 순서가 온 것 같아요."
못생긴 고아 소녀를 이렇게 반듯하고 아름다운 여인으로 만든 힘은 무엇일까? 나는 대학을 졸업하고 나서야 그것이 상상력의 힘이라는 것을 알게 되었다.

20대에 새싹회에서 윤석중 선생님의 비서로 1년 정도 일한 적이 있다. 그때 어느 날 선생님께 물어보았다.

"선생님은 어머니의 사랑을 듬뿍 받고 자라신 것 같아요. 자장가와 어머니에 대한 시가 많은 걸 보면요."

그러자 선생님이 손을 내저으셨다.

"아니야. 난 엄마에 대한 기억이 없어. 내가 세 살 때 돌아가셨거든."

"어머, 그런데 어떻게 그런 시를 지으셨어요?"

"아, 그거… 어릴 때 친구들이 엄마에게 '엄마' '엄마' 하며 응석 부리는 걸 볼 때마다 얼마나 부럽던지…. 그래서 나는 상상 속에 엄마를 만들어 이야기를 하고, 자장가를 듣곤 했던 거야."

엄마 없는 윤석중이 '자장가'를 만들고, 고향 잃은 정지용이 〈향수〉를 짓고, 조국 잃은 윤동주가 〈서시〉를 쓴 것은 모두 상상력의 힘이었다. 하룻밤 자고 다시 고아원으로 돌아가야 할 상황에서 앤은 이름을 묻는 마릴라 아줌마에게 말한다.

"코델리아라고 불러주실래요? 제 진짜 이름은 아니지만 코델리아라고 불러주셨음 좋겠어요. 정말이지 완벽하고 우아한 이름이잖아요."

앤은 가장 불행한 순간에도 행복을 상상하는 아이였다. 만약에 앤이 행복한 소녀였다면, 그녀는 상상력이 필요 없는 평범한 소녀가 됐을지도 모른다.

"이 방에 있는 가구들은 너무 화려해서 상상할 게 없어. 이럴 땐 가난한 것도 위안이 되네. 가난한 사람들은 상상할 것이 더 많으니까."

멋진 가구들로 꽉 찬, 조제핀 베리 할머니네 응접실에서 앤은 친구 다이애나에게 이렇게 속삭인다. 이 작은 소녀는 결핍이 상상력의 어머니라는 것을 알고 있었던 것이다.

"인간은 자기가 상상한 모습대로 되고, 인간은 자기가 상상한 바로 그 사람이다."

스위스 출신의 의사이자 연금술사 파라켈수스가 한 말이다. '상상력은 자신을 금으로 만드는 능력'이라고 이 연금술사는 말한다.

적당한 결핍은 쾌락을 증폭시킨다. 꿀을 좋아하는 '곰돌이 푸우'에게 가장 행복한 시간은 꿀을 먹는 시간이 아니었다. 꽃이 피는 시간, 벌들이 붕붕거리며 꽃가루를 나르는 시간, 꿀 먹는 것을 상상하며 기다리는 시간이었다.

《미움받을 용기》의 저자 기시미 이치로는 말한다.

"행복은 환경의 문제가 아니라 용기의 문제이다."

세상이 불공평하다고 분노하고 있는가. 흙 수저로 태어났다고 절망하고 있는가. 나는 왜 송혜교처럼 예쁘지 않고, 내 남편은 왜 재벌이 아니냐고 불평하고 있는가. 결혼 생활이 권태로운가. 사랑하는 사람이 떠났는가. 그럴 때면 앤처럼 행복의 장소를 창조하고 자신을 초대해보는 것도 좋은 방법일 것이다.

독서치료 전문가 조셉 골드도 그의 책 《비블리오테라피》에서 "몽고메리의 《빨강 머리 앤》은 아주 다양하고 놀라운 방식으로 여성 독자들에게 생존 방법을 알려주고 있다"고 말한다.

"똑똑한 여자는 가슴 뛰는 삶을 포기하지 않아요. 상상력만 있으면 이미 절반의 행복은 얻은 거나 마찬가지가 아니겠어요?"

지금 빨강 머리 앤이 우리에게 속삭이고 있다.

○

남자는
여자의 미래인가

안톤 체호프의 《약혼녀》

여자는 남자의 미래다

여자는 남자의 영혼을 장식하는 컬러 물감이다

여자는 남자를 활기 있게 해주는 떠들썩하고

우렁찬 소리이다

여자가 없으면 남자는 거칠어질 뿐

열매 없는 빈 나뭇가지이다

여자가 없으면 남자의 입에서는 거친 들바람이 나오고

그리하여 남자의 인생은 엉망으로 헝클어지고 황폐해져 (⋯)

_루이 아라공, 〈미래의 시時〉 중에서

여자만 남자의 미래일까? 남자도 여자의 미래이다. 매년 어디서나 남자와 여자는 각각 50퍼센트의 비율로 태어난다. 어느 시대, 어느 나라 법에도 성별 할당제는 없지만 그렇게 태어난다. 그것만 봐도 알 수 있다. 여자와 남자는 서로의 미래이고 운명이라는 것을.

남자와 여자가 서로의 미래라는 것은 통계 수치가 아닌 현실에서도 증명된다. 남자 잘못 만나 불행해진 여자가 얼마나 많고, 여자 잘못 만나 불행해진 남자들이 얼마나 많은가. 남자는 여자의 미래이며, 행복이며, 불행이다. 이렇게 여자의 운명을 틀어쥐고 있는 남자라는 족속을 어찌 요리해야 할지는 모든 여자의 평생 숙제이다. 그래서 벌거숭이 철학자 니체도 여자들에게 '남자를 사랑하려면 미리 도수 높은 안경을 준비하라'고 충고했다.

러시아의 작가 안톤 체호프Anton Pavlovich Chekhov가 1902년에 발표한《약혼녀》는 결혼을 기다리는 여자의 불안한 심리를 통해 '인생의 방향 바꾸기'에 대해 말하고 있다. 서른이라는 나이에 대해 최승자 시인은 "이렇게 살 수도 없고 이렇게 죽을 수도 없을 때 서른 살은 온다"고 썼고, 잉게보르크 바하만은 그의 소설《삼십 세》에서 "지금에야 자신이 함정에 빠져 있음을 깨닫고 있다"라고 썼다.

꼭 서른 살이 아니어도 우리는 살아가면서 그런 절박한 순간을 맞는다. 그 첫 번째 순간이 여자에게는 약혼 기간일 것이다. 인생이라는 망망한 바다 위에서 타고 있던 익숙한 배에서 내려 새로운 배를 갈아타야 하는 순간, 어찌 두렵지 않겠는가.

죽기 살기로 연애결혼을 하는 여자든 등 떠밀려 중매결혼을 하는 여자든 약혼녀가 되어보면 안다. 결혼을 기다리는 시간 동안 얼마나 불안해지는지. 체중은 줄고, 피부는 버석버석해지고, 감정은 예민해지고, 두통에 시달린다. 할머니와 어머니, 고모와 이모들은 '시집갈 색시는 원래 그런 법'이라며 웃지만 그녀들은 경험으로 알고 있다. 새로 갈아탈 배가 자신을 어디로 데려갈지 몰라 불안해하고 있다는 것을.

이 작품은 안톤 체호프의《개를 데리고 다니는 여자》《벚꽃 동산》《세 자매》와 함께 '인생의 방향 바꾸기'라는 주제를 다루고 있어 젊은 여성들이 한 번쯤 심각하게 자신의 삶을 돌아볼 기회를 준다.

나쟈. 그녀는 스물셋이었다. 그녀는 열여섯 살 때부터 결혼을 생각해오다가 마침내 지금 창가에 서 있는 청년 안드레이 안드레이치와 약혼하게 되었다. 나쟈는 안드레이가 마음에 들었다. 결혼식은 7월 7일로 결정되었다. 그러나 어찌된 셈인지 그녀는 기쁘지 않다. 나쟈는 밤에 잠을 이루지 못하고 자주 시름에 잠긴다.

소설 초입에 이렇게 소개되는 주인공 나쟈는 대지주인 외할머니와 그의 딸인 어머니와 함께 아름다운 저택에서 한가롭게 살고 있는 처녀이다. 일요일이면 교회에 가고, 파티에 나가 웃으면서 춤추고…. 이제는 목사의 아들과 약혼을 하고 결혼을 기다리고 있다. 그녀의 삶은 할머니와 어머니의 삶처럼 그렇게 흘러왔고 그렇게 흘러갈 것이다. 언젠가는 할머니의 재산을 물려받고 이 저택의 주인이 되어 하녀와 일꾼들을 거느리고 살게 될 것이다. 어머니를 보면 나쟈의 삶이 보였다.

마치 미술가나 배우처럼 곱슬머리에 풍채가 좋고 잘생긴 나쟈의 약혼자. 그는 10년 전에 대학 문과를 졸업했으나 직장에 취직도 안 하고 일정한 직업이란 것도 없이 이따금 자선 음악회에 출연할 뿐이어서 거리에서는 그를 음악가라고 불렀다. 안드레이는 말끝마다 자기 아버지인 안드레이치 목사를 존경한다고 말하곤 했다.

나쟈는 요즘 약혼자에게 막연한 회의를 느낀다. 그녀의 번민은 할머니의 먼 친척인 모스크바 대학생 사샤로부터 전염된

것인지도 모른다. 여름 방학을 시골에서 보내려고 오는 사샤는 이 집 세 여자의 삶이 아름답게 보이지 않는다고 말하곤 했다. 나쟈의 어머니는 여느 공작 부인처럼 건들건들 소풍만 다니고, 할머니도 하는 일 없이 호령만 하고, 나쟈도 하루 종일 놀기만 하는 것에 대해 이해할 수 없다고 했다. 특히 약혼자 안드레이의 삶은 더욱 이해할 수 없다고 한다. "그런 삶은 누군가가 당신들을 위해 일하고 있다는 뜻"이라고 했다.

나쟈는 그 말을 들을 때마다 무슨 유머나 들은 것처럼 고개를 젖히고 유쾌하게 웃었다. 그런데 약혼녀가 된 후에 들으니 어째서인지 그 말들이 마음을 짓누르는 것이었다. 결혼식까지는 이제 한 달밖에 남지 않았는데…. 나쟈는 정체를 알 수 없는 그 무엇이 다가오는 듯 불안과 공포에 떨었다.

어느 날 나쟈는 안드레이가 얻었다는 신혼집을 둘러보러 갔다. 안드레이는 나쟈의 허리를 껴안은 채 이 방 저 방을 돌아다니며 구경시켜주었는데, 나쟈는 기쁨보다 불편함을 느꼈다. 그제야 비로소 안드레이를 사랑하지 않는다는 것을, 아니 지금까지 조금도 사랑하지 않았다는 것을 깨달은 것이다. 허리를 감싼 약혼자의 손이 쇠뭉치처럼 딱딱하고 차갑게 느껴져 창문에서 뛰어내리고 싶은 충동까지 들었다. 집에 돌아왔을 때 나쟈는 공포에 짓눌린 얼굴로 어머니 방에 가서 결혼을 미루고 싶다고 말했다. 어머니는 펄쩍 뛰며 손을 내저었다.

"안 돼, 안 돼! 그건 안 돼! 마음을 가라앉혀라. 그건 마음이
안정되지 않아서 그런 거란다. 곧 좋아질 거야. 흔히 있는 일
이지. 안드레이와 말다툼이라도 했니? 사랑이란 칼로 물 베
기란다. 너도 이제 자신도 모르는 새에 어머니가 되고 할머
니가 돼서 나처럼 다루기 힘든 딸을 갖게 될 거야. 그때까지
견뎌야 한단다."

나쟈의 엄마도 한국의 엄마들처럼 무조건 견디라고 말했다.
그러나 나쟈는 결심한다. 인생의 방향을 바꾸어야 한다고. 더
이상 할머니와 어머니의 삶을 닮아가지 않겠다고. 그녀는 사
샤가 떠나는 날 기차역까지 배웅하러 간다는 핑계를 대고 집
을 탈출한다. 그리고 모스크바에 도착하여 약혼을 파기할 것
과 학교에 들어갈 계획을 편지로 써서 어머니에게 보낸다.

그녀가 방학 때 집에 돌아왔을 때, 손녀의 가출 소식을 듣고
기절했다는 할머니는 여전히 건강하게 살아계셨고, 어머니도
아무 일 없이 잘 지내고 있었다. 달라진 것은 할머니와 어머니
가 나쟈로 인해 더 이상 교회나 사교계에 나가지 못하게 되었
다는 것과 거실의 천정이 조금 낮아 보인다는 것뿐이었다. 어

머니는 나쟈를 보고 고개를 끄덕이며 말했다.

"인생은 프리즘을 들여다보듯 순식간에 지나가는 거란다."

나쟈는 어머니의 알쏭달쏭한 말을 들으며 그 속에서 '다시 한 번 생을 되돌릴 수 있다면 나도 너처럼 자신의 감정에 충실하겠다'는 의미로 받아들였다. 감정이 흐르는 대로 흘러가는 삶, 그것이 가장 솔직하고 행복한 삶이 아니겠느냐고 어머니가 말한 것이다. 나쟈는 처음으로 어머니를 신뢰하며 그녀를 껴안는다.

톨스토이의 작품 《전쟁과 평화》에서도 주인공 안드레이 공은 전장으로 떠나며 약혼녀 나타샤에게 "내가 돌아올 때까지 나를 사랑한다면…"이라는 가정법의 약속을 하고 떠난다. 톨스토이도 약혼 기간에는 자신의 솔직한 감정에 귀 기울여야 한다는 것을 말하고 싶었던 것이리라.

누구에게나 딱 맞는 행복이란 없다. 할머니가 가르쳐준 것은 할머니의 정의이고, 어머니가 가르쳐준 것은 어머니의 정답일 뿐이다. 누구에게나 딱 맞는 남자도 없다. 할머니의 충고는 할머니의 정답이고, 어머니의 충고는 어머니의 정답일 뿐이다. 똑똑한 여자든 그렇지 못한 여자든 행복해지고 싶다면 때로 약혼녀의 심정이 되어보는 것도 좋을 것이다.

○

남이 원하는 내 인생,
내가 원하는 내 인생

윌리엄 서머셋 모옴의 《인간의 굴레》

　해리엇 비처 스토의 《엉클 톰스 캐빈》은 굴레에 대한 이야기이다. 백인들이 씌운 노예라는 굴레 속에서 자유를 잃어버린 흑인들의 비참한 삶이 그려져 있다. 빅토르 위고의 《레미제라블》도 굴레에 대한 이야기이다. 왕정이 씌운 신분 제도라는 굴레 속에서 신음하는 평민들의 모습이 펼쳐진다. 보리스 파스테르나크의 《닥터 지바고》도, 밀란 쿤데라의 《참을 수 없는 존재의 가벼움》도 굴레에 대한 이야기이다. 이념이 씌운 굴레 속에서 개인이라는 존재가 얼마나 가볍게 부서지는지를 보여 준다.

　세계 문학은 수세기 동안 사회라는 외부 세계가 개인에게 씌운 외적 굴레를 고발하는 데 골몰했다. 그리고 이러한 문학 작품들은 불평등한 사회를 개혁함으로써 개인의 삶에 실제적인 자유를 선사하는 데 한몫을 해주었다.

인간이 쓰고 있는 굴레를, 사회적이고 외적인 차원이 아닌 개인적이고 내적인 차원에서 관찰한 작가가 있다. 영국의 소설가 윌리엄 서머셋 모옴William Somerset Maugham이다. 모옴은 1915년에 발표한 《인간의 굴레》에서 고치 속의 애벌레처럼 자신을 둘러싸고 있는 굴레를 벗어나 자유로운 영혼으로 날아오르는 한 젊은이의 초상을 그려냈다.

주인공 필립은 한쪽 발이 불구인 장애아로 태어나 아홉 살에 고아가 된 후, 냉정한 성격의 백부 케어리 신부의 집에서 양육된다. 케어리 씨는 조카를 성직자로 키우기 위해 성직자 코스인 킹즈스쿨예비학교로 보낸다. 학교에서 필립의 신체적 조건은 학생들의 조롱거리가 된다. 상처받은 필립은 성경 구절을 손가락으로 가리키며 백부에게 묻는다.

"저기… '믿으면 산이라도 움직일 수 있다'는 구절이 사실인가요?"
"그렇다."
"산을 움직일 수 있다고…. 정말로 믿으면 움직일 수 있다는 말이에요?"

"하느님의 은총으로 그럴 수 있다."

사제가 대답했다.

그날부터 필립은 개학 전날까지 다리를 절지 않게 해달라고 기도한다. 그러나 보름 후 개학 날이 되었지만 다리는 조금도 나아지지 않았다. 다시 부활절까지 기도를 해봤지만 역시 그대로였다. 그래서 그는 백부가 자신을 놀린 거라고 생각했다.

필립의 신체적 굴레와 환경의 굴레는 소년의 내적 굴레를 형성해갔다. 그래서 병적일 만큼 예민하고 강한 방어 기제를 가진 소년으로 자라갔다. 그러나 필립은 그러한 굴레에서 벗어나려는 강력한 내면의 욕구도 가지고 있었다.

제일 먼저 필립은 삶의 특정한 가치를 일방적으로 주입하고 강요하는 학교를 거부했다. 그런 다음 고통에 대한 구제 없이 무조건적인 믿음만 요구하는 종교도 거부한다. 그는 아무런 구속이 없는 심미적 세계에서 자유로운 삶과 욕망을 실현하기 위해 파리로 갈 것을 결심한다. 파리에서 미술 공부를 하겠다고 하자 백부는 반대한다.

"네가 바람직한 일을 하지 않는 한 돈은 한 푼도 줄 수 없다."

"좋아요. 마음대로 하세요. 하지만 전 파리로 갑니다. 옷도 팔고, 책도 팔고, 아버지 보석도 팔면 돼요."

'나에게는 천재성이 있다.'

필립은 알 수 없는 자신감에 취해서 파리로 간다. 그러나 그곳에서 만난 것은 예술이 아니었다. 파리는 자신이 천재인 줄 알았다가 천재가 아니란 것을 알게 되었지만 달리 할 것이 없어 남아 있는 미술학도들의 도시였다. 필립도 몇 개의 화실을 전전하다가 어느 날 2년 동안 지도받은 프와네 교수에게 자신의 천재성에 대해 묻는다.

"자네에겐 손재주가 어느 정도 있네. 끈기 있게 노력하면 꼼꼼하면서도 쓸 만한 화가가 될 수도 있겠지. 파리에는 자네보다 못한 화가가 수백 명은 되고, 자네 정도의 화가들도 수백 명은 되니까. 자네의 그림에 재능은 없네. 열성과 지성은 있어."

뮤슈 프와네는 일어서 나가다가 멈춰 서서 필립의 어깨에 손을 얹고 다시 말했다.

"자네가 내 충고를 받아들인다면 이렇게 말하고 싶네. 용기를 내어 다른 일에 운을 걸어보라고 말일세. 가혹하게 들릴지 모르겠지만 들려주고 싶은 말은 이거네. 자네 나이 때 누가 나에게 그런 충고를 해주었다면 그리고 내가 그 충고를 받아들였다면 얼마나 좋았을까 싶네."

필립이 다음으로 선택한 것은 의학 공부였다. 의사는 아버지의 직업이었기에 백부도 찬성했다. 이제 스물한 살 성인이된 필립은 아버지의 유산으로 상속받은 천오백 파운드를 들고 런던으로 간다.

런던 성누가의학교에서도 필립은 신체적 장애로 외톨이 생활을 하게 된다. 외톨이 필립은 어느 날 카페에서 밀드레드라는 여종업원을 만난다. 그녀는 경박하고, 교양 없고, 비꼬는 말투가 습관인 천박한 여자였다. 그녀는 다른 남자의 건강한 외모를 필립 앞에서 칭찬하며 그를 조롱했다. 필립은 그녀에게 상처받고, 그 상처를 만회하기 위해 다시 그녀를 찾아간다.

밀드레드는 선심 쓰듯 필립과 데이트를 해주며, 돈을 뜯는다. 한번 빠진 밀드레드라는 함정은 필립을 놓아주지 않는다. 그녀는 다른 남자와 결혼하고 애까지 낳았지만 도움이 필요할 때는 다시 필립에게 돌아오고, 병이 들자 다시 생활비를 요청한다. 필립은 거절해야 할 때 거절하지 못하는 노예가 되었지만, 그럴 때마다 '사지가 멀쩡한 사람보다 장애인인 내가 더나은 신사'라는 생각으로 자신의 행동을 합리화한다. 밀드레드에 대한 집착이 그를 정신적 장애자로 만든 것이다.

필립을 구속하는 또 하나의 굴레는 물질적 궁핍이었다. 필립은 증권 투기에 실패하고 빈털터리가 되어 노숙자 신세가 된다. 그는 존경할 만한 양심을 가진 사람이었지만, 극도의 가난에 빠지자 재산을 상속받기 위해 백부 살해 계획까지 세운다. 얼마 후 실제로 백부가 죽고 그는 고향으로 내려가 백부의 재산을 상속받아 경제적 굴레를 벗게 된다.

밀드레드라는 굴레와 궁핍이라는 굴레를 벗고 나니 비로소 그에게 평정심이 찾아왔다. 평정심을 찾은 그의 눈에 샐리라는 처녀가 들어온다. 그녀는 오랫동안 필립 곁을 맴돌던 소녀였다.

"전 오래전부터 당신을 좋아했어요."
돌연 심장이 쿵하고 뛰었다. 피가 뺨으로 확 몰려드는 것 같았다. 그는 간신히 들릴락 말락 한 웃음소리를 냈다.
"난 몰랐는걸."
"바보라서 그렇죠."
"나의 어디가 좋았는지 모르겠어."
"저도 모르겠어요. 생각나실지 모르겠지만 언젠가 노숙하면서 굶고 지내시다가 저희 집에 오신 날, 제가 좋아하고 있다는 걸 알았어요."
"어떻게 이런 나를 좋아할 수 있지?"
그가 물었다.

"절름발이인데다가 평범하고 못났고 나이도 열 살이나 많은
데…."

샐리는 그의 얼굴을 두 손으로 감싸고 입술에 입을 맞추며
말했다.

"바보예요. 당신은."

필립은 샐리를 만나고 나서야 밀드레드를 용서하고, 마음으
로부터 그녀를 떠나보낼 수 있게 된다. 동시에 자신의 불구가
고통의 원인만은 아니었다는 것도, 그 때문에 성찰의 힘을 키
울 수 있었다는 것도 깨닫게 된다. 20년 동안의 방황이 실패가
아니라는 것도, 방황은 인생을 아름답게 만드는 양탄자 무늬
같은 것이라는 사실도 알게 된다. 지혜란 결국 자신이 별것 아
님을 아는 것이다. 이제 서른이 코앞인 필립은 그동안 자신을
가두었던 몇 개의 굴레를 훌훌 벗고 자유를 찾는다.

가족치료사인 버지니아 새티어는 개인에게 필요한 자유로
다음 다섯 가지를 꼽는다.

1. 과거나 미래에 포박당하지 않은 채 지금 이곳의 삶에 집
   중할 수 있는 자유
2. 생각해야 하는 것보다 떠오르는 대로 생각할 수 있는 자유

3. 느껴야 하는 것보다 느껴지는 것을 느낄 수 있는 자유

4. 허락받거나 기다리지 않고 궁금한 것을 질문할 수 있는 자유

5. 안전을 염려하며 참는 것보다 자신을 위해 위험을 감수할 수 있는 자유

새티어는 이 다섯 가지 자유를 보장받으며 성장한 사람은 자존감이 높아 자신의 에너지를 삶을 위해 능동적으로 사용할 수 있지만, 그렇지 못한 사람은 외부 세계가 씌운 굴레에 맹종하며 살 수밖에 없다고 말한다.

자신의 삶을 위해 에너지를 쏟는 사람. 누군들 그런 삶을 원하지 않겠는가. 그러나 스무 살만 되어도 우리는 알게 된다. 우리가 자신을 위해 쏟는 에너지보다 자신을 둘러싼 수많은 굴레에 복종하기 위해 훨씬 많은 에너지를 쓰고 있다는 사실을.

우리 모두 착한 아이가 되기 위해 얼마나 자신을 속여왔던가. 부모님의 종교에 순종하기 위해 뭉게구름처럼 일어나는 의심을 얼마나 꼭꼭 숨겨왔던가. 다른 사람과 다르게 느끼고 생각한다는 것을 숨기기 위해 얼마나 교묘한 말과 표정으로 가장해왔던가. 나를 씌운 굴레에 복종함으로써 얻게 될 들큼한 칭찬을 위해, 나를 행복하게 해줄 것은 꿈속에서만 잠깐씩 꺼내

보는 비밀 수첩이 될 수밖에 없었다. 필립이 20년 동안 방황하며 얻은 것은 이 물음에 대한 답이었다. 어떻게 살 것인가?

필립이 자기 삶의 굴레를 하나씩 제거하자 남은 것은 '이성을 참조한 자유의 원리' 즉, '모퉁이에 경찰이 있다고 생각하고 나의 의지에 따라 행동한다'는 그만의 인생철학이었다.

나의 굴레는 무엇인가. 나는 지금 무엇의 노예인가. 청춘이 아름다운 것은 젊기 때문이 아니다. 완벽하지 않기 때문이다. 완벽하지 않다는 것은 얼마든지 새롭게 변화할 가능성이 있다는 아름다운 말이다.

°

우리는 누구나 한 번쯤
데미안을 만났다

헤르만 헤세의 《데미안》

　멘토라는 단어를 대할 때마다 떠오르는 얼굴이 있다. 시인 김상옥 선생님이다. 선생님은 내게 '정직한 문장 만드는 법'을 가르쳐주셨다. 내가 〈월간 에세이〉에 수필 한 편을 발표했을 때 선생님께서 전화를 주셨다. 하고 싶은 말이 있으니 한번 들러달라고. 댁으로 찾아갔다. 선생님은 수국 같은 사모님과 나란히 앉아 계셨다.

　"읽으면서 애석했어요. 여기 이 꾸밈말 몇 개만 빼면 정직한 문장이 될 텐데…."

　선생님은 내 글에서 '찬란한' '황홀한' '경이적인'에 밑줄을 쳐놓고 계셨다.

　그 후 그분을 다시 만난 적이 없다. 가을 하늘처럼 시리고 정갈한 선생님의 시를 자주 읽었을 뿐. 그런데 요즘 '작품 좀 읽어봐달라'는 제자들에게 나도 말하곤 한다.

"꾸밈말 몇 개만 빼면 한결 정직한 문장이 될 텐데…."

　문학의 역사에서 멘토 이야기를 다룬 가장 유명한 작품은 아마도 헤르만 헤세Hermann Hesse의 《데미안》일 것이다. 헤세는 제1차 세계대전 중인 1916년에 이 작품을 탈고하고, 종전 직후인 1919년에 에밀 싱클레어라는 가명으로 발표한다. 《데미안》은 그해 독일의 권위 있는 문학상인 폰타네상의 수상작으로 결정되지만 헤세는 시상식장에 나타나지 않는다. 토마스 만과 몇몇 비평가들이 '문체를 분석한 결과 아무래도 헤르만 헤세의 작품 같다'는 추측 기사를 발표하자 헤세는 그제야 가명 뒤에서 나온다. 그리고 말했다. 이미 유명해진 이름 뒤에 숨지 않고 공정한 평가를 받아보고 싶었다고.

　　작가들은 소설을 쓸 때 자기들이 하나님이라도 되는 듯 그 누군가의 인생사를 훤히 내려다보고 파악하여, 하느님이 몸소 이야기하듯 아무 거리낌 없이 자신이 어디서나 핵심을 집어내어 써낼 수 있는 것처럼 굴곤 한다. 나는 그럴 수 없다. (…) 내게는 내 이야기가, 어떤 작가에게는 그의 이야기가 중요하다.

《데미안》은 이렇게 시작된다. 그래서 이 소설을 좀 더 잘 이해하려면 작가의 생애부터 알아야 한다. 선교사의 아들로 태어난 상류층 가정의 아들 헤세는 수도원 학교에 입학하지만 7개월 만에 도망친다. 시인 외에는 아무것도 되고 싶지 않기 때문이라며.

방황하던 소년은 한 번의 자살 시도 후 부모의 주선으로 다시 인문계 고등학교에 입학하지만, 또 다시 견디지 못하고 자퇴한다. 그는 시계 공장에 들어가 견습생 노릇을 하다가 튀빙엔의 헤켄하우어 서점에서 3년 동안 서적 분류 조수로 열아홉 살까지 일한다. 헤세의 10대는 이렇게 방황의 연속이었다. 그러나 방황의 시절에 헤세는 시를 쓰고, 시집을 출간하고, 문학의 길로 들어선다.

20대의 헤세는 출판사를 경영했고, 유명 작가가 되었고, 서른일곱 살이 되던 해에 제1차 세계대전을 만난다. 그때 헤세는 이미 징집 대상이 아니었지만 군대에 자원한다. 그리고 '복무 부적합' 판정이 나오자 후방에서 '독일 포로 구호기구'에 근무하며 전쟁 포로들과 억류자들을 위한 잡지를 발행하고 글을 발표한다.《데미안》은 이렇게 방황하며 치열한 삶을 살아온 작가 헤세가 마흔두 살 때 발표한 소설이다.

《데미안》의 주인공 에밀 싱클레어는 열 살의 라틴어 학교 학생이다. 이 소년은 세상의 모든 소년들처럼 가정이라는 밝은 세계와 문 밖의 어두운 세계 사이에 놓여 있다. 선교사인 아버지의 세계는 사랑과 엄격함, 모범과 학교의 세계였다. 부드럽고 다정한 언어들, 깨끗이 닦은 손, 청결한 옷, 바른 습관들로 가득했다. 그러나 또 하나의 세계는 거짓말, 도둑질, 술 취한 사내들과 악쓰는 여자들, 살인, 자살의 세계였다. 열 살짜리 소년이 궁금해하는 세계는 두 번째 세계인 문밖의 세계였다.

어느 날 소년 싱클레어는 두 번째 세계에 속해 있는 악동 크로머를 만나게 된다. 싱클레어는 크로머를 따라 어둠의 세계를 맛본다. 그 세계는 은밀하고 짜릿했다. 소년은 크로머를 만나고 올 때마다 구토하면서 차라리 죽어버렸으면 좋겠다고 생각하지만 악의 유혹에서 벗어나지 못한다.

그러던 어느 날 구원의 손길을 만나게 된다. 새로 전학 온 데미안이다. 그는 '몸가짐이 마치, 농부들 가운데 있으면서 그들과 같아 보이려고 갖은 애를 쓰는 왕자님' 같았다. 그 데미안이 악동 크로머로부터 그를 구출해준다. 크로머도 데미안 앞에서는 힘을 쓰지 못했다. 데미안은 싱클레어에게 말한다.

누구든 자기 자신 편에 서야 해. (…) 똑똑한 이야기를 늘어

놓는 것은 전혀 가치가 없어. 아무런 가치도 없어. 자기 자신
으로부터 떠날 뿐이야. 자기 자신으로부터 떠나는 건 죄악이
지. 자기 자신으로 완전히 기어들어가야 해. 거북이처럼.

유년이 끝나고 데미안과 싱클레어는 서로 다른 도시의 학교
로 진학한다. 데미안과 헤어진 싱클레어는 다시 어둠의 세계
에 편입된다. 공부는 하지 않고 밤길을 어슬렁거리며 술집을
배회한다. 그러면서 한때의 악동 크로머가 지금 자기 안에 살
고 있음을 느낀다.

그 무렵에 데미안은 아름다운 소녀를 만나게 된다. 소녀는
오만과 소년다움의 흔적을 가지고 있었다, 흡사 데미안처럼.
그녀의 이름도 모르고, 대화를 나누지도 않았지만 싱클레어는
그녀에게 단테의 연인 베아트리체의 이름을 붙여준다. 그리고
그날로 술집 출입과 밤 나들이를 끝내고 공부에 열중한다. 누
구나 사랑이 찾아오면 '더 좋은 사람이 되겠다'고 결심하는 것
처럼. 그때 싱클레어는 학교에서 우연히 책 속에 꽂힌 쪽지를
발견하고 데미안이 왔다 갔음을 느낀다.

"새는 알을 깨고 나오려고 투쟁한다. 알은 세계다. 태어나려
는 자는 하나의 세계를 깨뜨려야 한다. 새는 신에게로 날아
간다. 신의 이름은 압락사스."

세 번째 멘토는 성당의 오르간 연주자 피스토리우스이다. 그는 압락사스에 대해 묻는 싱클레어에게 대답한다.

"우리들 속에는 모든 것을 아는 사람이 있어. 말하자면 '압락사스'는 신이면서 사탄이지. 그 안에 환한 세계와 어두운 세계를 가지고 있어. 그는 자네의 생각과 자네의 꿈이 무엇인지 다 안다네. 그러나 자네가 나무랄 데 없이 정상적인 인간이 되었을 때는 자네를 떠난다네. 그때는 자신의 사상을 담아 끓일 새로운 냄비를 찾아 자네를 떠나는 거라네."

네 번째 멘토는 데미안의 어머니 에바 부인이다. 그녀는 나이를 알 수 없는 깊은 아름다움을 가진 여인이었다. 그녀를 만난 싱클레어는 무한한 여성성을 가진 그녀를 흠모한다. 싱클레어는 그녀의 무릎에 몸을 던지며 에바 부인에게 어울리는 성숙한 청년이 되고자 노력한다.

곧 전쟁이 터지고 데미안은 전장으로 떠난다. 그리고 몇 달후 싱클레어도 전장을 향한다. 그리고 둘은 부상을 당한 채 병원 침상에서 다시 만난다.

"꼬마 싱클레어 잘 들어! 나는 떠나게 될 거야. 너는 어쩌면 다시 한 번 나를 필요로 하겠지. 크로머에 맞서든 혹은 그 밖의 다른 일이든. 그럴 때 네가 나를 부르면 이제 난 거칠게 말을 타거나 기차를 타고 달려오지 못해. 그럴 땐 네 안의 소리에 귀를 기울여야 해. 그러면 알아차릴 거야. 내가 네 안에 있다는 것을….”

다음 날 아침에 깨어났을 때, 옆 침상에는 한 번도 본 적 없던 낯선 군인이 누워 있었다. 이후 싱클레어는 이따금 마음의 열쇠를 찾아 완전히 자기 속으로 내려가 어두운 거울 속에서 몸을 숙이기만 하면 자신의 모습을 볼 수 있었다. 데미안과 완전히 닮아 있는 자신의 모습을.

이렇게 헤세는 주인공 싱클레어가 시행착오를 겪으며 어떻게 자기 정체성을 찾아가는지를 우리에게 보여준다. 그리고 방황의 길목마다 싱클레어가 만났던 데미안과 또 다른 데미안인 베아트리체, 피스토리우스, 에바 부인이 한 소년의 성장에 기여한 멘토였음을 깨닫게 해준다. 싱클레어는 그들을 만나면서 '한 사람 한 사람의 삶은 자기 자신에게 이르는 길'이며 그러자면 '누구나 자기 내면으로 돌아가는 문을 닫지 말아야 한다'는 것을 깨달은 어른이 된다.

'자신에 이르는 길'이란 무엇인가. 헤세의 이 말은, 인간은 사회적 동물이고 집단 속에 속하지 못하는 것을 패배라고 배워온 우리에게 어렵고도 낯설다. 그뿐 아니라 가족 이기주의가 미덕으로 추앙받고, 패거리 문화에 끼지 못하면 바보 취급을 당해온 우리에게 생소한 주문으로 들리기도 한다.

헤세에게 있어서 '자신에 이르는 길'은 예술이었다. 그는 "예술은 모두 대가代價의 산물이다. 실패한 인생의, 발산하지 못한 정열의, 실패한 연애의, 몹시 힘들고 실제 가치의 열 배나 높은 보상을 치른 대가"라고 말한다.

우리 각자에게 '자신에 이르는 길'은 무엇일까. 지나온 삶의 길목마다 우리가 얻은 것은 무엇일까. 무엇이 나를 나로 만들어주었는가.

《데미안》은 제2차 세계대전이 발발했을 때 독일 군인들의 배낭 속에서 가장 많이 발견된 책이라고 한다. 이 책은 삶과 죽음이 교차하는 참호 속에서 젊은 군인들이 부적처럼 지니고 있었고, 100년이 지난 지금도 어른들이 젊은이들에게 가장 많이 권하는 고전이다. 그러나 정작 재미있게 읽었다는 독자를 만나보기는 어렵다. 고대 신화와 상징의 빈번한 출현으로 천의 얼굴로 읽히기 때문이다. 그럼에도 불구하고, 시대가 바뀌어도 '나를 찾아가는 과정'이란 누구도 피해 갈 수 없는 길이기에 일생에 한 번쯤은 꼭 읽어야 할 소설이다.

누구나 생애 한 번쯤은 데미안을 만난다. 누구도 혼자서 여기까지 왔다고 말할 수는 없을 것이다.

'너의 데미안은 누구였을까? 너는 언제, 누군가의 데미안이었을까?'

방황 전문가, 행동주의자 헤세가 지금 우리에게 묻고 있다.

o

사랑과 결혼을 이해하는
두 가지 방법

제인 오스틴의 《이성과 감성》

생 배추쌈을 먹을 때마다 《동백꽃》의 작가 김유정에게 미안
하다. 김유정은 생 배추쌈을 유난히 좋아했는데, 가난해서 한
번도 실컷 먹지 못했다고 한다. 어느 날 생 배추는 구했는데 된
장이 없어서 그의 형수가 친척 집에 된장을 구하러 갔다가 빈
손으로 돌아오자, 김유정이 그렇게 서운해했다는 조카의 글을
읽은 후부터 생 배추쌈을 먹을 때마다 김유정에게 미안하다.

레몬을 자를 때마다 《날개》의 작가 이상에게 미안하다. 이
상은 일본 도쿄에서 폐결핵으로 죽어갈 때 레몬이 먹고 싶다
며 친구들을 졸랐다. 그래서 가난한 유학생들이 주머니를 털
어 궁정에 식료품을 대는 상점에서 레몬 한 알을 사다 주었는
데, 이상은 그 레몬을 손에 들고 미소를 지으며 죽었다고 한

다. 그래서 레몬을 자를 때면 이상에게 미안하다. '천재들이 못 먹고 간 것을 둔재들은 먹는구나' 해서.

작가란 그런 사람인가 보다. 삶에서 얻은 경험 중에서 쓸모 있고 빛나는 것들을 모아 작품으로 빚어주고 가는 사람. 자신의 삶에서 얻은 사랑과 결혼에 대한 뼈아픈 통찰로 작품을 빚어낸 작가가 있다. 영국의 소설가 제인 오스틴Jane Austen이다.

1775년 영국 햄프셔 주 시골 마을에서 가난한 교구 목사의 딸로 태어난 제인 오스틴은 평생을 독신으로 살다 간 작가이다. 그녀는 평생 두 번의 연애를 경험했다. 하나는 스물한 살때 법학도 톰 르프로이와의 연애이다. 그 연애는 가문과 지참금을 따지는 남자 쪽 집안의 거절로 결혼에 이르지 못한다. 그리고 몇 년이 흐른 후에 부유한 가문의 상속자인 친구의 남동생으로부터 열렬한 청혼을 받았으나 이번에는 그녀 편에서 거절한다. 결혼할 만큼 그를 사랑하는 것 같지 않아서.

아버지가 돌아가신 뒤, 머물 곳이 없던 그녀는 친척 집을 전전하며 소설을 써서 가명으로 열심히 출판사에 보냈지만 번번이 거절당한다. 그러다 서른여섯이 되었을 때 첫 출판의 기회를 얻게 되고, 습작 기간이 길었던 그녀는 단숨에 인기 작가가 된다.

어느 날, 시골에서 활동하는 무명의 노처녀 작가에서 베스트셀러 작가가 된 제인에게 런던의 유명 변호사가 찾아온다. 그는 그녀의 첫사랑 톰 르프로이. 그가 '당신의 열렬한 팬'이라며 한 소녀를 소개하는데, 소녀는 그의 딸이고, 이름은 제인. 이는 제인 오스틴의 일생을 그린 영화 〈비커밍 제인Becoming Jane〉의 줄거리이다.

제인 오스틴은 자신의 인생에서 얻은 연애와 결혼에 대한 통찰을 여섯 편의 장편 소설 속에 담았다. 그 첫 작품이 1811년에 출간된《이성과 감성》이다.

대시우드 가문은 오랫동안 서식스 지방에 터를 잡고 살았다. 그들의 영지는 광대했고 저택은 영지 한가운데 자리 잡고 있었다. (…) 노신사가 사망했다. 유서를 낭독했는데 상속자 헨리 대시우드에게는 상속의 반을 없애는 조건이 달려 있었다. 헨리의 전처가 낳은 아들과 네 살짜리 손자에게 상당한 재산이 곧바로 상속되는 바람에, 부양이 필요한 현재의 아내와 세 딸들에게는 아무것도 줄 것이 없었다. 아내는 재산이 없었고, 헨리 대시우드 몫의 재산도 아들에게 상속권이 있었으므로 헨리 씨가 마음대로 처분할 수 있는 재산은 7천 파운드뿐이었다. 노신사는 세 손녀딸에게는 예의의 표시로 각각 천 파운드씩만을 남겼을 뿐이다.

제인 오스틴은 그녀의 첫 소설을 이렇게 돈 문제로 시작한다. 소설의 초반부부터 '7천 파운드' '천 파운드' 하는 금액을 일일이 거론하며 앞으로 세 여자에게 닥칠 가난을 암시한다.

어느 날 세 딸의 아버지 헨리 대시우드도 사망한다. 그래서 어머니와 세 딸은 살던 집을 상속권자인 이복 오빠에게 내주고 연 5백 파운드로 살아가야 할 형편에 놓인다. 먼 친척의 호의로 바닷가 농가 주택을 얻은 세 모녀의 미래는, 오로지 앞으로 만나게 될 딸들의 배우자에 달린 것이다. 여자에게는 직업도, 상속권도, 투표권도 허락되지 않던 시대의 이야기이다.

열아홉 살인 큰딸 엘리너와 열일곱 살인 둘째 딸 메리앤은 그들의 사회적·경제적 지위를 결정하게 될 결혼을 기다리며 여러 가지 일을 겪는다. 첫눈에 반하고, 실연하고, 오해하고, 절망하고, 분노하고, 용서하고, 새로운 사랑을 발견하고, 결혼하고…. 그러면서 엘리너와 메리앤은 행복한 결혼에 이르게 된다. 그러나 해피엔딩에 이르기까지 이성적인 엘리너와 감성적인 메리앤이 겪는 인생 여정은 사뭇 다르다.

이성적이고 합리적인 성격의 언니 엘리너에게는 부유한 가문의 장남이지만 선량하고 내성적인 에드워드라는 남자가 나타나고, 두 사람은 첫눈에 반해 사랑하게 된다. 그러나 에드워드 가족의 반대와 그의 모호한 태도로 두 사람은 헤어지게 된다. 이성적인 엘리너는 언젠가 에드워드가 청혼해올 것을 기다리지만 운명은 그녀에게 우호적이지 않았다. 에드워드는 철없던 시절에 신분이 낮고 교양이 없는 루시라는 여자와 비밀약혼을 했는데, 실수였다는 것을 곧 알게 되었지만 탐욕스러운 여자에게 질질 끌려다니며 4년이나 허송세월을 하고 있는, 착하지만 의지가 박약한 남자였다. 연인의 그런 사정을 알게 된 엘리너는 아무에게도 내색하지 않고 에드워드를 이해하기 위해 노력한다.

에드워드가 비밀 약혼으로 어머니에게 미움을 받아 상속권을 잃고 빈털터리가 되자 약혼녀 루시는 스스로 떠난다. 그제야 자신이 자유의 몸이 되었다는 것을 안 에드워드가 엘리너를 찾아와 청혼한다. 엘리너는 눈물을 흘리며 에드워드의 재산 2천 파운드와 자기 재산 천 파운드를 가지고 가난하지만 알뜰하게 가정을 꾸리겠다며 행복해한다.

감성적이고 열정적인 메리앤에게는 두 남자가 나타난다. 부유하지만 메리앤보다 열여덟 살이 많은 노총각 브랜든 대령과 부유한 노부인의 상속자로 지정된 사교적이고 열정적인 미남 청년 윌러비이다.

모든 점에서 취향이 꼭 일치하지 않는 남자와는 행복해질 수 없어요. 그 사람은 내 감정 속으로 속속들이 들어와야 해요. 착하기만 한 남자는 안 되고…. 둘 다 같은 책, 같은 음악에 매혹돼야 하고 무엇보다 열정적이어야 해요.

감성적인 메리앤은 자기의 이상형을 이렇게 정했는데, 그런 조건에 꼭 맞는 사람이 바로 윌러비라고 생각한다. 둘은 곧 불같은 연애 감정에 휩싸였는데, 청혼을 기다리는 메리앤에게 윌러비는 런던으로 가야 할 사정이 생겼다며 갑자기 떠나버린다. 감성적인 메리앤은 이 실연으로 병을 얻어 죽음의 문턱에 이르게 된다.

그런 실연의 열병을 치르고 난 후 메리앤은 그동안 한결같은 태도로 자기 곁에 머물러준 브랜든 대령에게 감동받아 그를 사랑하게 된다. 나이도 많고, 미남도 아니고, 달콤한 말도 할 줄 모르는 남자인 브랜든 대령과 결혼한 메리앤은 다시 열정적으로 그를 사랑하기 시작한다. 그러면서 말한다. 자기가 생각했던 완벽한 조건을 가진 남자는 세상에 없는 것 같다고.

사랑에 빠졌다가 사랑을 잃는 끔찍한 경험을 하면서 어른이 돼가는 자매 엘리너와 메리앤. 결국 그들은 행복해지지만 그 방식에서는 극명한 차이를 보인다. 이성적인 엘리너는 고통을 안으로 삭이며 조용히 인내하고 기다린다. 반면에 감성적인 메리

앤은 실연의 아픔에 분노하고 울부짖으며 죽음 직전까지 간다.

이성만으로 이루어진 사람이 없듯이, 감성만으로 이루어진 사람도 없다. 모두 이성과 감성으로 이루어진 존재이고, 그 이성과 감성을 적절하게 사용하며 살아간다. 이성적인 엘리너와 감성적인 메리앤은 두 개의 독립된 존재가 아니라 우리 속에 잠재된 두 개의 얼굴인지 모른다. 사랑을 이해하고, 인생을 추진해가는 두 가지 방법.

작가는 소설 속에서 누가 더 현명하다고 말하지 않는다. 그냥 보여줄 뿐이다. 그래서 독자들은 생각하게 된다. 사랑과 결혼에서 이성과 감성이 한쪽 방향으로 치우칠 때 어떤 문제가 발생하는지, 완벽한 행복을 위해 감성과 이성을 얼마나 주장해야 하고 또 얼마나 양보해야 하는지를.

결혼의 문턱에서 한 번은 지참금이 없어서 거부당하고, 한 번은 자신을 속일 수 없어서 물러섰던 제인 오스틴. 그녀는 자신의 주인공들에게만은 애처로울 만큼 열심히 해피엔딩을 안겨준다. 지난 200여 년 동안 세상에서 가장 사랑받는 소설로 알려진《오만과 편견》도 지참금이 없어 노처녀가 된 아가씨가 우여곡절 끝에 백작 가문의 상속자로부터 청혼을 받고, 튕기다가 마지못해 결혼해주는 통쾌한 해피엔딩의 소설이다.

그녀는 왜 그렇게 집요하게 해피엔딩을 고집했을까. 현실에서는 이룰 수 없었던 해피엔딩을 작품 속에서라도 실현하고 싶었던 것일까. 아니면 세상의 모든 엄마들이 딸에게 갖는 '너만은 행복해야 한다'는 마음에서였을까.

우리가 고전이라고 부르는 문학 작품들은 변하지 않는 인간의 진실에 대해 말한다. 이 점이 고전의 매력이자 슬픈 점이기도 하다. 1800년대 사람들은 이미 형체도 없이 흙으로 돌아갔지만, 그들이 느끼던 사랑의 기쁨과 슬픔은 지금 우리들 가슴속에 그대로 살아 있다.

지금도 젊은 여성들은 메리앤처럼 '내가 생각했던 그런 남자는 세상에 없다'고 탄식한다. 그러나 나이가 들어 마흔 고개를 훌쩍 넘게 될 때면 고개를 끄덕이며 깨닫게 될 것이다. 그런 남자는 도처에 있지만 우리가 발견하지 못했을 뿐이었다는 것을.

"이성적인 여자는 실수하지 않는다. 그러나 후회는 한다. 감성적인 여자는 실수한다. 그러나 후회는 하지 않는다."

제인 오스틴의 말이다.

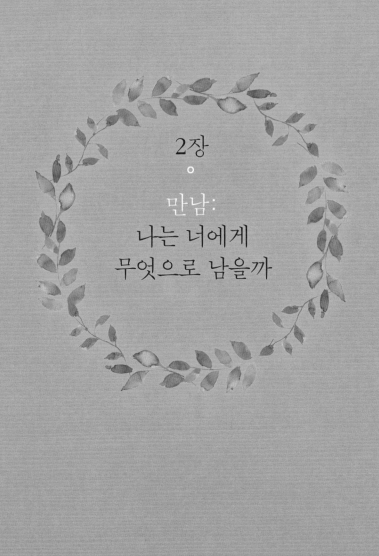

2장

만남:
나는 너에게
무엇으로 남을까

○

이별이 아름다우면
사랑도 아름답다

이디스 워튼의 《순수의 시대》

가야 할 때가 언제인가를

분명히 알고 가는 이의

뒷모습은 얼마나 아름다운가.

봄 한철

격정을 인내한

나의 사랑은 지고 있다.

_이형기, 〈낙화〉 중에서

이 시를 처음 읽었을 때 황홀해서 눈을 감았다. 그때 나는 스무 살이었고 아직 사랑을 몰랐다. 그런데 사랑을 알기도 전에 이별이 아름다워 보였다. 경험해보고 싶었다. 그렇게 이별하리라 꿈도 꿔보았다. 이상한 논리이지만 스무 살 처녀에게는 조금도 이상하지 않았다.

흔히 인생을 조각품에 비유한다. 그 조각품이 완성되는 때는 우리가 이 세상을 떠난 뒤. 그래서 '사람에 대한 평가는 관 뚜껑을 덮고 나서야 가능하다'고들 말한다.

누구에게나 인생은 자신을 조각해가는 여정이다. 부모도, 배우자도, 자식들도 내 인생을 대신 조각해줄 수는 없다. 그래서 나라는 작품이 아름다운 것도 나의 능력이고, 보기 싫은 것도 나의 책임이다. 자식으로서의 나, 친구로서의 나, 연인으로서의 나, 배우자로서의 나, 부모로서의 나, 이웃으로서의 나, 직장인으로서의 나는 어떤 사람일까. 그것은 그들과 이별할 때, 그들에게 보이는 나의 뒷모습이 말해줄 것이다.

1920년 미국의 소설가 이디스 워튼Edith Wharton이 발표한 《순수의 시대》는 '이별이 아름다우면 다 아름답다'는 것을 보여주는 소설이다. 거칠게 말하면 이 소설은 불륜 소설이고, 더 세분하면 착한 불륜 소설이다.

《순수의 시대》는 1870년대 뉴욕을 배경으로 하고 있다.

1870년대는 미국인의 조상이 1620년 메이플라워호를 타고 미국으로 건너온 지 250년, 영국과의 독립 전쟁을 치르고 독립 국가를 선포한 지 100년이 채 못 된 시대였지만 금광으로 막강한 부를 거머쥔 신흥 미국이 세계에 군림하기 시작한 시대이다.

메이플라워호에 승선했던 102명의 대부분은 빈민, 부랑아, 전과자였지만 부자가 된 그들의 후예는 노예 제도, 귀족 제도, 장원제 등의 제도를 통해 유럽보다 심한 계급 제도를 만들어가고 있었다. '종이 주인이 되면 더 심하다'는 옛말처럼 미국의 신흥 부자들은 뉴욕과 워싱턴을 중심으로 모여 살면서, 신분과 예절을 목숨처럼 신봉하는 신사 놀음으로 유럽 사회를 능가하려고 노력했다. 이 소설은 그런 시대의 뉴욕 상류 사회를 배경으로 세 남녀의 사랑과 결혼, 이별을 다룬 연애 소설이다.

이 소설은 발표 당시 미국 사회에 큰 반향을 일으켰다. 주인공들의 사랑과 갈등을 통해 당시 뉴욕 상류층의 문화와, 도덕률 이면에 숨겨진 추악한 위선과 속물근성을 세밀하게 보여주었기 때문이다. 그런 공로로(?) 미국은 1921년, 이디스 워튼에게 여성 최초의 퓰리처상을 안겨주었다.

1870년대 뉴욕 상류 사회의 구성원들은 유럽을 타락한 나라로, 미국을 전통과 예술을 사랑하는 신사의 나라로 자부하며 살고 있었다. 부유한 그들은 눈만 뜨면 전통과 가문과 예절을 말하고, 오페라하우스에서 파우스트를 감상하며 문명 귀족임을 자처했다. 그리고 한 번도 신사를 주인공으로 하지 않았다는 이유로 영국의 대작가 찰스 디킨스의 소설을 읽지 않았고, 가문의 계보를 줄줄이 꿰는 것을 자랑으로 여겼다.

전통과 가문에 목매는 그들에게 가장 중요한 것은 결혼이었다. 어떤 가문과 어떤 가문이 결혼하느냐는 상류 사회의 초미의 관심사였다. 결혼이란 가문 대 가문의 결합이지 그 외에는 아무것도 아니었다. 자기는 없고, 가문이라는 부족의 구성원으로 살아가는 것이 미덕이라고 믿는 사람들의 통풍구 없는 사회였다.

이런 사회에서 하버드대학교를 졸업한 젊은 변호사 뉴랜드 아처는 상류 사회에서도 이름 있는 밍고트 가의 메이 웰렌드 양과 약혼하게 된다.

그녀는 희고 아름다운 얼굴에 날씬한 키와 신선한 미소로 상류 사회의 주목을 받았다. 항상 흰 은방울꽃을 들고 하얀 드레스를 입고 생머리를 틀어 올린 앳된 얼굴의 그녀를 대할 때마다 아처는 일종의 소유의 기쁨 같은 것을 느꼈다. (…) 그러나 그녀와 대화를 나누게 되면 허전한 결핍을 느끼는 것도 사실이었다. 그녀의 말에는 개성이 없고 그녀의 어머니나 상류 사회에서 공인된 어떤 의견이라는 생각을 떨칠 수가 없었다. 그녀는 스물두 살 생일이 머지않았고, 아처는 메이가 몇 살이 돼야 '성숙한 여성들이 자신을 대변하는 말'을 하게 될지 궁금했다.

책을 좋아하고, 예술을 사랑하며, 날카롭고 비판적인 감각을 지닌 아처는 이런 메이를 대할 때마다 앞으로의 삶이 빤히 보이는 듯했다. 메이는 그녀의 어머니 같이 되고, 자신은 항상 시계를 들고 식사 시간을 기다리는 장인처럼 될 게 뻔했다. 그는 자신의 결혼이 주변의 다른 대부분의 결혼과 마찬가지로 한쪽의 무지와 다른 쪽의 위선에 의해 똘똘 뭉쳐진, 물질적이고 사회적인 이해관계의 따분한 결과물이라는 것을 마침내 깨달았다.

이런 아처 앞에 한 여자가 나타난다. 가족들에게 '불쌍한 엘렌 올렌스카'로 불리는 메이의 사촌 언니이다. 그녀는 뉴욕 상류 사회 출신이지만 개방적인 어머니를 따라 유럽을 돌아다니며 교육을 받고, 전설적인 폴란드 부호 올렌스카 백작과 결혼하여 유럽 사교계의 꽃이었던 올렌스카 백작 부인이다. 그러나 방종한 남편으로부터 독립하기 위해 고향으로 돌아온 것이었다.

조제핀 스타일의 화려한 드레스와 곱슬곱슬한 머리칼을 이마에 내린 그녀의 패션을 보고 뉴욕 상류 사회는 거부감을 나타냈다. 천한 여자의 복장이라는 것이다. 그리고 파티에서, 얌전히 앉아서 남자를 기다리지 않고 스스로 걸어 다니며 남자들과 대화를 나누는 그녀는 상류 사회의 예절 전문가나 가문 전문가를 자처하는 사람들로부터 비판의 대상이 되었다. 게다가 백작 남편과 이혼하려 하다니! 뉴욕의 상류 사회는 그녀를 타락한 여자의 상징으로 치부했다.

그러나 아처에게 엘렌은 메이에게 결핍된 모든 것을, 뉴욕의 상류 사회가 억압하는 모든 것을 가진 여자로 보였다. 자유를 사랑하고, 열정적이며, 예술을 사랑하고, 관습을 두려워하지 않는 그녀는 아처가 메이로부터 목말라하는 결핍을 메워주는 존재였다.

엘렌에게서 예전의 빛나던 모습이 사라진 것은 사실이었다. 붉은 뺨은 창백해졌고, 마르고 초췌했으며, 서른 가까운 나이보다 더 나이 들어 보였다. 그러나 그녀에게서는 신비로운 권위가 있었다. 머리를 든 자세에는 자신감이 있었고, 눈을 움직이는 모습은 자연스러웠으며, 눈빛은 힘으로 가득 차 있었다. (…) 그녀의 모습은 그 자리에 참석한 어떤 숙녀들보다도 더 수수했다. 아처는 '그런데 그 무엇이 저런 눈빛을 만들었을까?' 생각하면서 오싹함을 느꼈다.

아처는 이토록 눈에 보이는 사랑을 한 번도 경험한 적이 없었다. 아처의 본능은 엘렌에게로 다가가고, 엘렌도 아처에게 다가온다. 그들은 불가능하지만 감히 결혼을 꿈꾼다.

두 사람의 관계는 밍코트 가를 긴장시킨다. 엘렌은 뉴욕 상류 사회가 고수해온 '이혼은 죄악'이라는 원칙에 정면으로 배치되는 존재로, '순결한 뉴욕의 도덕적 기준을 위협하는 제거해야 할 존재'로 낙인찍힌다. 밍코트 가와 뉴욕의 상류 사회는 엘렌을 유럽의 남편에게로 돌려보내기 위해 협동 작전을 펼친다. 가장 결정적이었던 것은 '임신했다'는 메이의 거짓 고백이었다. 엘렌은 사촌 동생의 '임신했다'는 고백에 모든 것을 포기하고 아처에게서 도망치기 위해 유럽으로 떠난다.

그 후, 아처와 메이는 겉으로는 잔물결 하나 일지 않는 가정 생활을 유지한다. 메이는 너그럽고 충실했으며 꾸준했다. 그러나 상상력이 빈약하고 성장을 모르는 사람이었기 때문에 그녀는 남편의 청춘이 산산이 부서지고 있다는 걸 눈치 채지 못했다. 그녀가 변화를 눈치 채지 못했기 때문에 아처는 자기 생각을 그녀에게 감출 수 있었다.

　30년이 흐른 어느 날, 하원 의원을 지내며 사회의 명사로 살아온 아처는 아들의 권유로 파리를 방문하게 된다. 아들은 아처에게 올렌스카 백작 부인 댁의 방문 약속을 잡아놓았다고 말한다.

"아버지 그분은 어떤 분이셨어요?"

아처는 아들의 뻔뻔스러운 눈길에 얼굴이 붉어지는 것을 느꼈다.

"털어놔 보세요. 아버지와 그분은 무지 가까우셨다면서요? 그분이 제일 아름답지 않았나요?"

"아름답다고? 모르겠다. 그녀는 달랐지."

(…)

"아버지, 약속 시간이 다 되었어요."

아들이 마침내 일깨워주었다. 아처는 나무 아래 빈 벤치 쪽으로 시선을 돌렸다.

"난 저기에 앉아 있겠다."

"왜요? 어디 안 좋으세요?"

"아니다. 더할 나위 없이 좋다. 그러나 너 혼자 올라가면 좋겠구나."

아처는 아들을 혼자 올려 보내고, 그녀가 산다는 아파트 5층 발코니를 바라본다. 그러고는 가무잡잡한 얼굴에 갈색 머리를 틀어 올린 그녀가, 커튼이 펄럭이는 방에서 푹신한 의자에 앉아 반지 세 개가 끼워진 손을 아들에게 내미는 모습을 상상해 본다. 그리고 아처는 어스름이 깔리고 하인이 덧창을 닫자 천천히 일어나 호텔로 간다.

몇 발자국만 걸어 올라가면 30년을 그리워한 그녀를 만날 수 있는데, 왜 아처는 올라가지 않았을까. 아내는 이미 오래전에 세상을 떠났고, 뉴욕 상류 사회의 규범도 달라졌는데… 이제는 그들의 사랑을 막을 어떤 장애물도 없는데 왜 엘렌을 만나지 않았을까.

"우리는 서로 떨어져 있을 때에만 서로 가까이 있어요. 그래야 우리는 우리 자신이 될 수 있어요."

30년 전, 젊은 아처가 '불륜이라는 단어가 존재하지 않는 나라로 함께 떠나자'고 했을 때 엘렌이 한 말이다. 아마도 아처는 그때의 엘렌을 존중했는지 모른다.

소설의 마지막 장을 덮고 나면, 우리는 《순수의 시대》라는 제목에 고개를 갸우뚱하게 된다. 가장 순수하지 않은 시대를 작가는 왜 '순수의 시대'라고 지칭했을까.

문학의 역사에서 볼 때 위대한 문학은 항상 독자에게 질문을 던진다. 당대의 독자뿐 아니라 미래의 독자에게도 질문을 던진다. 위대한 문학 작품과 아닌 것의 차이는 질문의 생명력에 달려 있다 해도 과언이 아니다.

이 소설도 제목을 통하여 당대의 미국 독자들에게 질문을 던졌다. 순수란 무엇인가. 이 질문에는 구체적인 질문들이 뒤따른다. 도덕적·법률적 죄를 짓지 않은 것만이 순수인가? 아름다움이란 무엇인가. 사랑이란 무엇인가. 이별이란 무엇인가. 이 질문들은 순수나 정의와 같은 아름다움의 세계에 목말라하는 지금의 한국 독자들에게도 가장 필요한 질문이다.

짧은 사랑이라고 해서 작은 사랑이 아니다. 긴 사랑이라고 해서 큰 사랑도 아니다.

°

연민과 사랑 사이에서
길을 잃었네

슈테판 츠바이크의 《초조한 마음》

남녀 관계에서 사랑을 감별하는 능력은 매우 중요하다. 사랑이 아닌 것을 사랑이라 믿었을 때 인생은 불행으로 치닫는다. '사랑인 줄 알고 결혼했는데 아니더라' '상대방이 좋아한 것은 내가 아니라 조건이었다'와 같은 상황에 놓이게 되면 인생은 이미 한참 꼬인 뒤이다.

남의 감정을 읽는 것도 중요하지만, 더 중요한 것은 나의 감정을 읽는 것이다. 상대편의 감정을 잘못 읽어 생기는 불행은 분노가 되지만, 자신의 감정을 잘못 읽어 생기는 불행은 후회가 된다. 분노는 소리 한번 크게 지르고 나면 사라질 수도 있지만, 후회는 두고두고 남아 나를 괴롭히고 자존감을 갉아먹는다.

연민과 사랑을 구분하지 못해 불행 속으로 굴러떨어진 어느 청춘의 이야기를 다룬 심리 소설이 있다. 오스트리아의 소설가 슈테판 츠바이크Stefan Zweig가 1939년에 발표한 《초조한 마음》이다.

> 모든 일은 어리석은 행동에서 시작되었다. 아무런 악의가 없는 서투른 행동, 프랑스인들의 표현을 빌리자면 가프(gaffe. 실수)로부터 시작된 것이다. 물론 나는 곧바로 나의 어리석은 행동을 바로잡으려고 노력했지만, 고장 난 시계 속의 톱니바퀴를 급하게 고치려다 시계 전체를 망가뜨리듯 인생 전체를 망가뜨리게 되었다. 수십 년이 지난 지금도 나는 어디까지가 나의 단순한 실수이고, 어디서부터가 죄였는지 그 경계를 구분하지 못한다.

소설은 이렇게 한 남자의 고백으로 시작된다. 남자의 이름은 안톤 호프밀러. 마리아 테레지아 영웅 훈장을 받은 퇴역 장교이다. 훤칠한 키에 꼿꼿한 자세와 걸음걸이, 관자놀이에 흘러내리는 매혹적인 잿빛 머리카락에 이르기까지 주위의 시선을 한눈에 사로잡기에 충분한 중년 남자. 그에게는 평생을 후회하는 사건이 있다.

헝가리 국경 지역 주둔지에서 무료한 나날을 보내던 스물다섯 살의 기병대 소위 호프밀러. 그는 어느 날 그 지역의 부유한 실업가 폰 케케스팔바의 집 연회에 초대된다. 가난한 공무원 부모에 의해 열 살부터 군사 학교에서 공짜 교육을 받은 뒤, 계급장이 달린 완제품이 되어 열여덟 살에 직업 군인이 된 밀러는 호화로운 연회에 압도당한다.

파티에서 생전 구경도 못한 맛있는 음식과 술을 먹고, 춤을 추던 그는 의자에 앉아서 자기를 바라보고 있는 그 집 딸 에디트와 눈이 마주친다. 밀러가 다가가 춤을 신청하자 에디트는 얼굴이 흙빛이 되면서 경련을 일으킨다. 그녀는 하반신 마비 환자였던 것이다. 다음 날 호프밀러는 실수를 용서받기 위해 장미꽃을 사들고 에디트를 찾아가고, 세상으로부터 격리되어 살아온 소녀는 건강하고 잘생긴 청년에게 남다른 감정을 느끼게 된다.

"소위님."

노인은 수줍은 듯 속삭였다.

"아, 소위님은 모르실 겁니다. 그 아이의 웃음소리를 다시 들을 수 있게 되어 내가 얼마나 행복한지. 그 아이에게는 아무런 즐거움도 없었는데…. 오늘은 마치 예전으로 돌아간 것 같았습니다."

노인의 말에 호프밀러는 감격한다. 정말인가? 나처럼 평범한 젊은이도 다른 사람에게 영향을 줄 수 있단 말인가? 50크로네도 못 가진 내가 막대한 재산을 가진 부호에게, 그의 친구들도 주지 못하는 행복감을 줄 수 있단 말인가? 내가 하루나 이틀을 장애인 아가씨에게 수다를 떨면 그녀의 눈빛이 반짝이고, 볼에 생기가 돌고, 내 존재로 인해 암울했던 집안이 환하게 밝아진다고?

그렇게 된 것이다. 호프밀러는 그와 같은 이유로 그 후 몇 주간 일과가 끝나면 저택으로 달려갔다. 열 살 때부터 15년 동안 군대라는 남자들의 세계에서만 살아온 호프밀러는, 저택의 화려함과 부드러움에 형용할 수 없는 위로를 받았던 것이다.

그가 작별을 고하는 시간이면 소녀는 "내일 또 오시죠?" 하고 눈을 반짝이며 말했다. 그런 순간이면 평범한 자신이 다른 사람에게 이토록 영향력을 갖고 있다는 게 신기하기만 했다.

그는 군사 학교에서 성적이 중간 정도 되는 평범한 생도였고, 단 한 번도 동료들이나 교관들에게 인기 있는 부류에 속하지 못했다. 그래서 어린 시절부터 자신은 쓸모없는 사람이고, 어느 날 갑자기 지구에서 사라져도 아무도 기억하지 못할 것이라고 생각하고 있었다. 그런 그에게 에디트와 그녀 아버지의 태도는 떨칠 수 없는 유혹이었다. 이런 그에게 에디트의 주치의 콘도어 박사가 말한다.

"연민은 모르핀과 같습니다. 처음에는 환자에게 도움이 되지만 그 양을 제대로 조절하지 못하거나 제때에 중단하지 못하면 치명적인 독이 됩니다. 소위님, 제대로 다루지 못하는 연민은 무관심보다 해롭습니다. (…) 연민에는 두 가지 종류가 있습니다. 그중 하나인 나약하고 감상적인 연민은 그저 남의 불행에서 느끼는 충격이나 부끄러움과 같은 초조한 마음입니다. 진정한 연민이란 창조적인 연민으로, 상대방이 무엇을 원하는지 분명히 알고, 비참한 최후까지 함께 갈 수 있는 의지를 동반한 마음입니다."

에디트는 점점 호프밀러에게 의존하고 미래를 꿈꾸게 된다. 이미 발을 뺄 수 없는 상태에 이른 호프밀러는 떠밀려 에디트와 약혼하게 된다. 그러나 그날 밤 호프밀러는 수치스러움과 후회 속에서 동료들에게 '약혼을 하지 않았다'고 말하고 만다. 이 말을 전해 들은 에디트는 호프밀러의 친절이 연민이었다는 사실을 알고 분노한다.

"당신은 진심을 말한 것 같군요. 정확히 말하면 내가 빌어먹을 의자에 묶여 있기 때문에 온 거였군요. 착한 사마리아 사람처럼 동정심을 발휘해서 몸이 불편한 가엾은 아이를 보러 온 거군요. 당신은 좋은 사람이죠. 아버지도 항상 그렇게 말한답니다. 좋은 사람들은 매 맞는 개나 더러운 고양이에게도 동정심을 느끼잖아요? 그러니 불구에게 연민을 느끼지 말란 법이 어디 있겠어요?"

그 후 에디트는 자살하고, 호프밀러는 전쟁터로 떠난다. 오스트리아 황태자 부부 암살 사건으로 촉발된 제1차 세계대전은 그에게 피난처가 되어주었다.

그해 8월 전쟁에 동원된 수십만의 군인 중 호프밀러 소위만큼 열심히 싸운 군인은 없었다. 그는 위험한 고지 탈환 작전에 스스로 자원했고 죽지 못해 안달한 사람처럼 싸웠다. 4년 동안의 전쟁은 그에게 '용감한'이라는 형용사와 함께 마리아 테레지아 영웅 훈장을 수여했다. 그러나 훈장도, 그가 스물다섯 살에 저지른 연민이라는 죄목을 잊게 해주지는 못했다.

누군가를 좋아하면 우리의 에너지는 상대방을 향한다. 그 사람의 생각이 궁금하고, 취미가 궁금하고, 모든 것이 궁금해서 관찰하고 연구한다. 그리고 대상에게 다가가고 싶어 대화할 기회를 만들고, 주위를 맴돌면서 관계를 맺으려고 노력한다. 프로이트는 일찍이 이런 상태를 '대상에게 쏟는 에너지'라는 의미의 '카섹시스cathexis'라는 단어로 명명했다.

카섹시스에는 이름이 많다. 관심, 호의, 연민, 배려, 신뢰, 애정, 동경, 경탄 그리고 질투, 탐욕, 시기, 분노, 경멸, 보복 등이 모두 포함된다. 어떤 사람과 강력한 감정의 끈으로 연결되어 있다고 믿을 때, 우리 내부에서 발생하는 이런 특별한 에너지들은 사랑과 관련된 감정이거나 파생된 감정이지 사랑과 동등한 것은 아니라는 것이다. 결국 사랑이란 카섹시스를 넘어서는 상태여야 한다.

내가 그의 이름을 불러 주기 전에는

그는 다만

하나의 몸짓에 지나지 않았다.

내가 그의 이름을 불러 주었을 때

그는 나에게로 와서

꽃이 되었다.

_김춘수, 〈꽃〉 중에서

김춘수의 〈꽃〉처럼 '몸짓'을 '꽃'으로 만들어줄 때 비로소 '사랑'의 자격을 얻게 된다.

호프밀러가 에디트에 쏟은 연민은 그녀를 꽃으로 만들어줄

수 없었다. 그의 연민은 모르핀처럼 처음에는 에디트를 위로
해주었지만 나중에는 그녀에게 치명적인 독이 되어 생명까지
빼앗았다.

'지금 당신의 사랑은 연인을 꽃으로 만들어주고 있나요?'

작가 스테판 츠바이크가 세상의 모든 연인들에게 묻고 있다.

°

그럼
2년 계약으로 합시다

시몬 드 보부아르의 《초대받은 여자》

첫째, 서로에게 무엇이든 숨기거나 거짓말하지 않는다.

둘째, 서로를 존중하고 사랑을 지켜나가되, 상대방이 다른
사람과 우연히 사랑에 빠지는 것을 허락한다.

셋째, 각자 경제적으로 독립한다.

스물네 살의 장 폴 사르트르와 스물한 살의 시몬 드 보부아
르는 1929년 11월, 위와 같은 조건에 합의한 후 계약 결혼 생
활을 시작한다. 사르트르의 청혼에 보부아르가 두 차례 거절
하고 난 뒤 어느 날, 함께 영화를 본 후에 루브르 박물관 한쪽
에 있는 바위에 앉아서 무언가를 먹고 있는 길 고양이를 바라
보다가 사르트르가 문득 말한다.

"그럼 2년 계약으로 합시다."

사르트르는 머지않아 군대에 입대해야 했다. 사르트르를 사랑하지만 결혼이라는 제도에 속박당하기 싫었던 보부아르는 독신주의를 생각하고 있었다. 그런 보부아르에게 '2년 계약'이라는 말은 '결혼'이라는 말보다 훨씬 경쾌하게 들렸다. 그래서 그녀는 허락한다.

두 지성의 계약 결혼은 당시 유럽 사회에 큰 충격을 던졌다. 사람들은 '자유' '무책임' '독립' '부도덕' 등의 단어로 찬반 의견을 표출했다. 그러나 두 사람의 계약 결혼은 사르트르가 죽을 때까지 50년 이상 지속되었고, 현재 프랑스 젊은 커플의 65퍼센트가 계약 결혼 중이라고 한다. 두 사람은 각자 자신의 작품에서 계약 결혼을 형상화했다. 사르트르는 〈철들 무렵〉이라는 단편으로, 보부아르는《초대받은 여자》라는 장편으로.

1943년에 발표된 시몬 드 보부아르Simone de Beauvoir의《초대받은 여자》는 그들의 계약 결혼 15년 차에 발표된 작품이며, 그녀의 첫 소설이다. 이 소설은 그들의 계약 결혼에 대한 생중계이자 보고서라고 해도 좋을 것이다. 그래서 소설이 발표되자마자 유럽인들은 뜨거운 반응을 보였다. 사르트르와 보부아르라는 두 지성의 계약 결혼 생활을 들여다보기란, 굳이 관음증이라는 단어를 쓰지 않아도 얼마나 은밀한 즐거움이었을까.

《초대받은 여자》의 주요 등장인물은 프랑스와즈, 피에르, 크자비에르, 제르베르이다. 피에르는 무대감독, 프랑스와즈는 극작가로 피에르가 받는 희곡들을 읽고 교정하는 역할을 한다. 크자비에르는 프랑스와즈의 집에서 생활하고 있는 야성과 감수성을 지닌 루앙 출신의 시골 소녀이고, 제르베르는 피에르를 존경하는 배우 지망생이며 프랑스와즈로 하여금 모성애를 느끼게 하는 미남 청년이다. 소설은 이 네 명이 벌이는 사랑의 형태를 통해 계약 결혼의 빛과 그림자를 보여준다.

제2차 세계대전이 발발하기 직전의 어수선한 프랑스 파리. 여류 극작가 프랑스와즈는 무대감독인 피에르를 사랑했고, '우리는 한 몸'이라는 믿음과 행복감으로 계약 결혼에 만족한다.

그러던 어느 날, 프랑스와즈는 교원 생활을 하던 루앙에서 크자비에르라는 시골 소녀를 알게 되어 그녀를 자기 집에 초대하고 돌보기로 한다. 크자비에르는 날씬한 몸매에 아름다운 눈을 가졌지만 어딘지 모를 쓸쓸한 느낌을 주는 소녀였다. 피에르가 그러한 크자비에르에게 날이 갈수록 흥미를 보이기 시작한다.

"저 아이 얼굴을 보고 난 뒤에는 차마 당신 얼굴을 볼 수가 없단 말이야."

마침내 피에르는 프랑스와즈에게 이런 말을 했다.

"저따위 시골뜨기가 진짜 사랑을 알 리 있어요?" 하고 신경질적으로 대답하는 프랑스와즈. 그러면 피에르는 냉정하게 대답했다.

"두고 봐야 알지, 안 그래?"

모범적인 신인류의 사랑을 하고 있다고 자부했던 피에르와 프랑스와즈의 관계는 크자비에르로 하여금 조금씩 허물어지기 시작한다. 크자비에르에 대한 피에르의 관심이 고조되고, 그녀와의 관계가 깊어져가는 것을 바라보는 프랑스와즈는 겉으로는 쿨한 척하지만 속으로는 질투심에 피가 마를 지경이다.

"피에르와는 어차피 자유와 독립을 조건으로 계약 결혼을 하지 않았던가? 이렇게 되었다고 해서 조금도 이상할 것은 없어."

프랑스와즈는 자신의 감정을 억눌렀지만, 어느새 크자비에르가 구두창에 묻은 무거운 진흙덩어리처럼 성가신 존재로 느껴졌다. 그리고 자기를 중심으로 만든 세계 옆에 크자비에르가 그 나름의 성역을 만들고 있다는 위기감에 목이 졸려왔다.

프랑스와즈는 미남 배우인 제르베르와 크자비에르를 만나게 해주면 일이 잘 풀릴 것이라고 생각하고 제르베르를 크자비에르에게 소개한다. 프랑스와즈의 계획대로 그들은 쉽게 사랑에 빠졌다. 크자비에르가 정말 사랑한 것은 잘생긴 배우 제르베르였지, 나이 든 피에르는 아닌 것이 분명했다. 피에르는 김칫국만 마신 꼴이었다.

자신의 남자인 피에르에게 사랑받는 젊은 여자. 그리고 젊은 여자에게 버림받은 피에르. 프랑스와즈는 분노와 복수심으로 크자비에르의 연인 제르베르에게 돌진한다. 그리고 제르베르의 마음을 정복하고는 통쾌하게 미소 짓는다.

"내가 이겼어!"

그러나 진심으로 제르베르를 사랑하게 된 크자비에르는 프랑스와즈에게 맹렬히 대든다.

"다른 사람도 아닌 당신이 저를 우롱하다니!"

지극히 고통스러운 웃음이 그녀의 하얀 이를 드러나게 했다.

"난 크자비에르를 우롱하지 않았어. 다만 너보다 나 자신에 더 관심을 쏟았을 뿐이야."

"알고 있어요. 피에르가 저를 사랑했기 때문에 저를 질투하셨죠. 그리고 제게서 제르베르를 빼앗았잖아요? 마음대로 차지하세요. 그 대단한 인물, 미련 없이 드리겠어요."

그녀는 숨이 막힐 듯이 격한 말을 퍼부어댔다. 분노로 불타오르는 크자비에르의 눈이 향하는 대상이 바로 자기라는 것을 떠올리며 그녀는 몸을 떨었다.

크자비에르가 살아 있는 한 프랑스와즈는 계속 파렴치한 인간으로 남을 것이다. 프랑스와즈는 '죽고 싶다'고 생각한다. 그러나 프랑스와즈는 자기가 죽는 대신 크자비에르를 죽이기로 한다.

그녀는 크자비에르에게 각인된 자신의 이미지, 복수심과 질투심에 불타 제르베르와 육체관계를 맺은 가증스럽고 추잡한 나이 든 여자의 이미지를 지우고 싶었다. '크자비에르가 살아 있는 한 나는 파괴되고 만다'고 그녀는 되뇌었다. 프랑스와즈는 크자비에르의 방과 연결된 가스 밸브를 잡고 핸들을 내렸다.

결혼 제도에 얽매이지 않고 자유롭게 살고자 했던 피에르와 프랑스와즈의 계약 결혼은 질투심으로 인해 무너지고 만다. 그러면 보부아르가 이 소설에서 하고 싶었던 말은 무엇이었을까. 계약 결혼의 어려움이었을까, 아니면 계약 결혼의 불가능성이었을까. 그럼에도 불구하고 계약 결혼을 유지하고 있는 자신들의 우월함을 드러내고 싶었던 것일까.

결혼에는 여러 가지 이름이 있다. 중매결혼, 연애결혼, 정략결혼, 사기 결혼, 이중 결혼, 계약 결혼…. 그런데 사실 이름만

다를 뿐 모든 결혼은 일종의 계약이다. 다른 결혼과 계약 결혼의 차이는 그 기간이 무한인가, 유한인가일 뿐이다. 검은 머리가 파뿌리 되도록 같이 사는 것을 계약 조건으로 한 결혼이 몇 년 만에 깨지기도 하고, 부동산 계약처럼 계약 기간을 2년으로 정한 사르트르와 보부아르의 계약 결혼이 50년 동안 지속되기도 했다. 결혼에서 중요한 것은 계약 내용이 아니라 믿음일 것이다.

톨스토이가 《크로이체르 소나타》에서 "한 사람을 평생 사랑한다는 것은 초 한 대가 평생 타는 것과 같다"고 말한 것처럼 평생 한 사람을 사랑하는 것은 불가능한 일일지 모른다. 검은 머리가 파뿌리가 되도록 사랑하는 경우는 극소수이며, '더 나은 상황이 보장될 수 없을 때는 그 자리에서 견디는 것이 현명하다'는 것을 아는 사람들의 영리한 선택일 것이다.

우리는 대부분 영원을 약속하며 결혼한다. 그러나 많은 부부가 싸우고 갈등을 겪으며 살아간다. 그 많은 소설과 드라마, 영화의 내용이 사랑과 이별과 증오와 복수에 대한 이야기라는 것만 봐도 알 수 있다. 도무지 알 수 없는 것이 사람의 마음이고, 아무리 확고한 사랑이어도 그 감정이 변하고 사라지는 것을 막을 수 없다.

허진호 감독의 영화 〈봄날은 간다〉에서 남자 주인공이 변심한 애인을 향해 "사랑이 어떻게 변하니?"라고 묻는다. 그때 여주인공 이영애는 미소만 지었지만, 아마 대답했다면 "사랑이 어떻게 안 변하니?"라고 말했을 것이다.

사르트르와 보부아르의 계약 결혼도 순조롭지 않았다. 《초대받은 여자》의 상황처럼 두 사람 사이에 러시아 출신의 올가가 끼어들면서 결혼은 위기를 맞았고, 보부아르는 다른 남성과 연애를 하기도 했다. 그럼에도 불구하고 두 사람은 계약 결혼을 깨지 않고, 검은 머리가 파뿌리가 되도록 유지했다. 그리고 죽어서 한 묘지에 함께 묻혔다.

그들은 왜 계약 결혼을 깨지 않고 유지했을까. 자존심 때문이었을까, 아니면 투철한 실험 정신 때문이었을까. 그들은 세상을 떠났지만 우리는 상상할 수 있다. 기간이 정해진 계약 결혼이든, 영원을 약속하는 결혼이든 결혼에서 중요한 것은 시간이 아니라 믿음이라는 것을.

《초대받은 여자》를 통해 사르트르와 보부아르가 결혼의 의미를 다시 한 번 생각해보라고 말하는 것 같다.

'중매결혼이든 연애결혼이든 계약 결혼이든 다 똑같다. 기쁠 때도 있고 아플 때도 있다.'

o

첫사랑을 추억하는
특별한 방법

안네마리 셸린코의 《데지레》

'남자는 여자의 첫사랑이기를, 여자는 남자의 마지막 사랑이기를 꿈꾼다'는 말이 있다. 사실일까? 한 리서치기관에서 40대 남녀 100명을 대상으로 이메일 설문조사를 한 결과, 남자들은 첫사랑을 만나면 '무조건 가슴이 뛴다'는 데 한 표를 던졌고, 여자들은 '심드렁하다'에 한 표를 던졌다고 한다.

남자들 중 상당수가 초라해졌거나 불행해진 첫사랑을 만나면 가슴이 아파 도와주고 싶을 것이라고 했다. 여자들은 그 남자와 결혼하지 않은 게 천만다행이라며 가슴을 쓸어내릴 것 같다고 했다. 또 남자들은 성공한 첫사랑을 만나면 '그럼 그렇지' 하는 마음에 우쭐해진다고 한 반면에 여자들은 성공한 첫사랑을 보면 그 남자와 결혼하지 않은 자신의 무지와 불운에 속상해서 우울해진다고 했다. 이 설문 결과를 보고 나는 판단했다. 남자들은 정도의 차이는 있으나 모두 로맨티스트이고, 여자들은 정도의 차이도 없이 모두 현실주의자라고.

이 첫사랑 공식에 꼭 들어맞는 커플이 있다. 보나파르트 나폴레옹과 베르나르딘 외제니 데지레 클라리이다. 나폴레옹은 워털루 전투에서 패배하고 아프리카 대륙에서 1,900킬로미터 떨어진 대서양의 고도 세인트헬레나 섬에 유배되었다. 그때 나폴레옹은 자신의 일생을 구술로 남기며 '외제니 데지레 클라리는 나의 첫사랑이었다'고 고백했다. 이 소설은 바로 그 역사적 한마디를 줄기로 하여 빈틈을 메우고 무늬를 넣어 짠 전기 소설이다.

나폴레옹에 대한 연구서와 출판물은 60만 종 이상이나 된다. 그 대부분이 눈부신 전투와 전승 업적에 스포트라이트를 비추고 있다. 그러나 1951년 오스트리아의 소설가 안네마리 셀린코Annemarie Selinko가 쓴 《데지레》는 나폴레옹과 사랑을 주고받았던 한 여자의 일생에 초점을 맞추고 있다.

역사학도였던 안네마리 셀린코는 이 소설을 쓰기 위해 5년 동안 나폴레옹에 대해 취재했다. 그렇게 조사한 전문 지식과 풍부한 상상을 버무려 나폴레옹 시대를 정확하게 묘사하면서,

나폴레옹의 사랑과 전쟁을 그려낸 소설이 바로《데지레》다.

《데지레》는 출간과 동시에 세계적인 베스트셀러가 되었고, 현재까지 25개 언어로 번역되어 전 세계에서 2천만 부 이상이 팔린 작품이다. 이 소설을 원작으로 한 동명 영화에 전설적인 배우 말론 브란도와 진 시먼스가 출연하여, 사랑과 야망과 애증의 일대기를 생생하게 보여주어 폭발적인 인기를 얻기도 했다.

(마르세유, 1794년 3월 하순)

아무래도 여자는 몸매가 풍만해야 남자들을 더 잘 움직일 수 있다. 그래서 나는 내일 드레스 앞부분에 손수건을 네 장 넣기로 했다. 그러면 정말 어른 같아 보일 것이다. 사실 나는 벌써 어른이다. 하지만 아무도 그걸 모른다. 나는 작년 11월에 열네 살이 되었고, 아버지는 생일 선물로 이 예쁜 일기장을 사주셨다.

소설은 이렇게 주인공 데지레의 일기 형식으로 시작된다. 마르세유의 부유한 실크상의 막내딸 데지레는 명랑하고, 낙천적이며, 적극적인 성격의 소녀이다. 그녀는 빨리 방을 혼자 쓰고 싶어 언니 쥘리가 결혼하기를 매일 밤 기도한다. 아버지는 폐렴으로 사망하면서 아들 에티엔에게는 상점을, 두 딸에게는 지참금으로 각각 15만 프랑이라는 거금의 지참금을 남겨주고

갔다.

아버지가 돌아가신 후 가족에게는 큰 걱정이 생겼다. 에티엔이 이유도 알 수 없이 경찰에게 잡혀간 것이다. 그들은 귀족도 아니었고, 짐작 가는 것이 하나 있다면 프랑스 혁명 전에 아버지가 왕실 납품업자 신청을 했다가 무산된 것뿐이다. 아버지는 이미 돌아가셨으니 에티엔을 아버지로 착각하여 잡아간 것이 분명했다. 그러나 문제 해결력이 부족한 어머니는 한숨만 쉬면서 슬퍼할 뿐이어서 집안에는 어두운 그림자가 자욱했다. 답답한 나머지 데지레는 올케를 데리고 오빠의 무죄를 호소하러 관청으로 간다.

그날 데지레는 한 남자를 만나게 된다. 남편이 석방되자 올케가 데지레의 존재를 잊고 남편과 함께 집으로 가버리는 바람에 대기실 나무 의자에서 저녁까지 기다리다 잠든 데지레를 한 남자가 깨운다. 그 남자는 '어린 숙녀가 혼자서 밤길을 가면 위험하다'며 집까지 바래다준다. 걸어오는 동안 자신은 위원장의 비서인 조제프 뷔오나파르테이고, 가족은 1년 전에 코르시카 섬에서 영국을 피해 도망 왔다고 말한다. 그리고 얼마 전에 준장으로 승진한 동생이 어머니와 여섯 명의 동생을 부양하고 있다는 집안 사정도 말한다. 집 앞에 왔을 때 청년은 데지레네 저택을 보며 '집이 참 좋다'고 말한다. 그래서 데지레는 답례로 그들 형제를 집으로 초대한다.

이틀 후 두 형제는 데지레의 집으로 찾아온다. 형은 스물다섯 살의 조제프, 동생은 스물네 살의 포병 준장 나폴레옹이다. 데지레의 어머니는 코르시카 촌사람들이라고 노골적으로 무시했지만, 오빠는 젊은 장군 나폴레옹이 들려주는 전쟁 이야기에 빠져 그들을 좋아하게 된다. 그리고 자연스럽게 언니 쥘리는 형 조제프와 데지레는 동생 나폴레옹과 가까워진다. 마르세유에 아는 사람이라고는 한 명도 없는 형제는 이 부유한 저택으로 매일같이 놀러온다. 어느 날 데지레는 일기에 이런 글을 쓴다.

그 사람을 생각하면 가슴속 심장이 큼직하게 느껴진다. 사랑 때문이다. (…) 그 사람은 아주 작다. 눈길을 잡아끄는 게 아무것도 없다. 군복은 낡았고 별도 하나 달려 있지 않다. 군화도 낡았고 발에 맞지도 않는다. 얼굴은 커다란 모자에 가려 보이지 않는다. 장군이 그렇게 보잘것없을 거라고는 상상도 못했다. 그러나 웃을 때는 돌연 소년처럼 순진해지면서 실제보다 훨씬 어려 보인다. 그는 책 읽기를 굉장히 좋아한다. 괴테라는 낯선 독일 작가가 쓴 소설 《젊은 베르테르의 슬픔》에 대해서도 이야기했다. 나는 나폴레옹에게 "당신도 사랑에 실패하면 자살할 건가요?"라고 물었다. "아니" 그가 웃으면서 대답했다. 하지만 그는 슬픈 눈빛으로 나를 한참 바라보다가 얼른 화제를 바꾸었다.

그러던 어느 날 나폴레옹은 권력자에게 잘못 보여 잡혀간다. 그가 잡혀가자 데지레는 물어물어 그가 산다는 마을에 가서 그의 어머니를 만나고, 이루 말할 수 없이 가난한 사람들의 거처를 목격하게 된다. 그러나 데지레는 의연하게 내일 면회를 가려고 하니 속옷을 싸달라고 말한다.

나폴레옹은 그 후 풀려났지만 전선이 아닌 지방에 근무하라는 명령을 받는다. 나폴레옹은 상관에게 따지러 파리에 가고 싶었지만 여비가 없어 쩔쩔맨다. 그때 데지레가 그에게 새 군복을 사주고 싶어서 모은 돈 98프랑을 준다. 나폴레옹은 그 돈을 가지고 파리로 간다.

명령에 불복하고 계속 이탈리아 원정을 역설하는 그를 상관들은 싫어했다. 그래서 그는 군에서 연금도 받지 못한 채 쫓겨난다. 그는 생활비가 없어 군무부에서 눈이 빠져라 지도 그리는 아르바이트를 하여 1/3은 생활비로 사용하고, 2/3는 어머니에게 보냈다. 그러나 찢어진 바지는 어찌할 도리가 없었다. 아무리 기워도 솔기가 자꾸 터졌다. 새 군복을 신청했지만 정부는 쫓겨난 장군에게 군복을 주지 않았다.

파리에서 절망적인 생활을 하고 있던 나폴레옹은, 당시 원하는 게 있는 사람들이 찾아가는 곳으로 유명한, 아름다운 마담 탈리앙의 살롱 '쇼미에르(초가집)'를 찾아간다. 그곳에서 만난 마담 탈리앙과 조제핀 백작 부인은 그의 이야기에 귀를 기울여주었다. 그녀들은 군무부에서 그에게 새 바지와 지휘권을 주지 않는 것은 잘못이라고 말하며 새 바지를 구해주겠다고 한다. 그러고는 '뷔오나파르테 나폴레옹'보다는 '보나파르트 나폴레옹'이 더 발음하기 좋을 것 같다고 조언한다. 그는 당장 이름을 바꾼다. 그 후 마담 조제핀과 야심가 나폴레옹은 자연스럽게 가까워지고, 나폴레옹은 복직 후 중요한 자리의 지휘권을 얻게 된다.

파리에서 매일같이 오던 연인의 편지가 드문드문 오다가 아주 끊기자 데지레는 가족들 몰래 가출하여 파리로 간다. 이 용감한 마르세유 아가씨는 물어물어 마담 탈리앙의 살롱 쇼미에르를 찾아간다. 그리고 거기서 나폴레옹과 조제핀의 약혼 발표를 듣게 된다. 파티장 구석에 숨어서 그 장면을 목격한 그녀는 "안 돼!"라고 소리치며 들고 있던 와인 잔을 두 사람에게 던지고 밖으로 뛰쳐나간다. 그리고 어느 다리 위에서 뛰어내리려고 하다가 한 남자에 의해 저지당한다.

"안 돼요! 아가씨!"

파티에서 그녀를 따라 나온 그 남자의 이름은 장 바티스트 베르나도트. 데지레는 "나폴레옹은 당신 같이 평범한 시골 소녀와는 절대로 결혼할 남자가 아니"라는 그의 말을 듣고 절망한다.

나폴레옹은 조제핀과 결혼한 후 파리 방위 사령관이 된다. 이어서 그는 골칫거리였던 수도의 폭동을 진압하고 국민적 영웅이 된다. 파리 시민들은 커피 잔과 꽃병과 코담배 상자에 그의 얼굴을 새겨 넣고 그를 사랑했다. 그즈음 나폴레옹은 그토록 원하던 이탈리아 원정을 떠나게 된다. 그 송별식에 데지레는 형 조제프의 처제라는 명목으로 초대된다.

그와 눈이 마주쳤다. 우린 아주 잠깐 서로를 바라보았다. 그토록 두려워하면서도 그토록 간절히 바라던 만남.
"외제니! 초대에 응해줘서 고마워."
그의 눈이 내 얼굴을 떠나지 않았다.
그가 미소 짓자, 그의 여윈 얼굴에는 내가 열여섯 살이 될 때까지 결혼을 기다리겠다고 어머니께 약속하던 그날의 젊은 생기가 차올랐다.
"정말 아름다운 아가씨가 되었구려, 외제니."
그가 말했다.

"완전히 어른이야."

나는 손을 빼며 말했다.

"이제 열여섯 살인걸요."

"조제핀, 조제핀!"

갑자기 그가 소리쳤다.

"외제니를 만나봐요. 내가 외제니 이야기 많이 했잖소?"

동생 나폴레옹이 권력자가 되자 그의 형과 결혼한 쥘리도 귀부인이 된다. 어느 날 데지레는 언니네 집 파티에서 장 베르나도트 장군을 다시 만나게 된다. 장군은 파리에서 자살하려던 소녀가 바로 그녀인 것을 알고 반가워하며 청혼한다.

장 베르나도트는 나폴레옹과는 완전히 다른 남자였다. 데지레는 부드럽고 친절한 그 남자의 청혼을 받아들인다. 베르나도트는 나폴레옹의 전략이 모두 미친 짓이라고 반박하는 정적이었지만, 황제가 된 뒤에도 나폴레옹은 데지레의 남편인 그를 중요한 자리에 등용한다.

나폴레옹은 러시아와 스페인 원정의 실패로 실각하고, 세인트헬레나 섬으로 추방당할 처지에 놓인다. 그가 항복하지 않고 다시 군대를 모으려고 하자 프랑스 정부는 그를 설득할 사람을 찾는다. 그리고 당시 스웨덴 총독으로 파견된 장 베르나

도트의 부인이며 나폴레옹의 첫사랑인 데지레를 선택한다. 데지레는 그가 은거하고 있는 말메종으로 가서 프랑스 정부의 편지를 전한다.

"프랑스 정부가 나를 떠나라고 한다고?"

편지를 본 나폴레옹은 분노했지만 곧 데지레 옆자리에 조용히 앉으며 "방금 당신을 보았을 때, 내 젊은 시절이 돌아온 것 같았다"고 말한다. 그녀는 꽃들이 피어 있던 산울타리를 따라 달리기를 하던 밤과 일부러 그가 데지레에게 져주던 일을 이야기하고, 나폴레옹은 첫 키스를 나누던 밤을 이야기한다. 그들은 그렇게 오랫동안 앉아 있었다.

장군은 칼집에서 칼을 뺐다.

"여기 있소, 외제니. 가져가시오! 워털루의 칼을!"

강철 날 위에 햇빛이 번득였다. 나는 머뭇거리며 손을 내밀었다.

"조심해요, 외제니. 날에 손을 대지 마시오."

나는 어색하게 칼을 받아 들고 먹먹한 눈길로 나폴레옹을 바라보았다.

"지금 이 순간 동맹군에 항복하겠소. 나는 이제 포로요. 포로는 자신을 생포한 장군에게 칼을 주는 게 관례요."

그리고 나폴레옹은 미소 지으며 말했다.

"당신은 이제 스웨덴 왕후가 될 것이오. 외제니 데지레, 잘 가시오."

나폴레옹은 역사적인 워털루의 칼을 첫사랑 데지레에게 바쳤다. 사랑했지만 출세를 위해 조제핀과 결혼했던 과거의 배신을 보상하려 했던 것일까. 역사가들은 나폴레옹이 자결했으면 했지, 어떤 권력자에게도 칼을 주고 항복하지 않았을 거라고 입을 모은다. 그러나 그는 첫사랑에게 칼을 주고 항복했다. 그럼으로써 당시 프랑스 점령지 스웨덴의 총독으로 있던 그녀의 남편이 왕이 되는 데 일등공신이 되도록 만들어주었다.

그것은 전략가인 나폴레옹이 첫사랑을 추억하는 특별한 방식이었다. 사랑에서 시작하여 우정이 된 그들의 사랑. '나는 너에게 언제나 아름다운 사람이고 싶다'는 메시지가 웅장하게 울려 퍼지는 장면이다.

대부분의 소설은 사랑의 첫 순간을 들여다본다. 그 사랑이 얼마나 아름답게 피어나는지에 앵글을 맞춘다. 그러나 이 소설은 사랑의 끝 순간에 조명을 비춘다. 나폴레옹의 첫사랑이 어떻게 매듭지어지는지에 초점을 맞춘다.

얼굴이 하나뿐인 사람은 없다. 상대에 따라 우리는 각기 다른 얼굴을 보여준다. 데지레에게 보여준 나폴레옹의 얼굴은 정직하고 사랑스러운 소년의 얼굴이었다. 모든 첫사랑의 얼굴이 그러하듯이.

나폴레옹의 인생에는 세 사람의 여인이 있었다. 한 명은 조제핀 왕후로, 나폴레옹이 야망의 망토를 펼치는 데 기여한 여인이다. 다른 한 명은 조제핀과의 이혼 후 결혼한 오스트리아 공주 마리 루이즈. 그녀는 나폴레옹의 유일한 아들을 낳은 여인이다. 그리고 마지막으로 마르세유 실크 상인의 딸 데지레 클라리. 그녀는 나폴레옹과 관련된 어떤 서류에도 이름이 올라 있지 않고, 그의 자식을 낳은 적도 없지만 그와 가장 가까웠던 여인이다. 사랑으로 시작하여 우정으로 끝을 맺은 사이. 그녀는 스웨덴 카를 14세의 왕비이다. 현 스웨덴 국왕 카를 16세는 그녀의 7대손이다.

짧고 굵게 세계 역사를 호령하다 사라진 나폴레옹과 그 한 모퉁이에서 오래도록 타오르는 불길을 점화시킨 베르나도트. 두 남자의 인생이 대비되면서 우리에게 무언가를 말해주고 있다.

○

그것은 사랑일까

블라디미르 나보코프의 《롤리타》

사랑인지 아닌지 헷갈리는 소설이 있다. 《롤리타》와 《책 읽어주는 남자》이다. 두 작품 모두 미성년자와 나이 많은 이성의 '성 이야기'가 담겨 있다. 그래서 교육자들은 두 작품을 학교 도서관 목록에 넣지 않는다. 그러나 나는 최근에 《책 읽어주는 남자》를 다시 읽고 '사랑 이야기'라고 판단했다. 두 주인공의 가슴에서 사랑의 본질을 보았기 때문이다.

《책 읽어주는 남자》는 독일 작가 베른하르트 슐링크Bernhard Schlink가 1995년에 발표한 소설이다. 전차 차장으로 일하는 서른여섯 살 여인과 열다섯 살 소년은 어느 날 연인이 된다. 여자는 소년과 만날 때마다 책을 읽어달라고 한다. 그래서 책 읽어주기, 샤워하기, 사랑 나누기와 나란히 누워 있기는 그들만의 의식이 된다. 그러던 어느 날 여자가 갑자기 사라진다. 소년은 충격을 받았지만 다시 열다섯 살 소년의 세계로 돌아간다.

세월이 흘러 법학자가 된 소년은 어느 날 우연히 나치 전범이 되어 재판을 받고 있는 그녀를 발견한다. 그리고 그녀가 그때 승진이 보장된 전차 차장직을 버리고 나치 수용소의 감시원 자리를 선택했다는 사실을 알게 된다. 그뿐 아니라 그녀가 문맹이었다는 사실까지….

책 읽어주던 소년은 그녀가 수감 생활을 하는 동안 직접 책을 읽으며 녹음한 테이프를 그녀에게 보내주었고, 그녀는 소년이 보내주는 테이프와 책으로 글자를 익힌다. 그러나 그녀는 사면되는 날 소년 앞에 나타나지 않고 감옥에서 자살한다. 책 읽어주던 소년은 그녀의 소지품에서 자신의 고등학교 졸업식 사진이 실린 신문 조각을 발견하고 눈물을 흘린다. 오래전 그녀는 소년의 앞길을 위해 자취를 감추었고, 이제는 어른이 된 소년을 위해 영원히 아름다운 사람으로 남고 싶었던 것이다.

〈이보다 더 좋을 순 없다〉라는 영화에서 능글맞은 잭 니콜슨이 좋아하는 여성에게 "당신은 나를 더 좋은 사람이 되고 싶게 한다"고 말한다. 그때 우리가 잭 니콜슨의 사랑을 믿어주었듯이《책 읽어주는 남자》에서도 두 사람의 행동을 보며 그들의 사랑을 믿어주고 싶어진다. 그런데《롤리타》의 경우는 아리송하다.

　러시아 출신의 미국 소설가 블라디미르 나보코프Vladimir Nabokov의 소설《롤리타》는 열두 살 소녀를 향한 중년 남자의 사랑과 욕망을 그리고 있다. 나보코프는 미국 출판사 네 곳에 원고를 보냈으나 모두 거절당하고, 우여곡절 끝에 프랑스 파리의 한 이름 없는 출판사에서《롤리타》를 출간하게 된다.
　출간과 동시에 이 소설은 '포르노다' '예술이다'라는 논란의 중심에 놓이게 되고, 독자들의 궁금증을 증폭시키며 베스트셀러에 오른다. 지금까지 수십 개국에서 출간되어 천오백만 부라는 판매 기록을 남겼으며, 이제 '롤리타'는 '어린 소녀를 향한 성적 동경의 한 상징'으로 자리 잡고 있다.

　　롤리타, 내 삶의 빛, 내 몸의 불이여. 나의 죄, 나의 영혼이
　　여. 롤―리―타. 혀끝이 입천장을 따라 세 걸음 걷다가 세
　　걸음 째에 앞니를 가볍게 건드린다. 롤. 리. 타.

　소설은 이렇게 매혹적인 문장으로 시작된다. 빼어난 산문가인 나보코프의 문장 덕에 기이한 사랑은 추하게만 보이지 않고, 마치 나비를 찾아 헤매는 소년의 몽환적인 이미지를 띤다.

주인공 험버트는 세 살 때 어머니를 여의고 수녀처럼 엄격한 이모 밑에서 자란다. 그리고 열세 살 때 첫사랑에 빠지지만 여자는 병에 걸려 세상을 떠난다. 이루어지지 못한 첫사랑의 후유증으로 그는 사춘기 이전이나 사춘기에 접어든 여자아이들에게만 사랑의 욕망을 느끼는 남자가 된다.

> 아홉 살에서 열네 살 사이의 소녀들 중에는 자기보다 나이가 두 배 또는 몇 배쯤 많은 나그네 앞에서 자신의 참된 본성을 드러내는 아이들이 더러 있다. 자기에게 매료된 나그네에게 그녀들은 인간이 아니라 님프의 모습(즉, 마성)을 보여주는데, 나는 이 선택받은 소녀들을 '님펫'이라 부르고 싶다. (…) 야릇한 기품, 종잡을 수 없고 변화무쌍하며 영혼을 파괴할 만큼 사악한 매력이야말로 또래 가운데 님펫과 어중이떠중이를 가르는 기준이다.

서른일곱 살이 된 험버트 교수는 하숙집 여주인 샬로트의 열두 살 난 딸 롤리타에게 치명적인 욕망을 느끼고, 롤리타 곁을 떠날 수 없어 그 아이의 어머니와 결혼한다. 어느 날 롤리타에 대한 욕망을 기록한 험버트의 일기를 보고 충격받은 샬로트가 밖으로 뛰쳐나가다가 교통사고를 당해 죽는다. 그래서 롤리타의 법적 보호자가 된 험버트는 학교에 가서 롤리타에게 어머니의 소식을 전한다. 그리고 시골의 작은 호텔에 빈방이 없어 두 사람은 한 방에서 묵게 된다. 그곳에서, 그동안 자제해왔던 험버트의 성욕은 롤리타의 유혹에 무너지고 둘은 미국 전역을 함께 여행한다.

> 그녀의 아름다운 옆모습, 조금 벌어진 입술, 따스한 머릿결은 내 허연 송곳니 바로 삼 인치 앞에 있었다. 그리고 나는 그녀가 입은 거친 남자 옷 속의 따뜻한 육체를 느꼈다. 갑자기 그녀의 목덜미나 입술 한가운데에 아무런 거리낌 없이 입을 맞출 수도 있다는 생각이 들었다. 그녀는 그것을 허락할 것이며 할리우드 영화에서 보듯 눈을 살포시 감을지도 모른다. 갑절의 바닐라에 뜨거운 초콜릿까지 얹은 셈.

험버트는 점점 롤리타에게 빠지지만 롤리타는 싫증을 느끼고 어느 날 그의 곁에서 사라진다. 3년간 미친 듯이 그녀를 찾아 헤매던 험버트에게 '돈이 필요하다'는 롤리타의 편지가 도착한다. 그녀를 찾아간 험버트 앞에 배가 불룩해진 롤리타가 나타나 딕이라는 노동자 청년을 남편이라고 소개한다. 험버트는 그녀에게 돈을 주면서 다시 돌아오라고 간청하지만 냉정하게 거절당한다.

험버트는 3년 전에 그녀를 납치한 후 이용하고 버린 사람이 극작가 퀼티라는 것을 알아내고, 그를 찾아가 권총으로 죽이고 자수한다. 험버트는 수감 중, 자신의 비밀스런 욕망에 관한 이야기를 회고록 형식으로 기록한다.

> 나는 너를 사랑했다. 내 비록 다리가 다섯 달린 괴물이었지만 너를 사랑했다. 내 비록 비열하고 잔인했지만, 간악했지만, 무슨 말을 들어도 싸지만 그래도 너를 사랑했다, 너를 사랑했다! 그리고 때로는 네 심정을 헤아릴 수 있었고, 그때마다 지옥의 괴로움을 맛보았다. 나의 아이야, 롤리타.

험버트는 회고록을 통해 롤리타를 향한 욕망이 절절한 사랑이었음을 이렇게 고백한다. 그러나 험버트는 정말 롤리타를 사랑한 것일까? 심리학자 에리히 프롬은 그의 명저 《사랑의 기술》에서 '진정한 사랑은 나와 너를 성장시키는 경험'이라고 말한다. 그리고 사랑과 비슷한 감정으로 끌림, 동경, 경탄, 동정, 연민, 질투, 탐욕, 절망, 분노와 같은 것들이 있는데, 이런 감정이 사랑으로 승화되려면 자신과 상대방을 성장시켜야 한다고 말한다.

에리히 프롬의 조언이 다소 도덕적으로 들릴 수도 있지만, 사랑할 때 상대방에게 좋은 일이 일어나기를 바라는 연인들의 마음을 설명하기에는 충분하다. 사랑한다면서 상대방을 욕망의 대상으로만 삼는 것을 사랑이라고 할 수 있을까? 꽃에 물한 모금 주지 않는 사람이 꽃을 사랑한다고 말할 수 없듯이, 사랑한다고 말하면서 상대방을 독점하고 타락시키려는 사랑은 사랑이 아니다. 사랑은 존중하고 신뢰하며 상대방과 나의 영혼을 성장시키는 활동인 것이다.

"끝이 좋으면 다 좋아."

셰익스피어가 한 말이다. 험버트 씨에게도 '끝이 아름다워야 아름다운 사랑이 아니겠느냐'고 묻고 싶다.

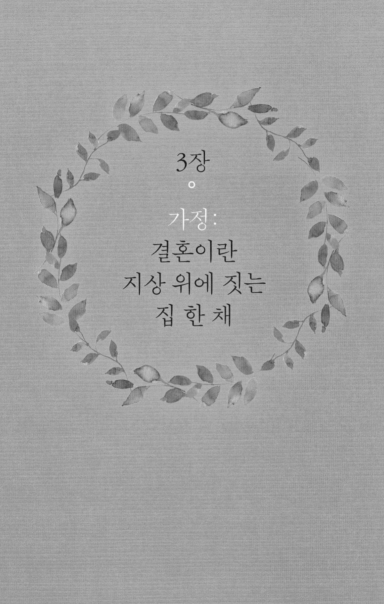

3장

가정:
결혼이란
지상 위에 짓는
집 한 채

º

결혼도 추우면
감기에 걸린다

토마스 하디의 《환상을 찾는 여인》

아버지도 아니고 오빠도 아닌

아버지와 오빠 사이의 촌수쯤 되는 남자

내게 잠 못 이루는 연애가 생기면

제일 먼저 의논하고 물어보고 싶다가도

아차, 다 되어도 이것만은 안 되지 하고

돌아누워 버리는

세상에서 제일 가깝고 제일 먼 남자

_문정희, 〈남편〉 중에서

남편이란 존재에 대해 이보다 더 정확한 표현이 있을까. 특히 '아버지와 오빠 사이의 촌수쯤 되는 남자'라는 말은 내 마음을 콕 찍어 보여주는 것 같아서 소름이 돋는다. 남편이란 아버지만큼 내 편이 되어주지는 않지만, 확실히 오빠보다는 가까운 사람인 것 같다.

'이상적인 남편의 조건'을 이야기할 때 빠지지 않는 조건이 있다. '비슷한 성향의 사람인가, 반대 성향의 사람인가'이다. 어떤 사람들은 비슷한 성향을 만나야 서로 이해할 수 있어서 이상적인 부부가 될 수 있다고 주장한다. 어떤 사람들은 반대 성향을 만나야 서로 보완해가며 싫증 내지 않고 잘 살 수 있다고 주장한다. 하나는 부부의 행복을 이해의 관점에서, 다른 하나는 보완의 관점에서 본 결과이다.

나는 아마도 보완 관계를 신봉했던지, 성향이 무척 다른 남자와 결혼했다. 그런데 결혼하고 나니 사사건건 부딪쳐서 가끔씩 후회가 슬며시 고개를 들고는 했다. 지금은 서로 비슷한 사람끼리 결혼하는 것이 좋다고 생각하지만, 비슷한 사람과 결혼했더라면 또 어떨지 누가 알겠는가. 하여튼 이상적인 남편의 조건에 대한 정답이란 아직은 없는 것 같다.

토마스 하디Thomas Hardy가 1890년에 발표한《환상을 찾는 여인》은 성향이 서로 다른 부부의 결혼 생활을 근거리에서 카메라로 촬영한 듯한 중편 소설이다. 이 소설은 영국의 중산층 가정을 무대로, 부부의 성향이 결혼 생활에 미치는 영향에 대해 쓴 담담한 보고서이다.

주인공 엘라는 작고 우아한 몸매에 신비롭게 빛나는, 꿈꾸는 듯한 눈을 가진 여자이다. 겉보기에는 유복한 가정의 별 특징 없는 유부녀이지만 내면에는 엄청난 욕구와 열정을 가진 30대 초반의 여인이다. 총기 제조업자인 남편 마치밀은 현실적으로는 유능하고 합리적인 사람이지만, 시신詩神을 숭상하는 엘라의 눈에는 둔감하면서도 속물적인 사람으로만 보였다.

그들 부부도 세상의 여느 부부들처럼 나이와 외모와 가정환경을 따진 후 가장 적합한 상대라고 생각하며 결혼했다. 그러나 권태기가 찾아오고 나니 결혼 조건에는 들지도 않았던 취미와 기호와 습성이 보이기 시작했다. 엘라는 남편이 물질적인 부분은 채워줄 수 있지만, 환상이나 행복은 줄 수 없는 남자라고 판단한다. 그래서 결혼 3년 만에 마치 어두운 곳에서 무엇엔가 걸려 넘어진 사람처럼 허둥대기 시작한다.

마치밀은 아내의 기호와 습성을 다소 유치하다고 생각했고, 엘라는 남편의 취미를 천박하고 물질주의적이라고 생각했다. 그녀는 남편이 만드는 무기들이 생명을 빼앗기 위한 도

구라는 생각이 들 때면, 더 이상 그의 직업에 대해 알고 싶지가 않았다. 그저 무기들이 무서운 해충이나 야수를 없애는 데 사용될 것이라고 막연히 생각하면서 겨우 마음의 평온을 찾곤 했다.

어느 여름, 부부는 세 아이와 유모를 데리고 유명한 해변의 휴양 도시인 솔런트시로 휴가를 떠나 한 시인이 쓰던 방에 묵게 된다. 하숙집 주인은 시인이 1년 내내 임대한 방이지만, 원래 교양 있고 친절한 분이어서 여행을 떠나 있는 동안은 다른 사람에게 빌려주어도 무방하다는 허락을 받았다고 했다. 짐을 풀고 방 안에 있는 시인의 책들을 들춰보던 그녀는, 그 시인이 자기가 존경하던 로버트 트리위라는 것을 알게 된다.

문인의 외동딸인 엘라는 지난 2년간 시를 써서 '존 아이비'라는 남성적 필명으로 잡지에 기고하고 있었다. 그녀의 시 창작은 결혼의 쓴맛을 시를 통해 쏟아놓는 작업이 되었다. 그런데 때마침 존경하는 트리위의 방에 자신이 있는 것을 알게 되자 감격했다. 평소에 존경하고 부러워하던 천재 시인 트리위의 방에서 그의 책들과 사진을 보고, 그가 벽에 써놓은 메모를 보고, 그가 자던 침대에서 자면서 엘라는 새로운 꿈을 꾸기 시작한다. 그를 꼭 한 번 만나고 싶다고.

이 여인은 공상이라는 미묘한 사치를 즐기는 데 능숙했으므
로, 남편이 그날 밤 돌아오지 않는다는 전갈을 받자 상상했
다. 고요, 촛불, 엄숙한 바다, 별들이 빚어내는 낭만적인 분
위기 속에서 혼자 시인의 사진을 보고 싶다고.

"지금까지 그토록 잔인하게 저의 빛을 가린 사람이 바로 당
신이었군요."

그녀는 오랫동안 사진을 보며 중얼거렸다. 자신의 두 눈에
눈물이 가득 고이는 것을 느끼며 사진에 입술을 댔다. 그러
다가 갑작스레 웃으며 눈물을 닦았다.

여름휴가가 끝나고 집으로 돌아온 엘라는 애독하던 잡지에
서 트리위의 시를 발견한다. 엘라는 반가움에 자신의 필명인
존 아이비라는 이름으로 축하 편지를 보내고, 이삼일 후에 정
중한 감사 답신이 오자 다시 편지를 보낸다. 그러나 엘라는 그
정도로는 만족할 수가 없었다. 그녀의 마음 한구석에서, 그가
자신을 한 번이라도 본다면 상황이 달라질 거라는 목소리가
들려왔다. 그녀는 자기가 여자라는 것을 상대방에게 알리고
싶었다.

그러던 어느 날 파티에서 트리위를 아는 사람을 알게 된다.
엘라는 그에게 트리위와 친교를 나누고 싶으니 함께 초청에
응해달라고 말하고, 며칠 후에 트리위가 초대에 응했다는 연

락을 받게 된다. 엘라는 기쁨을 감출 수 없었다. 그토록 사모하면서도 한 번도 만나지 못한 사람을 만나게 되다니…. 그녀는 그가 자신의 집에서 묵고 식사할 것을 상상하며 저택을 청소하고 아름답게 꾸몄다. 그러나 정작 약속한 날에 트리위는 오지 않는다.

"정말 미안합니다. 트리위는 정말 묘한 친구입니다. 처음에는 오겠다고 하더니 오늘은 대문 앞까지 와서는 못 들어가겠다고 하는군요."
"그러면 우리 집 문 앞까지 왔단 말인가요?"
"네, 문 앞까지 왔을 때…. 정말 훌륭한 문이더군요. '너무 최신식이고… 돈이 많이 들어가 보인다'면서 들어가기 싫다고 하더라고요. 사실 그는 어제 발간된 잡지에서 굉장한 혹평을 받았답니다. 정거장에서 우연히 그걸 읽고 우울해했지요."

그리고 다음 날 시인은 자살한다. 눈물을 흘리던 엘라는 휴양지에서 묵었던 하숙집 주인에게 편지를 보내 시인의 사진과 머리카락 약간을 부탁하고는 그것이 도착하자 매일 그것들에 입을 맞추며 눈물을 흘린다.

그녀는 시간이 흐를수록 점점 몸이 쇠약해지더니 네 번째 아이를 낳다가 죽는다. 1년이 지난 어느 날, 남편 마치밀은 재혼을 하려고 그녀의 소지품을 정리하다가 서랍 깊숙한 곳에서 사진과 머리카락을 발견한다. 사진 속의 남자가 자살해 죽은 시인이라는 것을 안 마치밀은 어린 넷째 아이를 안고는 머리카락을 대본다. 운명의 장난인지 둘의 머리카락은 같은 색이었다. 꿈꾸는 듯한 눈빛도 닮은 것 같았다.

"어쩐지 그럴 것 같더라니까."
마치밀 씨는 혼자서 중얼거렸다.
"그러니까 그놈하고 휴양지에서 놀아났었군! 어디 보자. 날짜가 8월 둘째 주고, 태어난 날이 5월 둘째 주이니! 그래… 그랬었군. 저리 가라! 이놈아, 넌 나와는 아무 상관없는 놈이다!"

취미와 성향이 다른 이 부부는 한집에서 한 이불을 덮고 살았지만, 서로 다른 세상에 살았다. 그들은 '화성에서 온 남자와 금성에서 온 여자'였다.

우리 몸은 육체와 정신으로 이루어져 있다. 어느 한쪽이 없으면 생존이 불가능하다. 삶 또한 물질과 환상으로 이루어져 있다. 그래서 밥만 먹고 꿈꾸지 못하는 사람이 행복할 수 없듯이, 꿈만 꾸고 생활이 없는 사람도 행복할 수 없다. 이 불행한 부부는 둘 다 한쪽 날개가 없는 사람들이었다.

　서로에게 한쪽 날개를 달아줄 사람은 누구일까. 비슷한 성향의 사람일까, 다른 성향의 사람일까. 삶은 자주 춥다. 우리를 따뜻한 나라로 데려갈 이는 어떤 사람일까.

°

내 인생의
밑그림을 찾아라

아달베르트 슈티프터의 《늦여름》

그때 나는 네 살이었을까, 다섯 살이었을까. 옆집에 사는 청자와 소꿉놀이를 하고 있었다. 청자는 엄마, 나는 아기를 하기로 하고 울타리 밑에 살림을 차렸다. 지나가던 뒷집 덕수가 아버지를 시켜달라고 했다. 그런데 청자가 풀잎과 꽃잎으로 밥상을 차려 덕수 앞에 갖다놓자 덕수가 벌떡 일어나 밥상을 발로 걷어찼다. 그 바람에 애써 만든 음식과 살림살이가 와르르 흩어졌다. 놀란 청자와 내가 울자 덕수는 태연하게 "아버지는 이렇게 하는 거야" 하면서 어깨를 으쓱했다. 덕수는 그 후 어떤 남편, 어떤 아버지가 되었을까.

어린 시절 결정적 시기에 경험한 사건은 두뇌 속에 고스란히 저장되어 개인의 인격 모델을 형성한다. 그래서 어린 시절에 평화로운 가정에서 자란 사람은 그 부모를 벤치마킹하여 자애로운 부모가 될 확률이 높고, 포악한 부모가 있는 가정에서 자란 사람은 포악한 부모가 될 확률이 높다.

이렇게 싫든 좋든 우리는 어린 시절의 경험에 의해 형성된 존재라는 사실을 부정할 수 없다. 그러니까 지금의 나는 어린 시절의 가정에서 만들어진 존재이다. 가정은 내 인생의 밑그림을 그려준 공간이었다.

아름다운 결혼과 가정에 대한 모델을 제시한 소설이 있다. 1857년에 오스트리아의 소설가 아달베르트 슈티프터Adalbert Stifter가 쓴 《늦여름》이다. 슈티프터는 이 작품을 발표하며 "국가와 도덕, 나쁜 사회 때문에 이 소설을 썼다"고 밝혔다. 그는 나쁜 사회의 요건이 무엇이냐는 기자들의 질문에 "산업 혁명으로 인한 절대 빈곤층의 대두, 부의 부당한 분배로 인한 부익부 빈익빈 현상, 계급 갈등, 정치적 권모술수"라고 답했다. 170년 전의 나쁜 사회와 지금 우리가 살고 있는 나쁜 사회의 요건이 이렇게 비슷하다는 게 놀랍다. 결국 인간의 삶이란 세월이 가도 변하지 않는 것. 그것이 우리가 고전을 읽어야 하는 이유이기도 하다.

슈티프터가 꿈꾸었던 이상적인 가정이란 어떤 모습일까. 소설은 주인공 소년 하인리히가 자신의 가정을 소개하는 것으로부터 시작된다.

> 아버지는 상인이었다. 우리는 도시에서 제법 큰 건물에 세들어 살았는데, 건물 안에는 아버지가 운영하는 아치형 천장의 영업소와 사무실이 있었다. 아버지는 대부분의 시간을 영업소와 사무실에서 보냈다. 그러다 12시가 되면 위로 올라와 집의 식당에서 식사를 했다. 아버지 밑에서 일하는 직원들도 우리 가족과 함께 식사를 했다. 나와 여동생 앞에는 간소한 음식이 놓였지만 아버지와 어머니 앞에는 고급 포도주와 구운 고기가 차려졌다. 그건 아버지의 직원들도 마찬가지였다.

아버지는 상인 계급이지만 교양 있고 지적이며, 공평한 사람이었다. 집에는 상당히 큰 서재가 있고, 유리문이 달린 책장에는 많은 책들이 꽂혀 있었는데, 아버지는 책장 앞에 서 있기를 좋아했다. 아버지는 읽은 책을 항상 제자리에 꽂아두었다. 그래서 아버지가 나간 후 그 방에 가보면 방금 거기서 책을 읽었다는 흔적을 찾아볼 수 없었다.

어머니는 다정한 분이었다. 아버지에 대한 경외심만 아니었더라면 가끔 기분에 따라 남편이 정한 규칙적인 일과에서 아이들이 일탈하는 것쯤은 눈감아주었을 것이다. 그녀는 부지런히 집안 살림을 지휘했다. 집에서는 항상 수수한 옷을 입었고, 아버지와 외출할 때만 비단옷에 소박한 패물을 달았다. 부부는 아이들 건강과 교육을 위해 교외에 널찍하고 쾌적한 집을 마련했다. 정원에는 과일과 꽃, 채소가 자라고 있었는데 어머니와 아버지가 함께 보살폈다.

이렇게 안락하고 절도 있는 가정에서 자란 소년 하인리히는 여러 가지 교육을 골고루 받는다. 인간이 알아야 할 기초 지식을 배웠고, 밥벌이에 필요한 준비 과정으로 인식되는 과목들도 배웠다. 자연사 공부도 했고, 지리 공부도 했다. 몸을 단련하는 운동도 게을리하지 않았고, 승마를 배웠고, 원반던지기도 배웠다. 책을 읽고, 음악을 익히고, 피아노를 치고, 하프를 켜고, 노래를 부르고, 수성 물감으로 그림을 그렸다. 그리고 아버지가 주는 용돈을 관리하고 장부를 썼다. 청년이 된 후에는 혼자 몇 주에서 몇 개월씩 하는 여행도 다녔다.

청년 하인리히는 어느 날 고산 지대를 여행하던 중 장미가 만발한 아름다운 집을 발견하게 된다.

집은 햇살을 받아 밝게 빛나고 있었다. 조금 다가서는 순간

입에서 절로 감탄사가 튀어나왔다. 집이 온통 장미로 뒤덮여 있었던 것이다. 대개 꽃이 만발한 언덕 지대에서는 꽃 한 송이가 피어나면 기다렸다는 듯이 다른 꽃들도 일제히 꽃봉오리를 터뜨리는데, 이곳도 마찬가지였다. 이 집을 화려한 색깔로 뒤덮고 황홀한 향기로 도취시키자고 장미들이 약속이라도 한 듯 피어 있었다.

하인리히는 이 아름다운 장미 집의 문을 두드린다. 장미 집은 리자흐 남작이 자신의 이상향으로 가꾸고 있는 집이었다. 그 집은 질서와 조화의 극치를 이루고 있었다. 집과 정원은 무엇 하나 흐트러진 것이 없이 모든 것이 원래 있어야 할 자리에 있었고, 어디든 정갈하게 정리되어 있었다. 그곳에서 사람과 공간은 서로를 보완하고 완성시키는 통일체로 작용하는 것 같았다.

리자흐 남작은 이런 집을 만든 이유를 하인리히에게 들려준다. 상인이자 소지주의 아들로 태어난 리자흐는 시골의 시민 가정에서 경제적 어려움을 모르고 자랐다. 그런데 겉으로는 평화로워 보였던 부모님의 관계가 어딘지 어두침침했다. 어머니가 자신의 신분과 어울리지 않는 남자와 결혼해서 친정과 연을 끊고 살아야 했기 때문이다. 그러던 어느 날 아버지가 사망하는 바람에 어머니는 친정으로 돌아가고 가정은 해체된다.

소년 리자흐는 교육을 받기 위해 고향을 떠났지만, 든든한 버팀목이 되어줄 가정이 없었기에 삶은 항상 고달팠다. 그러던 중 리자흐는 한 가정의 가정교사로 들어가면서 마침내 모범적인 가정과 아름다운 여인을 만나게 된다. 그 집의 이름은 마클로덴이었고, 처녀의 이름은 마틸데였다.

마클로덴은 머무는 사람을 행복하게 해주는 아름다운 공간이었다. 부부는 서로 사랑했고, 가족은 화목했다. 방은 각각 용도에 맞게 장식되어 있었고, 정원에는 수십 가지 장미가 만발했다. 그리고 이웃과의 사귐에도 기품과 절도가 넘쳤다. 이 집에서 리자흐와 마틸데의 사랑이 장미처럼 피어났다.

리자흐가 마틸데의 부모를 만나 두 사람의 사이를 고백하지만, 부인은 둘 사이를 허락하지 않은 채 말한다. 지금의 뜨거운 감정을 억누르라고. 결혼이란 직업이나 수입 같은 사회적 조건이 보장되고, 부모가 동의할 때에만 이루어지는 것이라고. 허락되지 않았던, 불행한 결혼 생활을 한 어머니와 아버지를 기억하며 리자흐는 마틸데 부모의 의견을 따른다. 그러나 마틸데는 달랐다. 그녀는 리자흐가 사랑의 약속을 깨뜨렸다고 여기고 연인을 용서하지 않았다. 그래서 그들은 폭풍 같은 사랑을 뒤로 한 채 헤어진다.

사회로 나온 리자흐는 정계에서 명망을 얻고, 경제적으로도 성공을 거두었으며, 국왕으로부터 귀족 작위도 받았다. 그리고 남편을 존경하는 여자와 결혼도 했다. 하지만 사랑이 없는 그의 삶에는 더 이상 즐거움도, 의미도 없었다. 결국 그는 홀로 낙향하여 잃어버린 인생의 아픔을 치유하기 위해 낙원을 만든다. 그것은 예전의 마틸데의 집을 본뜬 장미 집이었다. 그러니까 리자흐 남작의 장미 집은 놓쳐버린 여름을 애타게 그리워하여 만든, 늦여름의 산물인 것이다.

세월이 흐른 후, 은발이 된 마틸데가 장미 집을 찾아온다. 부모님도, 남편도 세상을 떠난 지 오래인 마틸데는 리자흐에게 자녀들의 수양아버지가 되어달라고 부탁한다. 리자흐는 기쁜 마음으로 그녀의 자녀들의 수양아버지가 되고, 그녀와 다시 교류를 시작한다. 우연히 장미 집에 온 마틸데를 보는 순간 하인리히는 리자흐 남작이 한 말을 이해할 수 있었다.

"나이 들어가는 여자들은 시들어가는 장미와 비슷하지. 그 여인네들은 얼굴에 잔주름이 자글자글하지만 주름 사이에는 아름답고 사랑스러운 빛깔이 담겨 있다네."

부인이 꼭 그랬다. 자잘한 주름 속에 부드럽고 고운 붉은 기운이 담겨 있어 활짝 핀 장미들보다 한층 아름답고 사랑스러워 보였다. 마틸데가 돌아가고 나서 하인리히가 리자흐 남작

에게 묻는다. 왜 사랑하는 연인과 함께 생활하지 않느냐고. 리
자흐 남작이 대답한다.

"남녀를 서로에게 이르게 하는 불같이 뜨겁고 폭풍처럼 강렬
한 사랑은, 날이 지나면 고요하면서도 지극히 신실하고 달콤
한 우정이 된다네. 그 우정은 어떤 찬사와 비난에도 초연하
고 인간 상황이 보여주는 가장 맑디맑은 사랑인 걸세. 우리
에게 그런 사랑이 시작된 거지. 이 사랑은 진실하고 부드럽
고, 애절하게 그리워하지 않으면서도 상대와 함께 있는 것을
기뻐하고, 함께 있는 날들을 늘리려고 애쓰지. 우리는 그렇
게 행복하게 살고 있네. 한여름 없이 늦여름을 누리고 있는
거라네."

어느 날 리자흐 남작은 하인리히를 처음 만났을 때 그가 반
듯하게 자란 나무 같은 청년이라는 걸 알아봤다고 말한다. 그
래서 역시 반듯하게 자란 마틸데의 아름다운 딸 나탈리에와
잘 어울릴 거라고 말한다.
그동안 아름다운 나탈리에를 남몰래 흠모하던 하인리히는
기뻤다. 리자흐의 소개로 두 젊은이는 가까워졌고 사랑을 확인
했을 때 양가 부모님을 모시고 결혼을 약속한다. 그리고 두 사
람은 리자흐의 장미 집을 상속받고 이상적인 가정을 이룬다.

결국 이 소설은 리자흐의 부모가 이루지 못한 이상적인 가정, 리자흐와 마틸데가 이루지 못한 아름다운 가정을 하인리히와 나탈리에가 완성하는 것으로 결말짓는다.

작가는 아름다운 가정의 조건으로 세 가지를 꼽는다. 첫째는 두 사람의 사랑, 둘째는 부모님의 허락이다. 이 조건을 충족하지 못하면 아무리 사랑하는 부부라도 완벽한 행복을 누릴 수 없다고 말한다. 작품 속에서는 리자흐 부모의 경우로 이를 증명한다. 세 번째는 아름다운 공간이다. 리자흐는 아름다운 장미 집을 하인리히와 나탈리에에게 선물함으로써 완벽한 가정을 꾸리게 한다. "운명을 바꾸고 싶다면 공간을 바꾸라"는 서양 속담처럼 이 소설은 공간이 행복에 관여한다는 이야기를 들려주고 있다.

작가 슈티프터가 이 소설에서 제시하는 이상적인 가정상은 1850년대에나 맞는 가정일지도 모른다. 그러나 변하지 않는 진실 하나는, 가정은 여전히 모든 삶의 뿌리라는 사실이다.

우리의 가슴마다 각자가 생각하는 이상적인 가정상이 있다. 어린 시절 부모님의 가정일 수도 있고, 아름다운 가정을 꾸리고 살던 누군가의 가정일 수도 있다. 아니면 언젠가 감상했던 어떤 소설이나 영화 속의 가정일 수도 있다. 그런 것들이 우리가 가정을 꾸릴 때 문득문득 튀어나와 내 인생의 밑그림을 색

칠하는 데 관여했을 것이다.

"내가 왜 이렇게 살고 있지?"

어느 날 부부 싸움이라도 하다가 문득 이런 생각이 든다면, 한 번쯤 이 소설을 읽어볼 필요가 있다. 그러면 미처 몰랐던 이유를 알게 될지도 모른다.

o

아내라는 이름, 엄마라는 이름 그리고 여자라는 이름

헨릭 입센의 《인형의 집》

나는 오늘 꽃을 받았어요.

내 생일이 아닌데도요.

지난밤 처음으로 우린 다퉜지요.

하지만 그는 미안해할 거예요.

왜냐하면 오늘 그가 나에게 꽃을 보냈거든요.

나는 오늘 꽃을 받았어요.

결혼기념일이 아닌데도요

지난밤 그는 나를 때렸지요.

하지만 그는 미안해할 거예요.

왜냐하면 오늘 그가 나에게 꽃을 보냈거든요.

(…)

나는 오늘 꽃을 받았어요.

오늘은 아주 특별한 날, 바로 내 장례식이에요.

지난밤 그는 나를 때려서 죽음에 이르게 했지요.

내가 좀 더 용기를 갖고 힘을 내서 떠났더라면

아마 나는 오늘 꽃을 받지 않았을 거예요.

_폴레트 켈리, 〈나는 오늘 꽃을 받았어요〉 중에서

13년간 가정 폭력에 시달리다 탈출한 미국 여성 폴레트 켈리. 그녀가 쓴 이 시를 읽다 보면 가슴 한편이 아려온다.

남편의 물리적인 폭력은 없었지만, 정신적인 폭력 때문에 집을 박차고 떠난 여인이 있다. 1879년 노르웨이 작가 헨릭 입센Henrik Ibsen이 쓴《인형의 집》의 주인공 노라이다. 이 작품이 덴마크의 코펜하겐 왕립극장에서 초연되었을 때 "여성 해방의 바이블"이라는 갈채와 "결혼과 가정을 파괴하는 불순한 작품"이라는 비난이 동시에 쏟아지며 격렬한 찬반양론이 일어났다. 그러나 지금은 여성 해방을 이끌어냈다는 찬사를 받으며 세계 여성들의 필독서가 되었다.

변호사 헬메르의 아내 노라는 세 아이의 어머니이며 남편에게 사랑받는 행복한 여성이다. 노라는 결혼 직후에 남편의 병으로 넉넉지 못한 살림을 꾸려온 적이 있었다. 그러나 남편은 곧 회복되었고, 이제 새해가 되면 남편이 은행 총재로 부임할 예정이어서 그녀는 요즘 즐거운 나날을 보내고 있다. 헬메르는 아내를 철없는 아이 같다며 '종달새' '낭비꾼'이라는 애칭으로 부르고 있다.

어느 날 노라의 집에 학창 시절 친구인 크리스티네 린데 부인이 찾아온다. 남편이 죽은 후 어렵게 사는 그녀가 친구에게 취직을 부탁하러 온 것이다. 노라는 남편이 은행 총재가 되면 취직을 부탁해보겠다고 말한다. 그러면서 모든 여자들이 친구에게 비밀을 털어놓듯 아무에게도 말하지 않던 비밀을 털어놓는다.

작은 새처럼 쾌활하고 남편에게 귀여움을 받고 있었지만, 노라에게는 비밀이 있었다. 결혼하고 얼마 지나지 않아 남편이 큰 병에 걸리자 치료비를 마련하기 위해 위독한 부친의 서명을 위조하여 돈을 빌린 일이었다. 노라는 그동안 바느질이나 서류 작업으로 8년 동안 푼돈을 벌어 남편 몰래 돈을 갚았고, 그 사실을 친구에게 자랑스레 이야기했다.

아내의 부탁을 들은 헬메르는 린데 부인을 고용하는 대신 자신이 눈엣가시로 여기던 크로그스타드라는 직원을 해고하려고 했다. 그는 예전에 노라가 위조 서류로 돈을 빌린 고리대금업자였는데, 직장을 잃을 위기에 처하자 노라를 찾아와 남편에게 비밀을 폭로하겠다고 위협한다.

마침내 모든 비밀이 드러나는 순간, 남편 헬메르는 노라를 비난한다. '범법자'인 그녀는 아이들을 교육시킬 자격이 없고, '경박한 여자'이기 때문에 자신의 인생까지 망쳐놓았다며 노발대발한다. 그러나 다음 날 크로그스타드가 린데 부인의 충고를 듣고 마음을 바꿔 차용증서를 돌려보내자, 헬메르는 언제 그랬냐는 듯이 노라를 용서하겠다고 말한다. 하지만 노라는 깨닫는다. 그들의 결혼은 한 번도 진실한 적이 없었다는 것을. 그리고 아내나 어머니이기 전에 한 인간인 자신을 찾아, 허위와 위선뿐인 '인형의 집'을 떠나겠다고 말한다.

노라: 우리가 행복한 적은 없었어요. 행복한 줄 알았죠. 재미 있었을 뿐이에요. 그리고 당신은 언제나 내게 친절했어요. 하지만 우리 집은 그저 놀이방에 지나지 않았어요. 나는 당신의 인형 아내였어요. 친정에서 아버지의 인형 아기였던 것이나 마찬가지로요. 그리고 아이들은 다시 내 인형들이었죠. 나는 당신이 나를 데리고 노는 게 즐겁다고 생각했어요. 내가 아이들을 데리고 놀면 아이들이 즐거워하는 것이나 마찬

가지로요. 그게 우리의 결혼이었어요.

아내이자 어머니이기 이전에 한 사람의 인간으로 살겠다고 선언하는 노라. 남편은 그녀를 이해할 수 없다고 말한다.

> 헬메르: 참 어이없는 사람이군. 그런 짓을 하면 당신은 가장 신성한 의무를 저버리게 되는 거요.
>
> 노라: 뭐가 제게 가장 신성한 의무라고 하는 거죠?
>
> 헬메르: 그것을 말로 설명해야 안단 말이오? 남편이나 아이들에 대한 의무가 아니고 무엇이겠소?
>
> 노라: 제게는 그 밖에도 똑같이 신성한 의무가 있어요.
>
> 헬메르: 그런 게 있을 리 없소. 도대체 어떤 의무가 있다는 거요!
>
> 노라: 제 자신에 대한 의무예요.
>
> 헬메르: 당신은 아내이며 어머니요.
>
> 노라: 이제 그런 것은 믿지 않겠어요. 무엇보다도 먼저 저도 당신과 마찬가지로 인간이라고 믿어요.

이 작품은 가출의 옳고 그름, 가출 후 노라의 생활과 남겨진 가족들에 대한 판단을 독자와 관객들에게 맡긴다. 그러나 이 작품은 가정에서 남편의 지위가 결코 신성불가침의 영역이나 고정불변한 것이 아니라고 주장했기에 당시의 사회적 도덕관념으로는 용납될 수 없었다. 여러 나라에서 상연이 금지됐고, 상연되더라도 결말 부분이 수정됐다. 가정을 버리고 떠나는 노라의 행위를 둘러싸고 격렬한 논쟁이 벌어졌으며, 많은 사람이 "결혼과 가정의 신성함을 파괴한 작품"이라고 비난했다.

지금도 수많은 남성들이 여성들을 인형으로 만들고 있다. 어떤 여성들은 인형으로 살면서 행복한 척하기도 한다. 반대로 여성들이 남성을 인형 취급하기도 한다. 이래라 저래라 자기 맘대로 조종하면서 사랑이라는 이름으로 상대를 인형으로 만들고 있다.

이런 인형의 집, 인형의 사회 속에서 어떻게 나와 가정을 동시에 지켜낼 수 있을까. 140년 전의 입센이 21세기를 사는 우리에게 묻고 있다.

°

전래 동화도 무서워하는
여인들

임옥인의 《후처기》

제자가 조용한 곳에서 만나자고 전화를 했다. 이유를 물으니 결혼이 후회되어서란다. 결혼해서 아이까지 낳고 잘 살고 있는 네가 무슨 이상한 소리냐고 물었지만 제자는 벌써 울고 있었다.

제자는 10년 전에 아이 하나 있는 상처한 남자와 결혼했다. 남자는 직장도 번듯하고, 성격도 좋아서 둘은 아무 탈 없이 행복하게 살았다. 그런데 요즘 결혼이 후회된다는 것이다.

"아니, 왜 갑자기? 남편에게 무슨 일이라도?"

"선생님, 그런 게 아니라…."

사건은 '칠곡 계모 사건'과 '포항 계모 사건'에서 시작되었다. 두 계모 사건이 신문과 방송을 뒤덮은 후 어느 날, 제자의 여덟 살짜리 딸이 학교에 가지 않겠다고 선언했다. 왜 그러냐고 묻는 엄마에게 아이가 울면서 한 말은 "엄마가 정말 계모야?"였다. 학교에 가면 아이들이 '계모 딸'이라고 놀리며 놀아주지 않는다고도 했다.

"남이 앉았던 자리에 앉는다는 게 쉬운 일은 아니었어요. 그런데 자식까지 이런 대우를 받고 보니 살고 싶지가 않아요…."

그날 제자의 목멘 하소연을 들으며 내 눈에도 눈물이 고였다. '계모 딸'이란 말은 초등학교 2학년 아이가 감당하기에는 너무나 무서운 폭력이었을 것이다. 제자는 아이를 데리고 다른 도시로 이사를 갔지만 아이는 이미 큰 충격을 받은 후였다.

두 계모 사건이 아니어도 우리 머릿속에는 이미 '계모는 악'이라는 이미지가 형성되어 있다. 전래 동화《콩쥐 팥쥐》《백설공주》《장화홍련전》을 통해서다. 우리는 어린 시절에 이런 동화를 읽으며 계모와 살지 않는 자신의 처지에 얼마나 안도하며 행복해했던가.

처음으로《콩쥐 팥쥐》를 읽던 날이 기억난다. 나는 엄마의 앞치마에 얼굴을 묻고 울먹이며 말했다.

"엄마 죽지 마. 내가 말 잘 들을게."

이렇게 친엄마들에게는 한없이 고마운 교육용 동화가, 계모들에게는 안전핀이 빠진 시한폭탄처럼 무서운 물건이었을 것이다. 늘 가해자로만 기억되어온 그녀들은 알고 보면 전래 동화도 두려워하는 약자들이었던 것이다.

후처의 애환을 후처의 목소리로 매우 생생하게 표현한 단편 소설이 있다. 1940년 임옥인이 11월호 〈문장〉에 발표한《후처기》이다.

전문학교 졸업 후 지방에서 여학교 교원으로 근무하는 '나'는 실연의 상처를 안고 있는 노처녀이다. 연애하던 의사 애인이 얼굴이 반반한 간호사와 만주로 도망간 후 '나'는 보란 듯이 의사와 결혼하겠다고 다짐한다. '나'는 중매쟁이에게 "세 번째든 네 번째든 좋으니 반드시 의사일 것"과 "피아노, 오르간, 삼면경(거울 세 개가 옆으로 나란히 붙어 있어 세 면을 볼 수 있는 거울), 양복장 등의 살림을 갖춰줄 것"을 결혼 조건으로 내세웠다.

나의 이러한 요구를 수용하겠다고 나선 사람이 바로 S읍에서 병원을 개업하고 있는 이규철이다. 조혼이었던 첫 부인과는 정이 없어 헤어졌고, 사이가 끔찍이 좋았다고 소문이 자자했던 두 번째 부인과는 몇 년 전에 아들 하나 딸 하나를 낳은 뒤 사별했다고 한다. 죽은 아내를 붙들고 데굴데굴 구르며 울었다는 남자이다.

사흘간의 신혼여행을 마치고 경성에서 차를 타고 S읍에 도착할 때까지 여덟 시간도 넘었건만 남편은 말 한마디 하지 않는다. 시무룩한 표정으로 창밖만 바라보다가 고개를 건들거리며 졸 뿐이다.

차가 길고 높은 기적을 뽑았다. S읍이 가까워진 것이다. 넓은 강이 번득이며 나타났다. 그 유명한 N강이었다. 나는 새 땅에 처음 오는 호기심을 참기 어려웠다.

"아아, N강…. 저것 보세요. 저 강을."

"강물 못 봤어? 무에 그리 신통해?"

남편은 이렇게 퉁명스레 쏘아주고는 턱을 추켜들고 담배를 피워 문다.

남편의 태도에 실망한 '나'는 애써 다른 생각을 해본다. 오천 원짜리 피아노, 오백 원짜리 오르간, 삼백 원짜리 삼면경 또 양복장…. 내 몫으로 사다놓았다는 물건들을 생각하며 쓸쓸함을 잊으려 한다. 그리고 기차를 내리는 순간부터 당당한 의사 부인으로, 수십만 재산가의 부인으로 행세할 것이요, S읍 부인들 위에 인텔리 주부로 군림할 것이라고 다짐한다.

살림집에 도착하니 집 안은 바로 조금 전까지 다른 여자가 살던 집 같은 공기와 세간으로 가득 차 있다. 그녀는 집 안에서 다른 여자의 그림자를 본 듯하여 매우 불쾌했다. 그러나 그녀는 고개를 흔들고, 최신식으로 꾸며진 응접실로 들어가 사다놓은 피아노와 오르간 뚜껑을 열고 건반을 눌러보며 미소 지었다.

시부모들은 인사를 받자마자 시골로 가버리고, 아이들을 키워주던 전처의 어머니는 "아이들 데리고 고생하겠다"며 빈정댄다. 전처의 아이들인 영수와 복희 역시 반가워하지 않기는 마찬가지. 거기다가 무뚝뚝한 남편은 눈길 한 번 주지 않는다. 그럴 때마다 "생이별한 자리엔 가도, 죽은 후취로는 안 갈 일"이라던 친구들의 말이 떠오른다. 그녀는 이 모든 상황이 힘들고 괴롭지만 결혼을 한 이상 당당한 의사 부인으로서, S읍에서 인텔리 주부가 되겠다고 마음먹는다.

'나'는 먼저 게으른 식모와 씀씀이가 헤픈 전처의 어머니를 집에서 몰아내고, 집에서 전처의 흔적을 지우려고 노력했다. 아이들도 열심히 돌보아 성적을 올려주고, 살림도 알뜰하게 해서 생활비를 반으로 줄였다. 그녀는 기뻐서 행복할 수는 없었지만, 투쟁심 때문에 즐거울 수는 있었다.

그러면서 그녀는 은근히 동정하는 눈빛으로 바라보던 친구들과 만나지 않고, 복희 친엄마보다 구두쇠라고 숙덕이는 동네 사람들과도 교류를 끊고 스스로 고립된 생활을 한다. 그러면서 아이들과 가까워지고, 전처를 쏙 닮은 딸 복희를 지나치게 귀여워하는 남편의 모습도 대수롭지 않게 보아 넘길 만큼 자신감을 얻는다. 자신감의 근원은 지금 그녀의 배 속에 자라고 있는 소중한 생명이었다. 비록 주변은 제한되어가지만, 마음의 공간은 말로 표현할 수 없을 만큼 무한히 넓어짐을 느끼면서, 새 생명의 태동이 느껴질 때면 어느새 입가에 미소가 절로 떠올랐다.

결혼 생활의 모습은 다양하다. 동일한 인물이라도 결혼의 양상에 따라 분위기는 달라진다. 이규철이 어린 시절 구식 여성과 중매결혼을 했을 때, 그는 난폭한 남자였다. 그러나 기생 딸이었던 복희 엄마와 연애결혼을 했을 때는 한없이 다정한 남자였다. 그리고 자녀 교육과 가정 살림을 맡기기 위해 한 세 번째 결혼에서는 다시 무뚝뚝한 남자가 된다. 사람은 한 사람이지만 결혼 생활의 모습은 천차만별이었다.

이 소설은 그동안 우리가 알던 재혼의 모습을 완전히 뒤엎는다. 전처의 아이들은 언제나 콩쥐와 같은 피해자이고, 후처는 팥쥐 엄마와 같은 가해자일 거라는 생각은 매우 단순한 논리라고 말해준다. 그러면서 전처 자식을 학대하지 않고 정성껏 돌보며, 강인한 실천을 통해 자신의 영역을 확장해가는 새로운 '계모 모델'을 소개한다. 아득한 옛날부터 있었지만 악독한 계모에 가려 보이지 않던 착한 계모의 모습을.

후처라고 왜 서럽지 않겠는가. 전처의 자식들에게 막무가내로 인권을 유린당하는 후처도 있다. 신경숙의 소설《풍금이 있던 자리》에는 본부인보다 더 아름답고 착한 첩이 나온다. 본부인의 딸인 주인공은 맛있는 음식을 해주고 집 안을 예쁘게 가꾸는 교양 있는 그녀를 풍금이라고 여기며 따른다. 그러나 다큰 전처 아들들의 의도적인 학대에 못 이겨 그녀는 어느 날 남편이 외출한 사이 울면서 집을 떠난다.

대프니 듀 모리에의 소설《레베카》에도 아름답고 완벽했던 전처 레베카가 여전히 하녀와 가구와 그림과 개까지 지배하고 있는 저택의 분위기 속에서 휘청거리는 후처가 나온다.

동서양을 막론하고 후처는 전처의 그림자와 싸워야 하는 운명을 가진 사람들이다. 전처의 그림자와 싸워 승리하기란 쉽지 않은지, 그녀들은 비극의 주인공이 되기도 하고 타인을 비극의 주인공으로 만들기도 한다.

○

익숙한 곳에는
내가 아닌 내가 살고 있다
애거서 크리스티의 《봄에 나는 없었다》

50여 년간 세계를 여행하고, 40년간 여행에 관한 글을 써온 사람이 있다. 여행 문학가라고 불리는 폴 서루이다. 그의 책 《여행자의 책》을 읽다 보면, 마지막 부분에 여행 지침 열 가지가 나온다. 하나, 집을 떠나라. 둘, 혼자 가라. 셋, 가볍게 여행하라. 고개를 끄덕이며 읽던 나는 여덟 번째 지침에서 눈길을 멈춘다. "지금 있는 곳과 아무 관계없는 소설을 읽어라."

스위스의 몬타뇰라에서 《데미안》을, 러시아의 생페테르부르크에서 《안나 카레니나》를, 쿠바의 바닷가에서 《노인과 바다》를 읽겠다는 꿈을 꾸고 있던 나에게, 폴 서루의 여덟 번째 지침은 김 빼는 조언이었다.

폴 서루는 여행의 목적을 "고독하기 위해서"라고 말한다.

"고독하기 위해서는 꼭 여행지와 관계없는 소설을 읽어야 하는 걸까?" 나는 그렇게 구시렁대다가 갑자기 미소를 지었다. 애거서 크리스티Agatha Christie의 소설 《봄에 나는 없었다》가 떠올랐기 때문이다. 추리 소설가가 쓴 여행의 의미는 독특하고 맛있었다.

애거서 크리스티는 1944년, '메리 웨스트매콧'이라는 가명으로 《봄에 나는 없었다》를 발표한다. 그녀는 독자가 추리 소설로 오인할까 봐 가명을 쓴다며, 향후 50년간 이 사실을 비밀로 해줄 것을 출판사에 부탁한다. 그 후 이 비밀은 철저하게 지켜졌고, 2000년이 되자 출판사는 이 소설의 작가가 애거서 크리스티라는 사실을 밝힌다. 그러니까 이 소설은 추리 소설이 아니다. 사랑과 결혼의 의미를 다룬 심리 소설이며, 인생 소설이다.

주인공 조앤 스쿠다모어는 런던에서 멀지 않은 조용한 소도시에서 지역 변호사의 아내로 살아가는 중년 여성이다. 자상한 남편, 반듯하게 자란 삼 남매, 쉰이 되었지만 아직 팽팽하고 아름다운 외모, 부와 교양을 바탕으로 지역 단체에서 봉사활동을 하며 매끄러운 사회적 관계 속에서 우아하게 살고 있는 그녀에게 불행이란 없다. 그녀의 삶은 행복과 자부심으로 가득 차 있다.

조앤은 거울을 볼 때마다 자신의 얼굴에서 빛이 난다고 생각했다. 그래, 자기 인생에서 성공했다고 느끼는 건 정말 흐뭇한 일이야. 나는 직업이나 그 비슷한 것을 갖고 싶어 한 적이 없었어. 아내이자 엄마로 만족했지. 사랑하는 남자와 결혼했고, 남편은 자기 분야에서 성공했어. 그 성공 역시 내 덕분이라 할 수 있지. 아이들은 반듯하게 자랐고, 나를 사랑해. 나는 좋은 아내이자 좋은 엄마였어.

그렇게 살던 어느 날, 조앤은 바그다드에 사는 막내딸 바버라가 병원에 입원했다는 소식에 그곳으로 달려간다. 다행히 딸의 병은 별것 아닌 것으로 밝혀졌고, 그녀는 외로워할 남편을 위해 서둘러 귀국길에 오른다. 그리고 그녀는 귀국길 환승역에서 우연히 20년 전에 헤어졌던 고등학교 동창 블란치를 만난다.

조앤은 마르고 너저분한 차림새를 한, 나이보다 훨씬 늙어 보이는 블란치를 보고 동정한다. 유부남을 사랑했고, 결혼에 몇 번 실패한 불행한 블란치. 조앤이 떠나온 바그다드에서 세 번째 남편과 살고 있다는 블란치가 말한다.

"아, 그 귀여운 바버라가 네 딸이었구나. 그걸 보면 사람들이 얼마나 오해하고 있는지 알겠다. 다들 그 아이가 불행한 가정에서 도망치기 위해 맨 처음 청혼한 남자와 결혼했다고 알고 있거든."

"말도 안 되는 소리! 네가 지금 무슨 말을 하는지 모르겠어!"

조앤이 불쾌하다는 듯 소리쳤다. 조앤은 바그다드에서 바버라가 스캔들을 일으켜 자살을 시도했다는 것을 눈치챘지만, 자존심 때문에 사실을 인정하기 싫어 모른 체했다. 그런데 블란치가 그 사건을 알고 있는 것이다. 조앤은 블란치를 거머리 떼어내듯 냉정하게 떼어 보냈다.

조앤의 여행은 순조롭지 못했다. 많은 비가 내려 터키의 어느 시골 역에 발이 묶였다. 양 기름과 등유와 살충제 냄새가 진동하는 사막 한가운데 있는 작은 호텔에, 손님이라고는 그녀뿐이었다. 그곳에서 그녀가 할 수 있는 일이란 식사 후에 뜨거운 사막을 잠깐 거니는 일과 몇 날 며칠 자신에 대해 생각하는 것뿐이었다. 그때 그녀의 머릿속에 블란치가 떠들던 말들이 하나하나 떠올랐다.

'뭐랬더라? 이혼 소송할 때 로드니를 찾아갔다고? 뭐, 네 남편이 연애할 기회를 호시탐탐 노리더라고? 천박한 표현하고

는. 완전히 거짓말이잖아?'

그러나 뱀처럼 조앤의 머릿속을 재빨리 지나가는 것이 있었다.

'랜돌프 계집애…. 그때 내가 현명하게 차단하지 않았더라
면…. 그런데 빅토리아 역에서 손을 흔들고 뒤돌아서 걸어가
던 로드니의 뒷모습은 왜 그렇게 활기찼을까? 아내와 헤어
지는 외로운 남자의 뒷모습이 아니었어. 휴가를 얻은 젊은이
의 신나는 뒷모습이었어….'

꾹꾹 눌러두었던 기억들이 뱀처럼 고개를 들고 올라왔다.
신혼 초, 남편이 농사를 짓고 싶다고 했을 때 조앤은 반대했
다. 한 살짜리 딸과 배 속에 있는 아이를 무기로 남편을 설득
하여 변호사 일을 하게 했다. 그때 자신이 현명하게 대처하지
않았다면 지금의 행복은 없을 거라고, 그녀는 늘 생각해왔다.
조앤은 자신에게 유리한 쪽으로만 생각하는 데 천재였다. 불
편한 것은 피하고 왜곡하고 철저하게 외면했다. 그것이 그녀
가 사는 방식이었다.

"난 사무실 생활이 싫어…. 매일 똑같은 계약서, 임대 가옥
과 대지 약정서나 다루겠지. 나는 농사를 짓고 싶어."

잔디밭에서 풀잎을 뜯던 로드니의 손이 바들바들 떨렸다. 그
의 검은 눈에는 묘한 애원의 빛이 서렸다.

"인생은 휴가가 아니에요. 우리에게는 생각해야 할 미래가 있어요. 여보, 바버라가 있다고요…. 애들은 좋은 학교에 다녀야 해요. 그런 학교는 학비가 비싸죠. 신발이며 옷도 사야 하고, 치과에도 다니고, 병원 치료도 받아야 해요. 그리고 좋은 친구들과 사귀어야 하고…. 당신이 하고 싶은 일만 하고 살 수는 없어요. 당신이 변호사가 되면 당신은 더할 나위 없이 행복해질 거예요."

"내가 행복해질지 당신이 어떻게 알아?"

"분명 그렇게 될 거예요. 두고 보면 알아요."

조앤이 재빨리 명랑하게 결론을 지었다.

과거의 일을 떠올려보니, 성공했고 행복하다고 안도했던 자신의 과거가 송두리째 의심스러워졌다. 남편은 조앤에게 친절했지만, 마음을 주고받지는 않았다. 남편은 한때나마 랜돌프 계집애에게 눈길을 주었고, 얼마 전까지는 못생기고 촌스럽고 불행한 과부 레슬리에게 마음을 주어 조앤의 자존심을 상하게 했다. 아이들은 이해심이 없는 폭군이라며 엄마를 피했다.

조앤은 로드니를 사랑했다. 사랑하면서도 그가 스스로 삶의 방식을 컨트롤할 권리를 빼앗았다. 어린 자식과 배 속에 든 아이를 무기로, 그에게서 남성성의 일부를 빼앗았다. 그래서 로드니는 쉰 살이 되기까지 완전한 남자가 아니었다. 거기까지 생각하자 조앤의 눈에서 눈물이 흘렀다. 그동안 자신은 언젠가 친구들의 말 속에서 얼핏 들은 적이 있는 '불쌍한 조앤'이었던 것이다.

'나는 세인트앤고등학교를 졸업할 때 모습 그대로야. 자기만족. 고통도 감당할 수 있는 것만 골라서 했지. 용기가 없었어⋯. 내가 할 수 있는 일이 뭘까?'
그러고 나서 조앤은 생각했다.
'로드니에게 가서 미안하다고 말해야지. 용서해달라고. 나는 얼마나 끔찍하게 잘난 체하는 여자였던가?'
그녀는 이번 여행에서 자신의 진짜 모습을 보았고, 그런 자신을 인정했다.

그러나 집으로 돌아온 그녀는 남편에게 말한다.
"당신이 갑자기 변호사가 아닌 농사를 짓겠다고 했던 거 기억해요?"
"그럼 기억하지."
"내가 못하게 한 게 다행이었지 않아요?"
로드니는 아내를 바라보았다. 그녀의 뛰어난 말솜씨, 젊어 보이는 목덜미, 주름 없이 팽팽한 고운 얼굴이 감탄스러웠다. 로드니는 여행에서 돌아온 조앤을 처음 봤을 때 뭔가 달라진 것 같다고 생각했다. 그러나 착각이었다. 그녀는 평소와 같았다.

'당신은 외톨이고, 쭉 그럴 거야. 하지만 부디 당신이 그 사실을 모르길 바라.'

로드니가 속으로 중얼거렸다.

사람은 세 종류의 나이를 먹는다고 한다. 몸의 나이와 사회적 나이 그리고 마음의 나이다. 몸의 나이는 편차가 별로 없다. 동안이니 몸짱이니 해도 거기서 거기다. 사회적 나이는 스무 살 정도부터 먹기 시작하는데, 휴먼 네트워크를 하나씩 늘려가면서 먹는다.

마음의 나이는 몸의 나이나 사회적 나이에 관계없이 순전히 주관적으로 먹는다. 지구가 나를 중심으로 돌고 있다고 생각하는 자기만족에 빠진 사람에게는 허락되지 않는 나이이다. 조앤은 마음의 나이가 어린 여자였다.

사막에서 발견한 조앤 자신은 어디로 간 걸까. 애거서 크리스티는 이 소설에서 "사람은 잘 변하지 않는다"고 말하고 있다. 그러나 외로움 속에서 자신을 발견했던 그 짧은 경험은 얼마나 대단한 일인가.

문화심리학자 김정운 박사는 "더 외로워야 덜 외로워진다"고 주장한다. 어찌 보면 궤변 같지만, 외로워본 사람은 안다.

자신의 모습을 똑똑히 볼 수 있는 시간은 극도의 외로움 속에서라는 것을.

혼자 있을 때에 우리는 진정한 자신을 만나고 자신의 소리를 듣게 된다. 익숙하고 행복한 곳에는 내가 아닌 내가 살고 있을 뿐이다.

4장

。

일:

삶이라는
공간에 바치는
존재 증명

○

여자가 인생을 배울 때 필요한 것들

헨리 제임스의 《여인의 초상》

낙랑 공주와 호동 왕자의 사랑 이야기보다 더 슬픈 사랑 이야기가 있을까. 이 이야기는 셰익스피어의 《로미오와 줄리엣》보다 슬프고, 괴테의 《젊은 베르테르의 슬픔》보다 슬프다. 그리고 우리 고전 소설 《운영전》보다도 슬프다. 다른 이야기들이 연인과의 사랑을 이루지 못해서 생긴 슬픔인 데 반해 《호동 왕자와 낙랑 공주》는 연인의 정치적 야심에 희생당한 사랑이라 더 슬프다.

고구려 제3대 왕 대무신왕의 아들 호동 왕자는 옥저 지방에서 사냥을 하다 낙랑 왕 최리를 만나게 된다. 최리는 호동 왕자의 늠름한 모습을 보고 감탄하여 묻는다.

"그대의 모습을 보니 보통 사람이 아닌 듯한데… 뉘신지요?"

"고구려의 왕자 호동입니다."

그 말을 들은 최리의 뇌리에 하나의 전략이 떠오른다. 고구려와 혼인 동맹을 맺는다면 두 나라가 전쟁 없이 사이좋게 지낼수 있을 것이다. 그래서 최리는 왕자를 궁궐로 초대해 융숭하게대접한 후 자신의 아름다운 딸과 만나게 한다. 호동 왕자와 낙랑 공주는 서로 첫눈에 반해 그날 밤 백년가약을 약속한다.

호동이 고구려로 돌아가 부왕에게 이 사실을 아뢰자 부왕이말한다. 공주가 낙랑의 보물인 자명고를 찢는다면 혼인을 허락하겠다고. 그래서 호동은 낙랑 공주에게 비밀 편지를 보낸다.

"나의 소원은 주변국을 통합하여 고구려를 대국으로 만드는 것이오. 그대가 진정으로 나를 사랑한다면, 그대 나라의 보물인 자명고를 찢어주시오. 그러면 나는 그대를 진정한 고구려 사람으로 여기고 예를 갖춰서 아내로 맞이하겠소. 하지만그대가 내 부탁을 들어주지 않으면 나는 영영 그대를 보지 않을 것이오."

편지를 받은 낙랑 공주는 번민한다. 자명고를 찢자니 나라가 위태로워지고, 그대로 두자니 왕자와 영영 이별해야 하고…. 고민을 거듭하던 공주는 사랑에 눈이 멀어 한밤중에 몰래 자명고를 찢고 왕자에게 편지를 보낸다. 편지를 받은 호동은 곧바로 군사를 몰고 가 낙랑국을 점령한다. 자명고가 울리지 않은 것이 공주의 소행이었음을 알게 된 최리는 칼로 딸의 목을 치고 호동 왕자 앞에 무릎을 꿇고 항복한다.

이 이야기를 보는 상반된 관점이 있다. 하나는 낙랑 공주의 헌신적인 사랑에 대한 찬양이다. 고등학교 시절 우리 국어 선생님은 30분이 넘도록 낙랑 공주의 사랑을 칭송했다. 또 하나는 공주를 정치적 야망의 희생물로 삼은 호동 왕자에 대한 비난의 관점이다. 나를 비롯한 몇몇 친구는 그때 선생님의 견해에 반박하지 못한 것을 두고두고 속상해했다.

의도적이든 아니든 이 이야기는 결과적으로, 호동 왕자가 낙랑 공주의 순수한 사랑을 정치에 이용한 것임이 틀림없다. 그렇게 생각하면 호동 왕자의 사랑이 의심스러워진다.

사랑이라는 감정은 때로 신비감이라는 블랙홀 앞에서 한없이 무력해진다. 언제나 곁에 있던 사람에게는 매력을 느끼지 못하면서, 혜성처럼 먼 곳으로부터 온 낯선 사람에게는 신비한 매력을 느끼는 사랑의 비합리성. 그래서 니체는 이런 비합리성을 "사랑은 정신 착란"이라는 말로 표현했나 보다.

낙랑 공주처럼 혜성같이 다가온 남자를 사랑했다가 낭패를 본 여인이 또 있다. 미국의 헨리 제임스Henry James가 1881년에 발표한 소설《여인의 초상》의 주인공 이사벨 아처이다.

젊고 똑똑하고 개성적이며 얼굴까지 예쁜 미국 처녀가 있다. 책을 많이 읽고 상상력이 풍부한 그녀는 앞으로 자신의 인생을 어떻게 그려나갈지 결정하기 어려웠다. 그녀는 우선 자유롭고도 독립적인 삶을 살고 싶었다. 그러기 위해 책에서 본 세상이 아닌 실제의 세상을 경험하겠다고 마음먹는다. 그녀는 영국에 사는 이모의 조언을 좇아 우선 영국으로 건너간다. 그녀 앞에는 하얀 도화지 같은 미래가 기다리고 있었다.

부유하지만 큰 병을 앓고 있던 이모부 터쳇과 병약한 사촌오빠인 철학자 랠프는 그녀의 좋은 말벗이 된다. 랠프는 그녀를 사랑하게 되지만 자신의 건강 때문에 마음을 숨기고, 이사벨은 못생기고 병약한 이종사촌 오빠의 호감을 모른 척한다.

그러던 중 그녀에게 두 명의 청혼자가 나타난다. 한 사람은 영국의 전통적인 귀족 워버튼 경이다. 그는 성城을 여섯 개나 소유한 부자이고 영국의회에 자리까지 있는 귀족이다. 또 한 사람은 저돌적인 미국계 사업가 캐스파 굿우드인데, 그는 미국에서부터 그녀를 따라온 집념의 사나이이다. 둘 다 그녀에게 안락한 삶을 제공하겠다며 구혼하지만 그녀는 거절한다. 장차 자유롭고 독립적인 삶을 만들어나가는 데 결혼은 억압이 될 것이라는 생각 때문이다.

터쳇의 병세가 악화되고, 유산을 정리하게 되었을 때 상속자인 랠프가 말한다.

"아버지, 그녀의 돛에 바람을 좀 불어넣고 싶어요."

"그게 무슨 뜻이지?"

"그녀가 세상을 경험해보고 싶어 하니 지갑에 돈을 넣어주고 싶다고요."

"그 아이에게 5천 파운드를 남기려고 하니 걱정 말아라."

"그 정도로는 가난뱅이를 면할 수 없어요. 어머니 말씀을 들으니 그 아이는 지금 1년 수입이 몇백 달러밖에 안 된대요. 그녀를 부자로 만들어주고 싶어요. 여자도 충분한 수입이 생기면 생계를 위해 결혼할 필요가 없거든요. 이사벨은 자유를 갈망한답니다."

"그러면 내가 죽은 뒤에 네가 주면 되지 않겠니?"

"아버지, 저는 이사벨에게 돈을 줄 수 없어요. 아버지가 주는 것으로 해주세요."

터쳇이 죽고 난 후 이사벨은 7만 파운드라는 거액의 재산을 상속받는다. 그녀는 이제 무엇이든 할 수 있게 된 것을 기뻐하며 영국을 떠나 유럽 여행길에 오른다.

그 즈음 마담 멀이라는 여인이 이사벨에게 다가와 골동품 전문가 길버트 오스먼드를 소개한다. 박물관에서 친절하고도 세심하게 설명해주는 오스먼드를 보며 이사벨은 그의 고상한 취향과 묘한 말솜씨에 매력을 느낀다. 재산도 없고 장성한 딸까지 있는 나이 든 홀아비 오스먼드에게 7만 파운드를 가진 처녀는 꿈속의 공주였다. 오스먼드는 이사벨을 유혹하고 청혼한다. 이모와 랠프가 강력히 반대했지만 세상 물정 모르는 이사벨은 그의 신비한 매력으로부터 빠져나오지 못하고 청혼을 받아들인다.

그녀는 비록 재산은 없지만 교양 있는 오스먼드와의 결혼이 자신의 독립적인 삶을 보장해줄 거라고 여겼다. 자신의 재산으로 오스먼드와 함께 우아한 삶을 누릴 것을 기대했다. 그러나 그것은 착각이었다. 오스먼드는 독단적이며 자기가 세운 틀에 이사벨을 가두는 것이 옳다고 믿는, 인습에 젖은 남자였다. 그들의 결혼 생활은 고통의 연속이 된다.

어느 날 파티에서 오스먼드 부부는 귀족 워버튼 경을 만난다. 그가 예전에 이사벨에게 청혼한 적이 있다는 사실을 알게 된 오스먼드는 자신의 딸을 워버튼 경에게 시집보낼 것을 계획한다. 그래서 이사벨에게 그가 딸에게 청혼하도록 도와달라고 부탁한다. 이사벨은 여러 방법으로 노력했지만 뜻대로 되지 않는다. 그러자 오스먼드가 본색을 드러낸다.

"쉽지 않을 거요. 당신이 중간에서 방해하는 한."
이사벨은 놀라서 몸을 떨었다. 그는 반쯤 눈을 감고 비웃듯이 이사벨을 지그시 바라보고 있었다.
"제가 뭔가 떳떳하지 못한 짓을 했다고 말하시는 건가요?"
그녀가 말했다.
"믿을 수 없다고 말하는 거요. 결국 그 사람이 청혼하지 않으면 당신이 그렇게 만든 거나 다름없지 않소?"
"저는 할 수 있는 일은 다했다고 말씀드렸는데요."
"맞아, 그것으로 시간을 번 셈이지."

오스먼드는 잔인했다. 사람의 약점을 들추고 조롱하는 수완이 탁월했다. 이런 오스먼드의 본모습을 보면서 이사벨은 그에 대한 환상이 깨져 그를 경멸하게 된다. 그녀는 홀로 방에 갇혀 쿠션에 머리를 파묻고 운다.

이사벨은 자신이 한 과거의 선택들을 객관적인 시각으로 되돌아보면서 지금 자신이 '암흑과 질식의 집'에 갇혀 있음을 깨닫는다. 사촌 오빠 랠프, 워버튼 경, 캐스파 굿우드, 오스먼드…. 그녀를 사랑한다고 다가왔던 남자들이 차례차례 머릿속을 스쳐갔다. 세 남자는 이사벨의 보호자를 자처했지만 오스먼드는 이사벨에게 보호받기 위해 나타난 남자였다.

그가 구혼했을 때 이사벨은 그의 한쪽 면만 보았으며, 그것은 마치 지구의 그늘 때문에 일부가 가려진 달의 표면을 본 것과 같았다. 그러나 지금 그녀는 만월滿月, 즉 인간 전체를 보게 됐다. 랠프가 오스먼드와의 결혼을 왜 그렇게 반대했는지도 알 것 같았다.

그러던 어느 날 랠프가 죽어가고 있다는 전보가 날아든다. 이사벨은 남편에게 전보를 보여주며 영국에 다녀오겠다고 말한다. 그러자 남편은 냉정하게 "그 남자는 전부터 죽어가고 있었잖아? 만약에 당신이 그를 보러 영국으로 간다면 돌아올 생각은 마"라고 경고한다. 그토록 독립적이고 자유로운 삶을 살고 싶었던 이사벨은 새장에 갇힌 한 마리 새였다.

이사벨은 그 집을 탈출하여 랠프에게로 달려가고 우연히 7만 파운드의 비밀을 알게 된다. 이사벨은 그제야 깨닫는다. 랠프가 얼마나 자신을 사랑했는지를. 랠프는 '돌아보면 언제나 그 자리에 서 있는 나무' 같은 존재였다. 그녀는 그런 그를 두고 바람처럼 먼 데서 온 남자를 따라 떠났던 것이다. 랠프의 임종을 지켜보며 그녀는 오열한다.

여자들은 어떻게 인생을 배우는가?

이 소설을 읽고 난 후 가장 먼저 찾아든 질문이다. 여자들은 다양한 방법을 통해 인생을 배우지만, 남자를 통해서도 배운다. 예나 지금이나 마찬가지이다. 어떤 남자를 통해 세상을 보느냐가 중요하기 때문에 남자 보는 눈을 기르는 것, 좋은 남자와 나쁜 남자를 감별하는 방법, 사랑해서는 안 될 사람과 사랑해도 좋을 사람을 고르는 기술을 알아가는 것이 중요하다.

이 소설은 제목《여인의 초상》이 암시하듯 처음부터 끝까지 주인공 이사벨 아처의 내면 의식 탐색에 초점이 맞추어져 있다. 자유와 독립을 꿈꾸는 20대 초반의 미국 여성이 넘어지고 엎어지며 남자와 세상을 깨달아가는 과정을 세밀히 보여준다. 삶에 도움이 될 것이라 믿었던 거대한 재산이 결과적으로는 그녀를 고통의 구렁텅이로 몰아넣었다는 것도 알게 된다. 이사벨의 경험은 자신의 무지를 자각하며 세상의 이치를 깨닫는 과정이었다.

이제 주인공 이사벨이 독자인 우리에게 묻는다. 당신의 초상화는 얼마나 그려졌냐고. 만약에 당신이 20대 초반이라면 초상화는 데생 상태일 것이다. 30대라면 바탕색이 칠해져 있을 것이고, 40대라면 음영을 표현했을 것이다. 그보다 나이가 더 많다면 그림은 꽤 진전되었을 것이다.

인생은 자기 생각대로 그려진다. 생각이 둥근 사람이 그린 그림은 둥근 모습이고, 생각이 모난 사람이 그린 그림은 모난 모습을 하고 있다. 머리 희끗희끗해지는 중년이 되고 나면 알게 된다. 나의 생각과 인생을 컨트롤할 수 있는 이는 세상에 나밖에 없다는 것을.

○

누가 이 여자에게
돌을 던지랴

마거릿 미첼의《바람과 함께 사라지다》

조선의 선비들은 '소나무'를 사랑했다. 다른 나무들은 봄, 여름, 가을, 겨울 기후에 맞춰 옷을 갈아입는데, 소나무만이 독야청청獨也靑靑하다고. 조선의 여인들은 '대나무'를 사랑했다. 부러질지언정 구부러지지 않는 대나무의 꼿꼿함을 본받으려 은장도를 가슴에 품고 다녔다. 그리고 대한민국의 젊은이들은 '풀'을 사랑했다.

　풀이 눕는다

　비를 몰아오는 동풍에 나부껴

　풀은 눕고 드디어 울었다

　날이 흐려서 더 울다가 다시 누웠다

(…)

바람보다 늦게 누워도

바람보다 먼저 일어나고

바람보다 늦게 울어도

바람보다 먼저 웃는다

_김수영, 〈풀〉 중에서

나도 20대에 김수영의 〈풀〉을 읽으며 구부러질지언정 부러지지 않는 풀에 박수를 보냈다. 모든 풍파를 극복한 후에 어느새 바람보다 먼저 일어나 몸을 꼿꼿하게 세우는 풀의 생명력을 사랑했다. 억압하는 것이 정권이든 제도이든, 폭력 앞에서 죽지 않고 살아내는 그 불굴의 정신을 사랑했다.

김수영의 '풀'처럼 바람 앞에서 울 줄도 웃을 줄도 알고, 엎드릴 줄도 일어날 줄도 아는 여인이 있다. 1936년 미국의 마거릿 미첼Margaret Mitchell이 발표한《바람과 함께 사라지다》의 주인공 스칼렛 오하라이다.

이 소설의 작가 마거릿 미첼은 체구도 작고 몸도 약했지만 지독한 독서광이었다. 그녀는 동네 도서관에서 책을 빌려 읽었는데, 책을 빌려갈 때 작은 여자가 어찌나 많은 책을 안고 걸어가던지 위태로울 지경이었다고 한다. 하여튼 그렇게 책을 읽던 마거릿 미첼이 어느 날 남편에게 '이제 도서관에 읽을 책이 없다'고 불평하자 남편이 말했다고 한다.

"그러면 당신이 하나 쓰지 그래?"

그렇게 해서 탄생되었다는 소설. 이 작품은 출간 6개월 만에 백만 부가 넘게 팔려 그해 '미국도서판매협회상'을 받고, 30여 개국에서 번역·출간되는 기적을 낳았다. 그러나 비평가들은 냉랭했다. '문학적 가치가 없는 대중 소설' '역사의식이 결여된 역사 소설'이라는 평가였다. 그러나 독자들은 이 소설에 아낌없이 돈을 지불했고, 20세기에 가장 많이 팔린 소설이라는 영예를 안겨주었다.

> 스칼렛 오하라는 미인은 아니었지만 탈턴 쌍둥이 형제처럼 그녀의 매력에 사로잡힌 남자들은 그 사실을 제대로 깨닫지 못했다. 턱이 뾰족하고, 눈은 담갈색이 전혀 섞이지 않은 엷은 초록색이었으며, 빳빳하고 검은 속눈썹이 눈을 별처럼 반짝이게 하고, 눈꼬리는 약간 치켜 올라갔다. 그 눈 위로 짙고 검은 눈썹이 비스듬히 올라가서, 목련처럼 하얀 피부에 산뜻하고 비스듬한 선을 이루었다.

소설은 이렇게 여주인공 스칼렛 오하라의 미모를 소개하는 것으로부터 시작된다. 스칼렛의 미모가 소설에서 중요한 역할을 차지하기 때문이다.

자타가 공인하는 미모의 소유자 스칼렛은 매일 남자들에게 둘러싸여 공주 노릇하는 것을 제외하면 하는 일 없는 열여섯 살의 한심한 아가씨이다. 그녀는 '시나 소설은 왜 읽는지 이해할 수 없는 물건'이라 생각했고, "전쟁같이 골치 아픈 이야기를 하면 만나주지 않겠다"고 남자들에게 으름장을 놓는다. 그녀의 관심사는 오로지 옷과 파티와 남자들의 시선뿐이었다.

유럽에서 살인을 하고 미국으로 도망 와서 인디언들을 몰아내고 대농장 타라를 건설한 제럴드 오하라의 장녀 스칼렛은 이웃집 농장 아들 애슐리를 좋아했다. 스칼렛은 애슐리가 책을 주문하여 읽고, 유럽 여행을 하고, 음악 감상으로 시간을 보내는 것은 이해할 수 없었지만, 그의 큰 키와 반듯한 예절, 꿈꾸는 듯 졸린 회색 눈을 좋아했다. 이를 안 스칼렛의 아버지가 딸에게 충고한다.

"애야, 비슷한 사람끼리 결혼해야지. 그렇지 않으면 행복할 수 없단다. 아가씨야, 솔직히 말해 봐. 너 책이니, 시니, 음악이니, 유화니 하는 그런 한심한 것들에 대해 그 사람이 횡설수설 늘어놓는 얘기를 알아들을 수 있겠니?"

"아, 아빠."

스칼렛이 짜증스럽게 소리쳤다.

"만일 내가 그 남자와 결혼하면 그런 버릇은 모두 싹 고쳐놓고 말겠어요!"

며칠 후, 애슐리가 멜라니라는 아가씨와 약혼했다는 소식이 들려온다. 스칼렛은 자기가 사랑을 고백하기만 하면 미모가 떨어지는 멜라니와의 약혼은 곧 물거품이 되고 말거라 굳게 믿고, 애슐리를 찾아가 사랑을 고백한다. 그러나 애슐리는 "스칼렛을 좋아하지만 결혼은 그것만으로는 안 되는 것"이라며 "자기와 비슷한 멜라니와 결혼하겠다"고 말한다. 이 장면을 우연히 엿보게 된 낯선 30대 남자 레트 버틀러 선장이 능글맞게 웃으며 말한다.

"친애하는 오하라 아가씨, 감탄할 정도로 활기가 넘치는 당신에게 경의를 표합니다."

화가 난 스칼렛은 애슐리에게 복수하기 위해 자기에게 청혼한 적이 있던 멜라니의 오빠 찰스의 청혼을 받아들이고, 애슐리의 결혼식 다음 날 결혼식을 올린다.

몇 달 후, 남북 전쟁이 터지고 청년들은 모두 전장으로 떠난다. 전쟁통에 아들을 낳은 스칼렛은 찰스의 집이 있는 애틀랜타로 떠난다. 그리고 얼마 후 남편의 사망 통지를 받지만, 남

편의 죽음보다 과부가 되어 화려한 드레스가 아닌 검은 옷만
입어야 하는 신세를 슬퍼한다.

전쟁은 남군에게 불리해졌고 애틀랜타도 북군에 포위된다.
이때 돈벌이를 위해 군대에 들어가 있던 레트가 스칼렛과 멜
라니를 도와 두 사람이 타라로 무사히 돌아갈 수 있게 해준다.
그러나 고향 타라의 농장과 집은 황무지로 변해 있었다. 절망
하는 스칼렛에게 할머니가 말한다.

"애야, 우리는 '미소를 짓고 때를 기다린다'는 식으로 수많은
역경을 이겨냈단다. 우린 프랑스에서 도망쳐 나왔고, 영국에
서도 도망쳤고, 아이티에서는 깜둥이들에게 쫓겨났고, 여기
와서는 인디언들과 싸워야 했어. 하지만 몇 년 후엔 항상 일
어났지. 왜 그런지 아니? 우린 밀이 아니라 메밀이니까. 폭풍
이 불면, 잘 영근 밀은 바짝 마르고 바람에 따라 휘지도 않기
때문에 꺾여버리지. 하지만 영근 메밀은 물기를 머금어서 잘
휘지. 그리고 바람이 지나가면 메밀은 전과 같이 곧고 튼튼
하게 벌떡 일어서지. 애야, 바로 그것이 생존의 비결이란다."

스칼렛은 굶주리는 대가족을 먹여 살리기 위해 장사꾼으로
성공한 동생의 약혼자 프랭크를 가로채 결혼하고, 모두가 멀

리하는 북부 사람들과도 손을 잡고 재산을 모으기 시작한다. 그러다 어느 날 스칼렛이 흑인 마을에서 성추행을 당하게 되고, 애슐리와 함께 이를 복수하러 떠났던 남편 프랭크가 살해된다.

또 다시 과부가 된 스칼렛. 그녀가 이번에는 항상 자기 곁에서 맴도는 돈 많은 레트와 결혼한다. 하지만 여전히 애슐리를 사모하는 스칼렛 때문에 두 사람은 끊임없이 불화를 겪는다. 어느 날 낙마 사고로 레트와의 사이에서 낳은 딸 보니가 죽자 레트는 스칼렛을 떠날 것을 결심한다.

그러던 중 멜라니가 병을 얻어 죽는다. 멜라니의 죽음으로 괴로워하는 애슐리를 본 스칼렛은 그제야 깨닫는다. 애슐리가 사랑한 사람은 자기가 아니라 멜라니였다는 것을.

이런 각성은 스칼렛에게 자신에게 어울리는 사람이 애슐리가 아닌 자신과 너무나 닮은 레트라는 사실을 깨닫게 해준다. 뒤늦은 깨달음으로 스칼렛은 레트를 붙잡으려 하지만 결국 그는 떠난다. 그러나 일단 마음먹으면 얻지 못한 남자가 없었던 스칼렛은 아직도 자신에게 그럴 능력이 있다고 믿으며 지금도 인구에 회자되는 그 유명한 말을 외친다.

"내일 일은 내일 생각하겠어. 어찌되었든 내일은 내일의 태양이 떠오를 것이 아닌가?"

스칼렛 오하라는 세계 문학사에 유례를 찾아볼 수 없는 독특한 캐릭터이다. 예쁘지만 변덕쟁이이고, 교만하고, 이기주의자이고, 정직하지 못하고, 돈을 밝히고, 모성애가 부족한 여자. 문학 작품의 주인공이 될 자격이 없는 여자이다. 가치를 추구하는 전통적인 문학 작품에서는 이런 여자에겐 대개 조연 역할이 주어진다. 그것도 주인공의 곧고 우아한 가치를 더욱 빛내줄 악당 조연. 그런데 작가 마거릿 미첼은 이 여자를 당당하게 주연으로 등장시켰다. 왜 그랬을까?

재난을 만나도 쉽게 지나가는 사람이 있는가 하면, 능력 있고 강하고 용감한데도 굴복하는 사람이 있다. 모든 격변에서 그렇다. 살아남거나 그렇지 못하거나. 의기양양하게 살아남은 사람들에게는 있고, 그렇지 못한 사람에게는 없는 특징이란 무엇일까? 나는 살아남은 사람들이 말하는 '불굴의 정신'이 무엇인지 알 뿐이다. 그래서 불굴의 정신을 지닌 사람과 그렇지 못한 사람에 대한 이야기를 썼다.

이는 마거릿 미첼이 당시 인터뷰에서 밝힌 '창작의 변'이다. 남북 전쟁과 그것이 남긴 폐허 속에서 살아남은 사람들을 그

린 1,639쪽짜리 대하소설을 엮어낸 작가가 독자에게 하는 말
이다. 흡사 예수가 간음한 여자에게 돌을 던지려는 군중을 향
하여 "누구든지 저 여자에게 돌을 던질 자격이 있는 사람만
돌을 던지라"고 말했던 것처럼 작가는 독자에게 말하고 있다.

"누가 스칼렛의 강인한 생명력에 돌을 던질 수 있겠는가?"

스칼렛은 남자들에게 들러붙어 의지하고, 좋았던 옛 시절
타령이나 하는 여자가 아니다. 직접 발 벗고 나서서 가족을 먹
여 살리기 위해 뛰어다니는, 불굴의 정신을 가진 여자이다. 애
슐리와 멜라니는 점잖고 예의 바르고 정직했지만, 전쟁이 나
자 무능력자가 되어 스칼렛의 짐이 된다. 하지만 탐욕스러운
기회주의자인 스칼렛과 레트는 살아남아 주위 사람들을 먹여
살린다. 어떤 쪽이 선이라고 쉽게 말할 수 있겠는가.

어느 시대나 스칼렛이나 레트 같은 유형과 애슐리와 멜라
니 같은 유형이 있다. 그동안 작가들은 애슐리형 인간에게는
찬사를 보냈지만 스칼렛형 인간에게는 경멸을 보냈다. 그러나
마거릿 미첼은 스칼렛형 인간의 팔을 들어준 첫 번째 작가로
보인다. 그리고 독자들은 그녀의 선택에 박수를 보냈다. 아마
도 스칼렛은 우리 내부에 살고 있는 또 하나의 내 얼굴이기 때
문인지도 모른다. 도덕적인 사회에서 드러나지 못하도록 꾹꾹
눌러온 무의식 속의 얼굴, 그러나 어쩔 수 없는 인간의 원초적

생명력.

"바람이 분다. 살아야겠다."

폴 발레리가《해변의 묘지》에서 이렇게 절규했듯이, 천방지축 여인 스칼렛은 전쟁과 가난 앞에서 다짐한다. 살아남아야 겠다고. 오늘 우리를 강인하게 만들어줄 바람은 무엇일까.

○

그녀는 요리로
자신의 존재를 증명했다

이자크 디네센의 《바베트의 만찬》

　작년 내내 먹는 이야기가 방송에서 끊이지 않았다. '먹방' '쿡방'이 텔레비전을 점령하더니 '집 밥'과 '셰프'가 한참 동안 유행했다. 일찍이 이렇게 먹는 것이 초미의 관심사가 된 시대가 있었던가. 그런데 이는 우리나라만의 현상이 아닌 세계적인 현상이라고 한다. 바야흐로 먹는 즐거움이 삶에서 매우 중요한 요소라는 것을 자각했기 때문이리라.

　인생은 경험의 복합체이다. 그런데 먹는 것만큼 계속되는 경험도 없는 것 같다. 우리는 하루에 세 번, 한 달이면 90번, 1년이면 1,080번, 10년이면 1만 800번, 50년이면 5만 4,000번 밥을 먹는다. 그뿐이랴. 차도 마시고, 과일도 먹고, 간식도 먹는다. 그러니 먹는 경험은 옷과 신발을 입고 신는 정도의 경험과

비교할 수 없다. 그래서 먹는 경험은 절대적으로 우리를 지배한다.

아무리 먹어도 허기지는 증상이 있다. 동생을 일찍 본 아이, 부모와 떨어져 사는 아이들에게 흔히 일어나는 증상이다. 아이뿐 아니라 어른도 그렇다. 실연하면 왜 그리 춥고 배가 고픈지…. 실연해본 사람은 안다. 실연을 경험하지 못한 사람일지라도 정치와 종교와 교육을 믿지 못하는 불신 사회에 사는 한 요리는 정신적 허기를 달래줄 최상의 방법이 될 것이다.

음식과 정신적인 허기의 아름다운 만남을 그린 소설이 있다. 1958년 덴마크의 작가 이자크 디네센Isak Dinesen이 쓴 《바베트의 만찬》이다. 이자크 디네센은 영화 〈아웃 오브 아프리카〉의 원작 소설을 쓴 카렌 블릭센의 필명이다.

그녀는 스물여덟의 나이에 아프리카로 떠나 17년 동안 커피 농장을 경영하다 실패하고 마흔여섯 살에 고국으로 돌아와 글쓰기를 시작한 늦깎이 작가이다. 그러나 1937년, 그녀의 나이 쉰두 살 때 발표한 자전적 소설 《아웃 오브 아프리카》로 세계적인 작가의 길로 들어서더니 1954년과 1957년에는 연이어 노벨문학상 후보에 올라 '억세게 운 좋은 작가'라는 부러움을 사기도 했다. 비록 노벨문학상은 헤밍웨이와 카뮈에게 돌아갔지만, 헤밍웨이는 수상 소감에서 "이 상은 덴마크 작가 이자크 디네센이 탔어야 한다"고 말하며 그녀에게 존경심을 표하기도 했다. 《바베트의 만찬》은 그녀가 위암 투병 중이었던 예순 일곱 살에 쓴 동화적 분위기의 소설이다.

> 노르웨이, 높은 산 사이로 길고 좁은 바다의 지류가 흐르는 피오르 지역에 베를레보그라는 작은 마을이 있었다. 산기슭에 자리 잡은 마을에는 회색, 노란색, 분홍색 등 갖가지 색깔의 목조 가옥들이 옹기종기 모여 있어서 마치 장난감 마을을 보는 듯했다.

소설은 이렇듯 전래 동화처럼 시작된다. 마을이란 인간과 자연이 함께 만들어놓은 작품. 그 마을 가운데 있는 노란 집에 나이 많은 두 자매가 살고 있다. 자매의 세례명은 마르티네와 필리파. 두 자매는 오래전 세상을 떠난 마을 목사의 딸들이다. 자매는 결혼하지 않고 아버지를 대신하여 마을 사람들을 돌보며 가난하고 경건하게 살고 있다.

자매가 처음부터 독신주의자였던 것은 아니다. 마음에 두었던 사람이 있었다. 마르티네의 연인은 친척 집에 들른 로렌스 로벤히엘름이라는 노르웨이 장교였고, 필리파의 연인은 파리의 유명 가수 아실 파팽이었다. 그러나 장교 로렌스는 마르티

네의 경건한 아름다움 앞에 용기가 나지 않아 고백도 못 하고
떠났다. 파리의 가수 파팽은 필리파의 아름다운 노랫소리에
감격해서 키스를 퍼부었다가 경건한 필리파를 놀라게 한 후로
목사의 권고를 받고 떠났다. 그래서 두 자매는 조용히 독신으
로 살고 있었다. 그 후 15년의 세월이 흐른 어느 날, 한 여성이
파리에서 아실 파팽의 편지를 들고 자매를 찾아온다.

> "이 편지를 전하는 사람은 바베트 에르상 부인입니다. 여기
> 는 내란이 거리를 휩쓸고 있소. 인권을 위해 일어선 코뮌 지
> 지자들은 싸움에서 지고 목숨을 잃었소. 부인의 남편과 아들
> 도 총에 맞아 죽었소. 혁명의 소용돌이에서 부인은 폭파와
> 방화로 억압자들에게 맞섰소. 그래서 부인은 체포되었고 지
> 금은 탈주범 신세라오. (…) 그래서 부인을 그대들께 보내오.
> 부인을 자비롭게 받아주리라 믿소. 바베트는 요리를 할 줄
> 아오."

바베트는 자매의 집에서 가정부로 일하게 되고, 세 여인은
함께 조용히 늙어갔다. 그렇게 12년이 흐른 어느 날, 바베트에
게 편지 한 통이 날아든다. 그녀가 친구에게 복권을 맡겨두었
는데 드디어 1등에 당첨되어 만 프랑을 받게 되었다는 소식이
었다.

두 자매는 이제 내란이 잠잠해졌으니 바베트가 떠날 거라 짐작하고 은근히 걱정한다. 바베트는 야문 살림 솜씨로 12년 동안 그녀들을 윤택하게 해주었고, 맛있는 요리로 그녀들을 즐겁게 해주었기 때문이다. 그러나 두 자매는 아버지 탄신 100주년이 되는 12월 15일까지만 그녀가 함께 있어주면 좋겠다고 생각했다.

그런 자매에게 바베트가 조용히 말한다. "이번 목사님 생일 때 축하 만찬 요리를 만들고 싶다"고. 기뻐하는 자매에게 바베트는 "이번에는 진짜 프랑스 요리를 만들고 싶다"면서 이번 만찬을 자신의 돈으로 만들게 해달라고 부탁한다. 자매가 그럴 수 없다고 하자 바베트는 하나님이 마님들의 기도를 들어주셨듯, 마님들도 자신의 청을 들어주어야 한다고 강력하게 말한다. 그래서 자매는 할 수 없이 그녀의 소원을 들어주기로 한다.

목사의 탄신 100주년 기념일에 두 자매는 마을 어른 열두 명을 초대한다. 목사 생전에는 그렇게 화목하던 마을이 목사가 죽은 후로는 평화롭지 못했다. 형제는 갈등하고, 친구끼리는 서로 욕했다. 마을은 침울했고, 사람들의 얼굴에서 미소가 사라졌다. 자매는 걱정했지만 그들의 힘으로는 어쩔 수가 없었다.

만찬 날, 뜻밖의 손님이 방문했다. 31년 전 마르티네에게 사랑 고백을 하지 못하고 떠난 장교 로렌스였다. 그는 그 후 원하던 것을 모두 손에 얻은 장군이 되었다. 왕실의 총애, 신실한 친구들 그리고 예쁜 아내와 지혜로운 자녀들…. 그러나 항상 무언가 허전했다. 그는 젊은 시절, 자기 자신에게 진 빚을 갚고 싶었다. 불타는 가슴을 고백하지 못하고 숙맥같이 떠난 과거의 자신이 불쌍했기 때문이다.

만찬이 시작됐다. 마을 사람들은 이름을 알 수 없는, 처음 먹어보는 요리를 묵묵히 먹으며 영혼이 평화로워지는 것을 느꼈다. 조용히 음식을 들던 장군도 눈을 감으며 혼자 중얼거렸다.
"거 참 이상하군. 정말 놀라운 일이로군!"
노르웨이의 시골 마을에서 먹는 이 음식이, 프랑스 파리 최고급 레스토랑 '카페 앙글레'에서 먹어본 음식과 똑같았기 때문이다. 천재 요리사라고 알려진 그 여자 주방장이 아니고서는 낼 수 없는 맛이었다. 로렌스 장군도 요리를 먹으며 육체적인 욕구와 정신적인 희열 사이에서 고귀하고 낭만적인 희열을 느꼈다. 그래서 장군은 만찬이 끝나고 떠나기 전에 말없이 마르티네의 손을 붙잡고 오랫동안 서 있었다. 그리고 31년 만에 마침내 입을 열었다.

"나는 매일 당신과 함께 있었소. 그랬다는 것을 아시오?"

"네, 그러셨다는 걸 알아요."

마르티네가 대답했다.

"내게 남은 날들 역시 당신과 함께할 거요. 오늘 밤처럼, 나는 매일 밤 당신과 저녁을 먹겠소. 육신으로서가 아니라 영혼으로…."

그리고 두 사람은 헤어졌다.

손님들이 돌아간 후 두 자매는 부엌에 가서 바베트를 보았다. 그녀는 처음 찾아와 문 앞에서 실신했던 때처럼 녹초가 되어 있었고 얼굴은 백지장처럼 하였다.

"다들 저녁 식사가 훌륭하다고 했어. 바베트가 파리로 돌아간 후에도 우리는 오늘 저녁을 오랫동안 잊지 못할 거야."

허공을 바라보던 바베트는 그제야 자매를 쳐다보며 말했다.

"네. 저는 '카페 앙글레'의 주방장이었어요. 그러나 저는 그곳으로 돌아가지 않아요. 그곳에는 이제 아무도 없어요. 그리고 저는 이제 돈이 한 푼도 없어요."

"하지만 만 프랑은?"

"그 만 프랑으로 오늘 만찬을 준비했어요. 카페 앙글레에서는 12인분 식사 재료비가 만 프랑이거든요."

바베트의 얼굴에서 위엄이 흘렀다.

"아니, 우리를 위해 그 돈을 다 쓰다니!"

"아니에요. 저를 위해서 썼어요. 저는 예술가예요."

"평생 가난하게 살려고 그래? 바베트!"

"아니에요. 절대로 가난하지 않아요. 저는 예술가니까요. 예
술가에겐 다른 사람들이 알 수 없는 것이 있어요, 마님."

프랑스 혁명의 물결에 떠밀려 노르웨이의 작은 시골 마을로
도피해온 프랑스 최고의 요리사 바베트. 그녀는 자신의 요리
로 마을 사람들을 행복하게 했고, 31년 전에 사랑을 놓친 로렌
스 장군이 평생 하고 싶었던 고백을 가능하게 해주었다. "음식
의 맛은 혀가 아니라 뇌가 기억한다"는 프랑스의 속담처럼 사
람들은 바베트의 요리를 영원히 기억할 것이다.

직업이란 한 사람이 인생을 살아나가는 방식이고, 자신의
일생을 증명하는 방식이다. 농부는 식물을 가꾸면서, 화가는
그림을 그리면서, 작가는 글을 쓰면서 인생이라는 광야를 가
로지른다. 바베트는 정성들여 차린 만찬으로 자신을 증명했다.

"태양은 빛으로 말하고, 꽃은 향기와 모양과 빛깔로 말하고,
공기는 눈과 비와 바람으로 말하고, 시인은 시로 말한다."

헤르만 헤세는 《데미안》에서 자신을 증명하는 방법에 대해

이렇게 썼다.

나는 지금 무엇으로 나를 증명하고 있는가.

이 작품이 발표되었을 때 〈뉴욕타임스〉는 "이 작품은 우리의 삶을 꿈으로 만들어주는 동화"라고 극찬했다.

나의 삶을 동화로 만들어주는 것은 무엇일까. 나는 그런 일을 가졌는가. 나는 그것을 위해 지금 무엇을 하고 있는가.

○

삶이
서른 살에게 질문하다

페터 한트케의 《왼손잡이 여인》

왜 서른 살이 되면 삶은 유난히 혹독해지는 걸까. 유년 시절, 그렇게도 친절하던 부모는 결혼이라는 말을 내세워 결별을 강요하고, 10대의 치기를 이해한다던 어른들은 더 이상 그들의 실수를 봐주지 않는다. 20대에게 혁명을 기대하던 기성세대의 은근했던 눈빛은 패잔병을 대하듯 차가워졌다. 세상은 그들에게 '잔치는 끝났다'고 선언하는 것이다.

잉게보르크 바하만은 소설 《삼십 세》에서 '서른 살'을 "어느 누구도 그를 젊다고 부르기를 멈추지 않지만 스스로 자신이 젊지 않다고 느끼며, 자신이 함정에 빠져 있음을 깨닫게 되는 나이"라고 정의한다. 최영미 시인은 투쟁의 1980년대를 거쳐

일상의 삶에 자리 잡으며 굴절되어가는 대한민국의 30대에게 "서른, 잔치는 끝났다"고 선언했다.

이래저래 서른 살은 고독한 나이이다. 손가락 사이로 빠져나가는 모래처럼 삶이 빠져나가고 있음을 알게 되는 나이, 수많은 가능성 중 이제 남은 가능성은 단 하나뿐이라는 것을 어쩔 수 없이 깨닫게 되는 나이, 그 서른은 누구에게나 온다.

서른은, 1980년대 민주화 운동을 한 한국의 젊은이에게도 왔지만 수천 년 전 사람들에게도 왔다. 그래서 2,600여 년 전 석가는 생로병사의 비밀을 찾아 스물아홉 살에 궁궐을 떠나 고행의 길을 선택했고, 2,000여 년 전의 예수도 스물아홉 살에 괴나리봇짐을 지고 고향 나사렛을 떠나 홀로 광야로 나갔다. 공자는 "삼십三+이면 입立해야 한다"며 제자들에게 홀로서기를 가르쳤다.

독일의 작가 페터 한트케Peter Handke가 1976년에 발표한 《왼손잡이 여인》의 주인공 마리안느도 서른 살이다. 그녀는 여덟 살짜리 아들을 데리고 남편과 함께 교외의 방갈로에 살고 있는 전업주부이다. 유럽 전역에 널리 알려진 어느 도자기 회사의 지역 판매 책임자인 남편은 몇 주씩 해외 출장을 다니곤 했다. 부자는 아니었지만 안락한 생활을 누리기에 충분한 수입도 있다. 방갈로는, 남자가 언제 전근을 갈지 몰라서 세를 든 것이었다. 여인은 서른 살이 되기까지 그렇게 10년을 살아왔다.

머리에서 그저 머리카락 냄새만 나는 여인, 스웨터나 외투 단추 중 하나가 언제나 떨어져 있는 여인, 친구들과 웃고 떠들다가도 문득 하늘을 바라보는 여인, 모딜리아니의 목이 긴 여인처럼 항상 고개를 갸우뚱하게 숙이고 있는 여인, 남편 브르노는 그런 그녀에게 말한다.

"당신 앞에선 두려워할 필요가 없어서 좋아."

그들은 그렇게 10년을 살고 있었다.

그러나 서른 살이 된 어느 날, 그녀는 갑자기 남편이 곧 떠날 것이라는 걸 직감한다. 아니, 자신이 남편을 떠날 수 있을 거라는 것을 알게 된다. 핀란드 출장에서 놀라운 성과를 올린 남편이 근사한 호텔에서 저녁 식사를 하며 아내에게 행복을 고백할 때, 그녀는 그것을 깨달은 것이다.

"마리안느, 나는 거기서 당신을 생각했고 슈테판을 생각했어. 우리들이 이렇게 여러 해를 살아온 지금 비로소 우리들이 서로에게 소속되어 있다는 감정을 맛본 거야… 늘 당신을 사랑한다고 말해왔지만 이제야 당신과 묶여 있다는 감정을 갖게 됐어. 그런데 이상한 것은 그 감정을 경험하고 난 지금에 이르러서야 나는 당신이 없어도 살아갈 수 있을 것 같다는 생각이 드는 거야. 나는 오늘, 마치 어떤 행복의 나라에서 중간 지점이 없이 단박에 다른 지점으로 옮겨가는 기분이거든. 난 지금 행복해. 너무나 행복해서 내부에서 온갖 것이 소용돌이치는 것 같다니까…."

남편 브르노는 이 세상을 행복하게 살기에 알맞은 남자이다. 아내와 가족을 끔찍이 사랑하고, 그들을 부양하는 것을 가장 큰 의무로 생각하는 남자, 항상 줄무늬 정장을 입고 넥타이는 매지 않는 남자, 고객을 만나면 절대 놓치지 않는 유능한 세일즈맨, 소리 나는 구두창이 달린 특수 구두를 신고 상대를 제압하기를 원하는 남자, 바르면 눈이 깜박이지 않는다는 특수 안약을 미국에서 수입해다 바르고 시선視線의 힘을 길러 회사의 임원이 되기를 꿈꾸는 남자이다. 그러나 여인은 자신이 이제 그를 떠날 준비가 됐음을 직감한다.

여인이 남편을 보고 말한다.

"갑자기 무언가 깨달았어요. 이제 당신이 나를 떠날 수 있다는 것을요. 바로 그거예요. 브르노, 가세요. 나를 혼자 내버려두고 가세요."

남편은 한참 동안 고개를 숙이고 있다가 "커피를 마시면서 생각 좀 해보겠다"고 말한다.

여자는 혼자 집으로 가서 옷장을 열고 옷들 사이에 얼굴을 파묻고 운다. 그러나 다음 날, 여인은 가구를 재배치하고 미혼일 때 다니던 출판사 사장에게 편지를 쓴다. 다시 번역 일을 하고 싶다고. 예전에 하던 딱딱한 학술 서적이 아닌 소설이나 시를 번역하고 싶다고.

한밤중에 여인은 번역 의뢰를 받은 책을 들고 마루에 혼자서 있다. 평평한 지붕 위에 뚫린 채광창에 눈 내리는 소리가 사각사각 들렸다.

> "이상理想의 나라에서: 나는 한 사나이에게 그가 현존의 나
> 그리고 미래의 나를 사랑해주기를 고대한다."

그녀는 한 구절을 번역해보고는 아직 녹슬지 않은 자신의 프랑스어 실력에 어깨를 으쓱했다. 날이 밝자 여인은 예쁘게 옷을 차려입고, 타자기가 놓인 책상 앞에 앉아 안경을 썼다. 그녀는 번역할 책을 매일의 분량으로 나누어 연필로 날짜를 적는다. 책 말미에 적힌 날짜는 봄이 한창인 어느 날이었다. 여인은 타이핑을 하다가 가끔 멈춰 옆에 놓인 사전을 보기도 하고, 활자판을 바늘로 소제하거나 수건으로 자판을 닦으면서

번역을 해나갔다.

> "지금까지 모든 남자들은 나를 허약하게 만들었다. 남편은
> 나에게 '미셸은 강하다'고 말했지만 사실은 그가 아무런 흥
> 미를 가지지 않는 일에 대해서만 내게 강하다고 말하고 싶어
> 하는 것이다. 아이들이나 집안일이나 세금 같은 것에 대해
> 서. 하지만 내가 진짜 일이라고 생각하는 것의 경우에 그는
> 나를 파괴한다. 그는 자기 아내를 몽상가라고 말한다. 현재
> 의 상태로 존재하고 싶어 하는 것. 그것을 몽상이라고 부른
> 다면 나는 꿈꾸는 여자가 되고 싶다."
> 여인은 번역한 원고를 읽어보고는 만족해서 어깨를 으쓱했
> 다. 그러고는 테라스에서 놀고 있는 아이들을 향해 소리 높
> 여 말했다.
> "애들아, 지금 내가 하고 있는 것은 일이란다."

여인은 10년 만에 일을 시작한 것이다. 어느 날엔가 갑자기
존재하지 않는 존재가 될지 모른다는 불안감을 썻어내듯 일을
시작한 것이다. 남편의 수입으로 살아가는 삶은 그녀의 육체
를 편안하게 했지만, 그녀를 행복하게 할 수는 없었다. 그녀는
이제야 자신이 존재하고 있다는 것을 느끼기 시작했다.

타인들과 어울려 지하철을 타고, 쇼핑을 하고, 술을 마시고, 음악을 듣고, 아이를 기르고, 설거지를 하지만 언제나 홀로 존재하는 마리안느. 그녀는 오늘도 '왼손잡이 여인'이라는 노래를 듣는다.

> 그녀는 다른 사람들과 지하도에서 빠져 나왔네.
> 그녀는 다른 사람들과 간이식당에서 식사를 했다네.
> 그녀는 다른 사람들과 세탁소에 앉아 있었네.
> 하지만 나는 언제인가 보았다네.
> 그녀 혼자서 신문 게시판 앞에 서 있는 것을.

남편은 그녀의 독립을 '여성 해방'이라는 사회적 유행으로 가볍게 치부했고, 친구들은 다른 남자가 생겼을 거라고 상상했다. 그러나 그녀는 변명하지 않는다. 남과 다를 수 있는 권리를 가진 자신이 선택한 삶의 방식을. 일을 시작한 그녀의 얼굴에는 점차 생의 선이 뚜렷하게 아로새겨졌다.

우리는 친구들과 웃으며 수다를 떨고, 지하철을 타고, 쇼핑을 하고, 술을 마시고, 음악을 듣고, 여행을 가고, 아이를 기르고, 설거지를 하지만 때때로 혼자임을 느낀다. 그러나 이 소설의 주인공 마리안느는 그 혼자인 시간에 자신에게도 '남과 다를 권리'가 있음을 자각한다. 마리안느는 '늘 누군가와 함께 있지만 늘 혼자'인 현대 여성들의 마음 밑바닥에 존재하는 고독의 모습을 발랑 뒤집어서 보여주고 있다.

> 여인은 별안간 벌떡 일어나 연필과 종이를 가져다가 자신을 그리기 시작했다. 의자 위에 올려놓은 두 발을 먼저 그리고, 그다음에는 뒤쪽 공간과 창을 그리고, 마지막으로 밤이 흘러감에 따라서 변해가는 별이 총총한 밤하늘을 그렸다. 힘차다고 하기보다는 차라리 떨리고 어설픈 획이었으나 이따금씩 단 한 번의 획으로 인해 힘찬 비상이 생겨났다.

처음부터 힘찬 획을 그릴 수 있는 사람이 얼마나 되겠는가. 그녀는 서른 살, 이제 홀로 걸어갈 자신을 얻은 것이다. 삶이 여인에게 물었다. 너는 누구냐고. 여인은 대답했다. 나는 문학 번역가라고. 그녀는 서른 살에 자기 이름을 찾은 것이다.

마리안느는 왼손으로 밥을 먹고 글을 쓰는 '왼손잡이'는 아니다. 그녀는 공허한 현대 사회에서 실존을 자각한 여인의 대명사이다. 무엇으로도 그 고독을 바꾸지 않고, 남과 다를 수 있는 권리를 포기하지 않으며 나아가는 여인의 초상이다.

서른 살은 왜 고단한가. 자신이 남과 다를 수 있는 인간이라는 것을 자각하는 나이이며, 자신에게 꼭 맞는 이름을 찾아야 하는 나이이기 때문이다. 어쩌면《왼손잡이 여인》은 단절되었던 직업을 다시 찾아 가슴에 이름표를 달고자 하는 '경력 단절녀'의 초상인지도 모른다.

○

직업을 창조한 여자

레몽 장의 《책 읽어주는 여자》

초등학교 6학년 때 담임 선생님께서 특별한 숙제를 내주셨다. '내일까지 장래에 갖고 싶은 직업을 하나씩 적어 낼 것.' 꿈과 상상력으로 똘똘 뭉쳐진 열세 살 아이에게 원하는 직업 하나를 고르는 일은 얼마나 고통스러웠던지…. 책상 앞에 앉아 적어가다 보니 직업은 10개도 넘었다. 성우, 작가, 화가, 음악가, 변호사, 판사, 대학 총장, 외교관, 정치가, 비행기 조종사…. 어느 것 하나도 포기할 수 없었다. 하나를 지우려면 그 직업이야말로 세상에서 가장 멋진 직업 같았다.

그렇게 고민하던 중 어디선가 별똥별처럼 낯선 직업 하나가 머릿속으로 떨어져 내려왔다. 재미있는 책을 실컷 읽으면서 돈을 벌 수 있는 직업. 그때 명작 동화에 푹 빠져 있던 나는 그런 직업이라면 다른 모든 것을 포기할 수 있을 것만 같았다. 그런데 그 직업의 이름은 무엇이란 말인가? 부엌으로 가서 엄마에게 물어보았다.

"엄마, 재미있는 책만 실컷 읽어도 월급을 주는 직업이 뭔가요?"

저녁밥을 짓던 엄마는 한숨부터 쉬셨다.

"될성부른 나무는 떡잎부터 알아본다는데… 넌 누굴 닮아서 그리 허황되냐?"

그래서 학교에서 1등을 도맡아 하는 오빠에게 다시 물었다. 오빠는 대뜸 내 머리에 알밤을 한 개 먹이고 나서 "그런 공상할 시간이 있으면 공부나 하는 게 좋겠다"고 충고했다.

궁금증이 풀리지 않은 나는 다음 날 아침, 학교에 가자마자 선생님께 여쭈었다. 선생님은 잠시 고개를 갸우뚱하더니 "그건 아마 도서관 사서일 것"이라고 말씀하셨다. 그래서 그날 나는 장래 희망에 '도서관 사서'라고 적어 냈다.

그런데 며칠 후에 선생님께서 나를 부르시더니 미안한 표정을 지으며 말씀하셨다.

"도서관 사서를 하는 친구가 그러는데, 사서는 책 읽을 시간이 통 없다는구나."

"왜요? 선생님?"

"그게… 책 훔쳐가는 사람을 감시해야 하기 때문에 책 읽을 시간이 없대."

그래서 나는 그날로 그 꿈을 접었다. 그리고 어른이 되었다.

신문 광고란에서 레몽 장Raymond Jean의 《책 읽어주는 여자》라는 제목을 발견했을 때 나는 손가락 하나 꼼짝할 수가 없었다. 짝사랑했던 남자의 이름이 적힌 친구의 결혼 청첩장을 받은 것처럼 머릿속이 하얗게 비어버렸기 때문이다. 그때 나는 직업이 없는 것도 아니었고, 정부 출연 연구 기관에서 월급을 받는 연구원이었는데 눈물까지 찔끔 났다. 퇴근길에 서점으로 달려가 그 책을 사서 밤새 읽었다. 책 읽어주는 그 여자도 나처럼 책 읽기를 좋아하는 여자였다. 그런데 그 여자는 당당하게 자기 직업을 창조한 여자였다.

서른네 살의 마리 콩스탕스는 듣기 좋은 목소리를 가지고 있는 여자이다. 남편은 있지만 아이는 없고, 미래를 꿈꾸지만 직업은 없었다. 대학 시절에 문학을 공부하고 연극 활동도 꽤 열심히 했지만, 지금은 가끔 친구들과 만나 연예인의 사생활 이야기나 떠들다 돌아오는 그렇고 그런 여자였다.

"넌 목소리가 기차게 멋있어. 그런 걸 써먹지 않고 놀리는 건 바보짓 아니니? 나 같으면 사람들에게 책 읽어주는 일을 하겠다."

변호사 사무실에서 비서로 일하는 프랑스와즈가 말했다. 책을 카세트에 녹음해서 듣는 세상인데, 옛날 공작 부인의 시녀처럼 책 읽어주는 여자 노릇을 하라는 말인가. 그래도 친구들이 목소리가 멋있다고 하지 않았는가. 사실 콩스탕스는 외모에는 자신이 없었지만 목소리로 열등감을 느낀 적은 없었다. 여자의 목소리가 외모만큼 쓸모 있는 세상은 아니지만 그래도 좋은 목소리를 썩히는 것도 이상한 일 같았다.

마리 콩스탕스는 대학 시절의 은사를 찾아가 이 아이디어를 상의했다. 교수는 좋은 생각이라며 "안경을 쓰면 좀 부족한 듯한 지성적인 일면이 더해질 것"이라는 충고까지 해주었다.

"젊은 여성, 가정 방문하여 책 읽어드립니다. 문학, 역사 기타 등등."

마리 콩스탕스는 광고 회사에 찾아가 신문 광고를 냈다.

며칠 후, 놀랍게도 첫 번째 편지가 도착했다. 열네 살의 신체장애 아들을 둔 어머니의 편지였다. 처음에 소년은 책보다 콩스탕스의 무릎과 허벅지에 더 관심이 많았다. 그녀가 바지를 입고 가면 시무룩했고, 치마를 입고 가면 행복해했다. 그러나 시간이 지나자 차츰 책에 빠져들었다.

"우리 애가 선생님을 얼마나 좋아한다고요. 엘릭의 친구들도 선생님을 만나보고 싶어 해요. 장애아들에게 책을 읽어주는 선생님만큼 소중한 사람은 없을 거예요."

콩스탕스는 이제 막 창조한 이 직업이, 여기저기에 실제적인 도움을 줄 수 있을 것 같은 예감에 행복했다.

두 번째 손님은 자신을 '침대에서 일상을 보내는 뒤메닐 장군의 미망인'이라고 소개한 여든 살의 노부인이다. 콩스탕스는 노부인이 '로맨틱하고 시적인 독서를 원할 것'이라 짐작하고 시집을 가지고 찾아간다. 하지만 노부인은 콩스탕스에게 《마르크스》《자본론》《정치경제비판》을 읽어달라고 청한다. 그녀가 읽어달라고 접어놓은 페이지를 읽어주자 노부인은 눈을 스르르 감으며 "참으로 아름다운 문장"이라며 감격했다.

세 번째 손님은 바쁜 일정 때문에 사람들이 어떤 책을 읽고, 어떤 이야기를 나누며, 무엇을 화제로 삼는지 몰라 독서를 원하는 큰 회사의 사장이었다.

"요즘 클로드 시몽이 노벨상을 받을 거라는 이야기가 돌아요. 혹시 그렇게 되면 만찬에서도 그 이야기가 나올 겁니다. 그러나 미리 말씀드리면 그는 쉬운 작가가 아니잖아요? 누

군가가 내게 협조를 해준다면… 어떤 목소리가 책에 접근할
수 있도록 도움을 준다면… 이해하시겠어요?"

피곤한 존 웨인 같은 인상의 사장은 자신이 콩스탕스를 초
대한 목적에 대해 말했다. 콩스탕스는 사교 목적으로 '책 읽어
주는 시간'을 원하는 남자에게 충고한다. 언젠가는 스스로 책
을 읽어야 한다고, 그래야 완전한 독서가 된다고.

네 번째 손님은 유능한 워킹맘으로, 여덟 살 딸에게 서정적
인 시를 읽어줄 것을 부탁했고, 다섯 번째 손님은 나이가 매우
많은, 사회적으로 존경받는 법조계 인사였다. 그는 "홀아비여
서 매우 외로운 상태인데, 시력이 어찌나 나쁜지 더 이상 아무
것도 읽을 수 없다"며 "콩스탕스의 도움을 받을 수 있다면 행
운이겠다"는 지극히 점잖은 편지를 보내왔다.
경계심이 전혀 없는 것은 아니었지만 생각해보면 나이 든
노인, 장애인, 병자, 할 일 없이 적적해하는 사람들이 아니라면
누가 책을 읽어달라고 하겠는가. 이 직업으로 굳건히 자리 잡
으려면 이런 사람들에게 인기가 있어야 하지 않겠는가.
그래서 콩스탕스는 존경받는 옛 법원장의 집으로 갔다. 옛
법원장이 콩스탕스에게 말한다.
"나같이 늙은 사람들은 시대에 뒤처져 있어서 미처 읽지 못

한 것들, 죽기 전에 맛봐야 할 작품이나 고전이 있으리라 생각되는데….”

그러면서 그는 마르키 드 사드의 《소돔의 120일》을 콩스탕스 앞에 내놓는다. 접혀 있는 페이지를 펼쳐 보니 사디즘 sadism, 마르키 드 사드의 이름에서 따온 말이라는 용어에 이름을 내준 작가다운 끔찍한 내용이 눈에 들어온다. 순간 콩스탕스는 궁지에 몰렸다는 것을 직감한다. 직업적인 명예가 딜레마에 빠졌다는 것도 알게 된다. 읽기를 승낙하면 늙은 법원장의 덫에 걸려드는 셈이고, 거절하면 ‘책 읽어주는 여자’가 아니게 된다. 책 읽어주는 여자는 읽어야 한다. 남이 요구하는 것을 큰 소리로 읽어야 한다.

　‘자, 마리 콩스탕스, 직업적 냉정을 유지해야 돼. 넌 연극도 해봤고, 연극 학교도 다녔어. 무대가 뭔지, 연극이 뭔지도 알아. 이 늙은 두꺼비한테 당하고서 끽소리도 못해서야 되겠니? 용기를 내!’
　나는 소파에 자리를 잡고 앉는다. 두 다리를 꼰다. 집중한 표정을 짓는다. 우선 소리 내지 않고 텍스트를 눈으로 읽는다. 그 속에는 내 이빨과 혀가 한계선을 넘어서지 못할 음란한 말들이 쓰여 있다. 어쩐담? 그냥 갈까? 그 양서류 같은 사람이 안경알 뒤에서 나를 보고 있다. 방 안은 숨 막힐 듯 고요하다. 그 고요 속에서 소리 내어 읽는 내 목소리가 내 귀에 들려오기 시작했다. 목소리는 떨리지도 약해지지도 않는다. 전혀 주춤거리는 기색도 보이지 않는다. 완벽하게 중립적이고 순수하고 투명함 그 자체이다.

콩스탕스는 입으로는 말하기 어려운 음란한 글을 프로답게 읽어나갔다. 그녀의 얼굴에 직업적 자부심이 떠오를 때, 늙은 법원장은 다음 독서회를 약속한다. 콩스탕스는 자신만만한 태도로 응한다. 그리고 두 번째 독서회에 나갔다. 법원장은 자신의 친구들을 모아놓고 파충류같이 번들거리는 눈빛으로 그녀에게 말한다.

"지난번과 같은 책으로 하죠."

법원장은 그 책을 콩스탕스에게 내밀며 달콤한 미소를 흘린다. 순간 콩스탕스는 벌떡 일어섰다. 그리고 정중하게 허리를 굽혀 인사한 후 문을 등 뒤로 꽝 닫고 나오며 중얼거린다.

"이제 나는 실업자가 될 거야."

독서란 저자와 독자 사이에 일어나는 소통과 교류를 통해 행복을 맛보는 활동이고, 책 읽어주는 사람은 작가와 독자를 만나게 해주는 중계사이다. 그러나 읽어주는 사람과 듣는 사람이 행복의 경험을 공유할 수 없다면 그것은 독서가 아니다.

콩스탕스가 책을 읽어준 독자는 두 가지로 나뉜다. 진짜 독자와 가짜 독자이다. 엘릭, 백작 부인, 회사 사장, 여덟 살 소녀는 진짜 독자였다. 그들은 독서를 통해 좀 더 나은 자신을 추구하기 시작했다. 그러나 법원장은 가짜 독자였다. 법원장이 추구한 것은 책이 아닌 음란한 분위기였다. 콩스탕스는 과감하게 가짜 독자와 결별한다. 자기가 창조한 직업의 신성함을 위하여.

콩스탕스는 새로운 직업을 창조했지만, 현실은 손아귀에 움켜쥔 물처럼 빠져나가며 그녀를 조롱했다. 그녀는 이미 삶의 고단함을 맛본 30대 여성이었고, 정기 수입에 목말랐지만 현실과 타협하지 않고 '노'라고 말한다.

그녀의 '노'라는 거절이 아름답게 들리는 것은, 끝이 아닌 시작의 울림을 들을 수 있기 때문이다. 그 '노'는 목구멍이 포도청이기 때문에 어쩔 수 없이 일하는 노예로서의 말이 아닌, 재미와 자부심으로 종사하는 삶의 주인으로서의 말이다. 그녀는 꿈꾸고 있다. 프로로서 책 읽어주는 사람이 되기를. 그녀의 실업 기간은 길지 않아 보인다.

5장

상처:
누구나
길을 잃을 때가 있다

○

아낌없이 빼앗기는 나무

오노레 드 발자크의 《고리오 영감》

옛날에 나무 한 그루가 있었습니다.

그리고 나무에게는 사랑하는 소년이 있었지요.

소년은 매일같이 나무에게 와서 놀았습니다.

나뭇잎으로 왕관을 만들어 쓰고 숲속의 왕자 노릇을 하고,

나뭇가지에 매달려 놀기도 하고, 그네도 뛰고,

사과도 따 먹었습니다. 그러다가 피곤해지면

소년은 나무 그늘에서 단잠을 자기도 했지요.

소년은 나무를 무척 사랑했고, 나무는 행복했습니다.

여기까지만 읽어도 우리는 이 동화의 제목이 《아낌없이 주는 나무》라는 것을 안다. 그리고 소년이 돈이 없다고 하자 가

지에 달린 열매를 전부 따 가게 하고, 집이 필요하다고 하자 가지를 잘라 집을 짓게 하고, 여행 갈 배가 필요하다고 하자 나무둥치를 베어 배를 만들게 하고, 나이 들어 피곤하다고 하자 나무 등걸에 앉아 쉬게 하는, 그러면서 행복해하는 나무 이야기를 기억할 것이다. 그러면서 '진정한 사랑은 이런 거야'라고 중얼거리며 나무처럼 주지 못하고 산 자신을 부끄러워하거나 '나무처럼 아낌없이 주는 사람이 되겠다'고 썼던 어린 시절의 독후감을 기억하며 미소 지을지도 모른다.

나도 한때 이 동화책에 아낌없는 찬사를 퍼부으며 우수 도서로 추천하고, 우리 아이들은 물론 친구네 아이들에게도 선물하곤 했다. 그런데 요즘은 이 책이 좀 불편하다. 다《고리오 영감》때문이다.

프랑스의 소설가 오노레 드 발자크Honore de Balzac가 1835년에 쓴《고리오 영감》도 아낌없이 주는 이야기이다. 그런데《아낌없이 주는 나무》는 희생의 아름다움을 깨닫게 하지만《고리오 영감》은 그렇지 않다. 고리오 영감의 아낌없이 준 일생은 영 딱하고 불행하게만 여겨진다. 어찌된 일일까.

출판업으로 진 빚 10만 프랑을 갚기 위해 소설을 쓰기 시작했다는 발자크. 스물한 살의 청년 발자크는 19세기 프랑스의 금전만능주의와 그 속에서 허우적대는 인간 군상의 모습을 '인간 희극'이라는 이름으로 완성하겠다는 원대한 계획을 세운다. 그리고 137편의 소설을 구상하여 번호까지 매기고 집필을 시작한다. 그러나 그는 쉰한 살의 나이로 죽기 전까지 30년 동안 90편의 소설만 완성할 수 있었다. 《고리오 영감》은 발자크의 《인간 희극》 중 한 편이다.

이 작품을 쓸 무렵 발자크는 동생에게 "나는 지금 그야말로 천재가 되어가는 중이니 축하해줘!"라는 편지를 쓴다. 그리고 《고리오 영감》이 발표되었을 때 빅토르 위고로부터 그 말을 돌려받는다.

"발자크는 천재다!"

소설은 파리 변두리의 을씨년스러운 뇌브생트주느비에브 거리에 있는 '보케 하숙집'에서 시작된다.

이 하숙집의 수준은 여기 드나드는 사람들의 허름한 옷차림에 그대로 드러난다. 남자들이 입은 프록코트는 무슨 색깔인지 말할 수 없을 만큼 낡았고, 신발은 세련된 동네에서는 길모퉁이에 던져버릴 만한 상태였으며, 속옷은 너덜너덜하여 이제는 영혼만 남아 있는 듯한 모습이다. 이 하숙집에서 하숙비가 제일 싼 꼭대기 4층에는 한 달에 식비와 방세 합쳐

45프랑밖에 낼 수 없는 고리오 영감과 가난뱅이 학생들이 살고 있다.

고리오 영감은 예순아홉 살 때 딸들을 시집보낸 후 보케 하숙집에 들어왔는데, 처음에는 월 천이백 프랑을 내는 독채를 쓰며 고리오 선생으로 불렸다. 그러나 10년이 지난 지금은 45프랑을 내는 4층의 방 한 칸을 쓰며 고리오 영감으로 불린다. 그의 옆방에는 해마다 그에게 천이백 프랑을 송금하느라 가족 전체가 허리띠를 바싹 졸라매고 생활할 수밖에 없는 시골 청년 외젠 드 라스티냐크가 살고 있다.

소설 《고리오 영감》은 처음부터 이렇게 가난과 돈 이야기로 궁상맞게 시작된다. 노신사 고리오 선생이 가난뱅이 고리오 영감으로 추락해가는 과정과 파리로 진입한 가난뱅이 청년 라스티냐크가 출세를 위해 발버둥 치는 과정이 소설의 중심축을 이루게 될 것이라는 작가적 암시인 것이다.

주인공 고리오 영감은 나폴레옹 시대에 제분업으로 큰돈을 번 제분업자이다. 그는 일찍이 홀아비가 되어 두 딸을 공주처럼 키웠다. 귀하게만 자란 딸들은 지체 높은 남자에게 시집가기 위해 막대한 지참금을 아버지에게 요구했다. 딸들을 목숨처럼 사랑하는 고리오 영감은 사업을 정리해서 두 딸에게 각각 80만 프랑씩의 막대한 지참금을 주어 레스토 백작과 뉘싱겐 남작에게 시집보낸다.

지참금 때문에 평민과 결혼한 사위들은 아내에게 인색했다. 그래서 딸들은 외모를 가꿀 돈이 필요하다며 아버지를 찾아왔다. 딸들을 사랑하는 고리오 영감은 마지막 남은 자신의 연금을 해지하여 딸들의 사교계 생활을 뒷바라지한다. 그 돈까지 떨어지자 아끼던 골동품을 팔아 딸들에게 바친다.

"하지만 영감님. 그렇게 잘사는 딸들을 두셨는데, 어떻게 이런 누추한 곳에 사실 수가 있어요?"
라스티냐크가 물었다.
"요컨대 이거요. 내 인생은 내 두 딸에게 있다 이 말이오. 만약 딸들이 즐겁게 지내고 행복하고 옷도 잘 입고 화려한 융단 위를 걸어 다닌다면, 내가 무슨 옷을 걸치고 어떤 곳에서 잠을 자건 그게 무슨 상관이겠소? 딸들이 따뜻하면 나는 춥지 않아요. 음… 나는 아버지가 되어서야 하느님을 이해하게 되었소. 나는 내 딸들을 생각하면 하느님이 된 것 같다오."
그럴 때의 고리오 영감의 얼굴은 숭고함으로 빛났다.

그러나 딸들은 '부성애의 그리스도'인 고리오 영감에게서 돈을 받아갈 수 있을 때까지만 아버지를 만나러 왔다. 아버지에게서 나올 돈이 없다는 것을 알고부터는 발길을 딱 끊었다. 그래서 그는 매일 아침 옷을 차려입고 거리로 나가 딸들이 마차를 타고 외출하는 모습을 멀리서 바라보아야만 했다. 시간이 맞지 않아 딸들의 모습을 보지 못한 날에는 딸들의 저택으로 찾아가 대문 앞에서 딸들이 예쁘게 차려입고 나갔느냐고 문지기에게 물어보고 돌아왔다.

온 가족의 기대를 한 몸에 지고 파리에 온 시골 청년 외젠 드 라스티냐크. 이 야심만만한 젊은이는 시간과 노력은 많이 들고, 결과는 불확실한 학업으로 성공하는 대신 사교계에 등장해서 유력한 여자를 정복함으로써 좀 더 신속하게 운명을 개척하기로 마음먹는다. 어느 날 그는 무도회에서 만난 눈부신 미모의 여인이 같은 하숙집에 기거하는 외톨이 노인 고리오 영감의 딸이라는 사실을 알고 놀란다.

젊다. 목마르다. 여자에 굶주렸다. 그런데 이제 두 저택의 문이 내 앞에 열렸다. 무릎은 레스토 백작 부인의 집에다 꿇고, 발은 보세앙 자작 부인 집에 들여놓자! 눈길 한 번에 파리의 한다하는 집 살롱 깊숙이 한달음에 들어가 거기 사는 여자의 가슴에서 도움과 보호를 찾아낼 만큼 나는 잘생긴 청년이다! 절대 떨어지지 않는 줄타기꾼처럼 팽팽한 밧줄을 확실하게 걸어 매력적인 여인에게서 최고의 성공을 얻어낸다!

토탄 난로 옆에서 가난에 찌든 채 법전과 씨름하며 이런 생각을 하던 라스티냐크는 앞으로 닥쳐올 기쁨을 진하게 미리 맛보며 미소 지었다.

그러나 두 사람의 꿈은 허공으로 날아가버린다. 라스티냐크는 귀부인들이 가지고 노는 노리개였을 뿐이고, 고리오 영감은 딸들을 그리워하다 죽는다. 딸들은 연락을 받고도 오지 않았다. 큰딸 레스토 백작 부인은 남편과의 '중요한 싸움' 때문에, 작은딸 뉘싱겐 남작 부인은 '취침 시간'이라 오지 않았다. 일생 동안 오장육부와 사랑을 모두 딸들에게 바쳤던 아버지를, 딸들은 다 짠 레몬 껍질처럼 버린 것이다. 고리오 영감은 아버지의 기술에 패배한 사람이었다.

고리오 영감의 장례는 라스티냐크와 옆방의 착한 의대생 비앙숑이 주머니를 털어 치른다. 이미 불행해서 남을 동정할 여지가 남아 있지 않은 하숙객들은 감정 없는 얼굴로 "죽었으니 이제 생계는 해결된 셈"이라고 말할 뿐이었다.

지나친 자식 사랑은 《고리오 영감》의 시대적 배경인 루이 18세 시대의 파리에서만 일어날 수 있는 일이 아니다. 지금도 세계 도처에서 일어나고 있다. OECD가 발표한 세계 노인 빈곤율을 보면 회원국 33개국 중 대한민국이 가장 높다. 자식을 먹여주고, 입혀주고, 공부시켜주고, 결혼시켜주고, 집 얻어주고, 손주 봐주고…. 그러다가 병이 들면 버림받는 것이 한국의 부모라는 것이다.

발자크는 1834년, 팬이자 연인이었던 한스카 백작 부인에게 쓴 편지에서 고백한다. 자신은 지금, 빈민촌 하숙집에 살며 6백 프랑의 연금을 받는 착한 아버지가 5만 프랑의 연금을 받는 딸들을 위하여 자신의 모든 것을 주고 개처럼 죽어가는 인간 희극을 쓰고 있다고.

1800년경의 인간 희극이 오늘날에도 이어지고 있는 것은 당연한 일일까, 이상한 일일까.《고리오 영감》이 빛나는 명작 대열에 굳건히 한 자리를 차지하고 있는 것은 아마도 세월이 가도 변하지 않는 인간의 보편성을 그리고 있기 때문일 것이다.

○

내 인생을 연출하는 피디는
바로 나

기 드 모파상의 《여자의 일생》

모파상의 《여자의 일생》을 처음 읽은 것은 초등학교 6학년 때였다. 그때 충주시청 한 귀퉁이에 있던 도서관에서 이제 볼 책이 없다고 하소연하는 나에게 사서인 미스 김 언니가 권해 준 책이다. 그 책을 주면서 미스 김 언니가 말했다.

"남자들은 다 나쁜 놈이야."

책을 다 읽고 반납할 때 언니가 나에게 눈짓으로 물었다. '어땠대?' 그때 내가 말했다.

"난 결혼하지 않을 거예요."

"나두…."

미스 김 언니와 나의 시선이 허공에서 잠시 얽혔다가 헤어졌다.

얼마나 슬픈 장면인가. 나는 지금도 그때 그 책을 읽은 것을 후회한다. 그리고 열두 살 어린아이에게 그 책을 권해준 미스 김 언니도 미워한다. 그 책을 읽은 후 나는 먹은 것을 토하고 시름시름 며칠을 앓아야 했다.

그러나 30대에 다시 읽은 《여자의 일생》은 전혀 다른 소설이었다. 미스 김 언니가 말한 것처럼 "남자들은 모두 나쁜 놈"도 아니었고, 내가 찾아낸 "결혼은 할 것이 못 된다"도 아니었다. 한 여자의 일생을 통하여 배우는 삶의 방식이었다.

프랑스의 소설가 기 드 모파상Guy de Maupassant의 《여자의 일생》은 나쁜 남자와 결혼한 착한 여인의 기구한 인생 드라마이다.

잔느는 유복한 귀족 집안의 무남독녀로 지난 5년간 수녀원에서 숙녀 교육을 받고 막 세상에 나온 열일곱 살의 순진한 처녀이다. 잔느의 아버지 페르튀 남작은 "딸자식이란 앞으로 행복을 맡아줄 남자의 품 안으로 부모가 넘겨줄 때까지 순결한 상태로 머물러야 한다"고 굳게 믿고 있는 신사였다. 그래서 딸을 수녀원에 넣었다가 이제 막 꺼내온 참이었다.

수녀원의 엄격한 교육과 긴긴 고독 속에서 해방된 사춘기 소녀 잔느는 자연스럽게 사랑을 갈망한다. '내 님은 누구일까? 어디 계실까?'라는 유행가처럼 미지의 그 남자를 기다린다. 그런 잔느 앞에 한 남자가 나타난다. 귀족 가문의 후예라는 이름표를 단 매혹적인 외모의 소유자 쥘리앙 소렐이다.

> 그는 남자들에게는 대개 불쾌감을 주지만 여자들에게는 이상적으로 보이는 용모였다. 검은 곱슬머리가 흩날리는 반듯한 이마와 짙고 검은 눈썹은 그 아래 위치한 깊고 푸른빛이 감도는 흰 자위를 한 그의 눈에 우아한 빛을 던져주었다.
>
> 촘촘하게 난 긴 속눈썹은 그의 시선에 정열적인 강렬한 빛을 띠게 했는데 살롱에서는 오만한 미인의 마음을 흔들어놓고, 장바구니를 들고 거리에 나온 하녀들로 하여금 뒤를 돌아보지 않을 수 없게 만드는 그런 시선이었다.
>
> 그의 바지는 윤이 나는 예쁜 장화 안쪽에 팽팽하게 고정되어 있고, 허리가 꼭 조이는 그의 프록코트는 가슴의 파인 부분으로 흰 레이스 장식이 나풀거렸다. 고급 넥타이를 몇 번 둘러맨 목은 그 레이스 장식 위에서 꼿꼿하게 서 있었다. 그는 머리끝에서 발끝까지 완벽한 신사의 모습을 하고 있었다.

남자의 외모가 이쯤 되고 보니 수녀원에서 갓 나온 사춘기 소녀 잔느에게 쥘리앙은 거부할 수 없는 매력으로 다가왔다. 쥘리앙에게 잔느는 최고의 신부감이었다. 부유한 귀족 집안의 무남독녀인 그녀와의 결혼은 부모가 큰 빚을 남겨주고 죽은

허울뿐인 귀족인 쥘리앙에게는 놓치고 싶지 않은 기회였다. 쥘리앙은 경험 없는 순진한 소녀를 쉽게 유혹하여 결혼에 성공한다.

그러나 쥘리앙은 결혼하자마자 딴사람이 된다. 마치 연기를 끝내고 원래 자기 모습으로 돌아온 배우처럼… 신혼여행지에서 쥘리앙은 마차꾼, 짐꾼들에게 삯을 깎기 위해 언성을 높이고, 호텔 보이들과 팁 문제로 승강이를 벌인다. 그러고는 경멸의 눈초리를 보내는 일꾼들 앞에서 잔돈을 주머니에 넣으며 만족스러운 미소를 짓는다. 어린 신부 잔느는 남편의 그런 모습을 보고 당혹해한다.

신혼여행에서 돌아오자 쥘리앙은 그렇게 정성들여 가꾸던 외모에 신경 쓰는 것을 그친다. 수염은 언제나 길었고, 흙 묻은 장화에 농부 같은 옷을 입고 다니며, 하는 일이라고는 소작인들과의 임대차 계약을 재검토하고 농부들을 들볶아 비용을 절감하는 일이었다. 소작인의 몫을 깎기 위해서라면 체면도 아랑곳하지 않는 쥘리앙에게서는 이제 약혼자 시절의 아름다움과 우아함을 찾아볼 수 없었다. 그러고는 피곤하다는 핑계로 각방을 쓰자고 하더니 잔느의 하녀 로잘리를 임신시킨다.

잔느가 하녀를 똑바로 쳐다보며 물었다.

"언제부터 그 일이 계속되었니?"

로잘리가 중얼중얼 대답했다.

"처음 오셨을 때부터요."

잔느는 이해하지 못했다.

"…그렇다면 그이가 처음 우리 집을 방문했던 봄부터란 말이냐?"

"예, 마님."

"한데 그런 일이 어떻게 일어났지? 너는 어떻게 그 사람에게 몸을 맡길 수 있었단 말이냐?"

"전들 알겠어요? 그분이 그날 지붕 밑 방에 숨어 계시다가 제 방으로 들어오신 걸요. 소동을 일으키지 않으려고 저는 소리도 지르지 못했어요."

명예를 목숨처럼 생각하는 장인은 이 사건을 조용히 수습하기 위해 농장 하나를 지참금으로 걸고 로잘리와 결혼할 가난한 농촌 총각을 은밀히 구했다. 그걸 안 쥘리앙이 펄펄 뛴다.

"당신 부모는 미쳤어! 단단히 미쳤다니까! 2만 프랑이라니! 정신 나간 거지. 그깟 사생아 하나 뱄다고 2만 프랑이라니!"

그러나 남작은 임신한 로잘리와 결혼하겠다는 농촌 총각에게 2만 프랑짜리 농장을 넘긴다.

로잘리가 결혼하자 쥘리앙은 이웃 마을에 사는 귀족의 아내와 바람을 피우다 그녀의 남편에 의해 죽임을 당한다. 이렇게 20대에 과부가 된 잔느는 이제 어린 외동아들에게 모든 기대를 건다. 남편에게 실망한 여자의 사랑은 자연스레 아들에 대한 편집증적 집착으로 변한다.

잔느에게는 열 살 된 아들이 언제나 여섯 달 아니면 한 살밖에 안 된 것처럼 보였다. 그가 작은 어른처럼 걷고, 뛰고, 말하는 것도 어머니는 거의 알아차리지 못했다. 아이를 과잉보호한 나머지 아이는 고집 세고, 제멋대로이고, 아는 게 없는 소년이 되었다.

그렇게 과잉보호로 자란 아들은 어머니의 남은 인생을 가격하기 시작했다. 아이는 중학교에 진학하여 공부를 하지 않고 매춘부에 빠져 엄마를 떠난다. 어리숙하고 마음이 여린 아이는 도박을 하고, 남의 꾐에 빠져 사업을 하고, 큰 빚을 지고 빚쟁이들에게 쫓겨 다닌다. 남작은 어느 날 외손자의 빚을 수습하기 위해 빚쟁이들과 협상을 하다 쓰러진다. 온실 속 화초로 자라 무능력자가 된 잔느는 무너져가는 가세와 병든 몸으로 허우적댄다. 그때 이웃 마을에 살던 로잘리가 평생 그녀의 시중을 들겠다며 찾아온다.

"그래도 너는 행복하게 살았니?"

"예. 그렇죠 뭐, 마님. 크게 상심할 정도는 아니었고 마님보다는 행복한 편이었던 것 같아요. 아이는 착하고 성실하고, 남편은 열심히 일해서 재산을 불릴 줄도 알았죠. 지금은 제 재산이 아마 마님보다 많을 거예요."

"아아, 나는 운이 없었어. 뭐 하나 되는 것이 없었어. 운명은 일생 동안 악착같이 나를 괴롭혔지!"

그러자 로잘리가 고개를 저었다.

"그런 말씀 마세요. 마님은 결혼을 잘못하셨어요. 그뿐이죠. 구혼자가 어떤 사람인지도 모른 채 그렇게 서둘러 하는 게 아니었는데…."

그렇다. 잔느의 문제는 운명이 아니었다. 그녀의 문제는 잘못된 선택이었다. 잘못된 결혼, 잘못된 자녀 교육, 잘못된 문제 해결 방식이었다.

쥘리앙은 세계 문학 사상 유례를 찾기 힘든 나쁜 남자이다. 인색하고, 탐욕스러우며, 냉혹하고, 야비하면서, 양심까지 결여된 남자. 이런 남자가 매혹적인 외모를 가지면, 그 외모는 무기가 된다. 명사수의 권총과 천하 무사의 검처럼 매혹적인 얼굴에 떠오르는 한 조각의 미소는 여성을 함락시키기에 충분하다. 그리고 이 소설은 그런 남자를 내세워 장밋빛 미래를 꿈꾸는 소녀가 얼마나 처참하게 부서질 수 있는지 보여준다. 결국 이 소설이 말하고자 하는 진실은 무엇일까?

첫째, 이 소설은 당시의 프랑스 여성 교육에 대한 신랄한 비판을 담고 있다. 작가는 아무런 교육을 받지 못한 문맹 하녀 로잘리를 통해 숙녀 교육을 받은 잔느의 무지를 지적한다. "운이 없었다"고 한탄하는 잔느에게 "운이 없는 게 아니라 결혼 상대자를 잘못 골랐다"고 말해준다.

수녀원의 숙녀 교육을 받는 것은 당시 프랑스 상류층의 오래된 관습이었다. 종교 교리와 예의범절을 주 교육 과정으로 하는 숙녀 교육은 삶에는 아무런 도움이 되지 못했다. 귀스타브 플로베르가 쓴 《마담 보바리》의 주인공 엠마도 열세 살부터 열여덟 살까지 수녀원에서 숙녀 교육을 받은 처녀였다. 그녀 또한 세상 물정을 몰라 자신을 쫓아다니는 남자들에게 속고, 찢기고, 파괴된다. 스승과 제자 사이였던 플로베르와 모파상이 나란히 이런 소설을 쓴 것은 "문학은 거리로 메고 다니는 거울"이라고 했던 스탕달의 말을 증명해주는 것 같다.

둘째, 이 소설은 자식을 과잉보호하는 부모들에 대한 경고를 담고 있다. 잔느의 부모와 잔느 모두 자식 교육의 실패자이다. 남작 부부는 자식을 순결하지만 세상 물정 모르는 온실 속

화초 같은 무능력자로 키웠고, 그 세상 물정 모르는 딸 잔느와 아들 폴을 과잉 양육하여 무능력자로 만들었다. 그래서 남들보다 우월한 사회·경제적 조건을 가졌음에도 불구하고 그들은 자식을 잘못 키운 탓에 파산했다는 공통분모를 가진다.

어린 시절에 부유한 가정에서 과보호를 받으며 자란 아이. 뭐든지 부모가 대신 해결해주어 스스로 아무런 생각도, 결정도 할 필요가 없었던 아이. 잔느와 그의 아들 폴은 과잉보호에 대한 모파상식의 경고이다.

아이를 키운다는 것은 우리 시대의 가장 어려운 문제이다. 수학이나 과학 문제처럼 정답이 없기 때문이다. 한때 조기 유학이 유행했다. 그래서 어린 자녀와 아내를 이역만리로 보낸 기러기 아빠가 속출했다. 그러나 조기 유학의 허상이 깨지면서 지금은 국내로 돌아오는 현상이 벌어지고 있다.

영어 몰입 교육이 유행이던 때도 있었다. 모국어도 서툰 유아에게 영어 몰입 교육을 시키는 부모가 많았다. 그러나 영어 몰입 교육이 영어 외에 다른 영역, 특히 사고력을 자극하지 못해 지혜와 사고력이 얕은 아이를 만든다는 사실이 증명되어 사회적 충격을 주고 있다.

지금은 선행 학습이 유행이다. 너도나도 아이를 학교에 보내기 전에 학원부터 보내서 선행 학습을 시킨다. 그러나 이 선행 학습도, 3개월이면 망각하게 될 단기 지식을 위한 학습이라는 사실이 밝혀져 학부모들을 전전긍긍하게 한다. 그래도 과감하게 선행 학습을 끊는 부모는 많지 않다. 왜냐하면 다른 집 아이들도 하고 있기 때문이다.

삶의 지식이나 지혜가 부족한 사람은 자기 인생의 주인이 될 수 없다. 다른 사람들이 하는 대로 따라갈 뿐, 진정한 자기 삶을 살지 못한다.

이 소설은 삶의 콘텐츠가 부족하여 불행해진 한 여인의 일생을 조명하며 독자들에게 묻는다. 지금 당신의 삶은 제대로 가고 있냐고. 지금 당신 인생을 연출하고 있는 피디는 누구냐고.

"내 인생의 피디는 바로 나"라고 말할 수 있는 사람은 행복한 사람이다.

○

불행할 준비가
되어 있는 사람들

레프 톨스토이의 《크로이체르 소나타》

왜 우리는 전래 동화에서 주인공들의 결혼 생활을 볼 수 없는 걸까. 전래 동화는 항상 '오래오래 행복하게 살았습니다'로 끝을 맺는다. 주인공들이 결혼 후에 지지고 볶으며 살다가 헤어졌다는 전래 동화는 본 적이 없다. 그래서 전래 동화를 읽으며 자란 아이들은 결혼에 대한 핑크빛 환상을 갖게 된다.

그러나 후반전이 전반전과 똑같을 거라고 누가 장담할 수 있으랴. 전반전에 잘나가던 축구팀이 후반전에서 죽 쑤는 경우가 얼마나 많은가. 인생이 축구보다 더 힘든지 요즘은 결혼한 열 팀 중 세 팀이 이혼한다고 한다. 그리고 이혼까지는 가지 않아도 서로 원수처럼 여기며 사는 커플도 있다.

전반전 때 교양과 예의로 무장했던 왕자들은 후반전이 되면 가면무도회를 끝낸 농부들처럼 무뚝뚝하고 시큰둥한 남자로 변한다. 여자들은 한술 더 뜬다. 백설 공주처럼 착하고 상냥했던 여자들은 결혼 3년이면 부스스한 아줌마가 되어 소리를 빽빽 지른다. 그럴 즈음 결혼 생활도 슬슬 지루해진다. 그때부터는 말이 곱게 나가지 않는다. "내 그럴 줄 알았다니까" "됐다고 됐어!" "아이고, 지겨워!" 그러면서 아름다운 결혼의 전반전은 사라지고 지루한 후반전이 시작된다.

러시아의 대문호 레프 톨스토이Lev Nikolayevich Tolstoy도 50대 후반에 들어 결혼의 속성에 회의를 품었나 보다. 그가 예순세 살에 내놓은 《크로이체르 소나타》에는 결혼 생활 부적응 상태에서 아내를 살해하는 남자의 이야기가 담겨 있다.

톨스토이의 문학을 살펴볼 때 그의 결혼관은 세 번 바뀐다. 그는 서른에 《결혼의 행복》이라는 단편을 발표하여 결혼을 행복의 상태로 단정한다. 그리고 마흔에는 《전쟁과 평화》에서 결혼의 건강함과 신성함에 대한 찬양을 아끼지 않는다. 그러나 쉰 살에 발표한 《안나 카레니나》에서는 불행한 안나의 가정과 지루한 오블론스키의 가정 그리고 순결한 레빈의 가정을 내세워 다양한 가정의 모습을 보여준다. 그러나 예순세 살에 출간한 《크로이체르 소나타》에서는 결혼 속에 감추어진 추악한 현실을 고발하며 묻는다. 정말 결혼은 할 만한 가치가 있는 일인가.

　작품은 작가의 삶과 무관하지 않은 것 같다. 50대 후반부터 톨스토이는 아내 소피아 안드레예브나와 심한 불화를 겪는다. 불화는 1885년, 톨스토이가 사유 재산을 부정하는 글을 발표한 이후부터 시작됐다. 소피아는 조상으로부터 물려받은 토지의 소유권을 부정하는 톨스토이에 맞섰다. 톨스토이는 자신의 모든 저작권을 아내에게 양도한다는 각서를 써주었지만 불화는 잠들지 않았다. 이런 시절에 쓰인 작품이 바로 《크로이체르 소나타》이다.

　《크로이체르 소나타》는 객차 안에서 몇몇 승객들이 사랑과 결혼에 대해 이야기를 주고받는 장면으로 시작된다.

　"진정한 사랑이라는 말을 어떻게 이해해야 좋을까요?"
　"그야 간단하죠. 사랑이란 남자든 여자든 한 사람을 다른 사람보다 특별히 선호함을 뜻하는 것이죠."
　"얼마 동안이나 선호하는 겁니까? 한 달? 두 시간? 아니면 30분?"
　"얼마 동안이냐고요? 오랫동안이죠. 때로는 평생 동안이고요."

"그건 정말 소설에나 있지 인생에는 없습니다. 살다 보면 한 사람을 다른 사람보다 선호하는 일이 1년 정도 가는 게 극히 드물고 흔히 몇 달이면 끝나죠. 때로는 몇 주일 또는 며칠, 몇 시간이면 끝나고 맙니다…. 평생 한 여자나 한 남자만을 사랑한다는 것은 이를테면 하나의 양초가 평생 타는 것과 다를 바 없지요."

사랑의 영원성을 부정하는 이 승객의 이름은 포즈드느이셰프. 이 사람이 아내를 살해한 남자이다.

청년 시절에 포즈드느이셰프는 지주에다 대학 졸업장까지 가지고 있던 귀족 단장 출신이었다. 그는 당시 부유한 러시아의 젊은이들처럼 방탕한 생활을 하고 있었다. 그는 관계를 가진 여자들에게는 돈을 보내 도의적인 책임이 없음을 확실히 했다. 그러나 그의 꿈은 순결한 처녀와 결혼하는 것이었다.

다른 젊은이들은 지참금을 따져 결혼했지만 그는 돈 대신 순결을 택했다. 어느 날 한 처녀와 보트를 타는데 저녁 달빛 아래에서 '스웨터가 꽉 끼는 여자의 날씬한 몸매와 단정하게 땋은 머리채'에 그만 반하고 만다. 그녀는 순결과 정숙의 극치 같았다. 그래서 그는 '그녀는 내 신부가 될 자격이 있다'고 생각하며 가난한 집 처녀에게 청혼한다.

서로를 충분히 이해하지 못한 채 결혼한 그들은 신혼여행에서 첫 번째 언쟁을 시작한다. 그리고 두 번째, 세 번째 언쟁이 오고 가고 네 번째 언쟁으로 이어지면서 강도는 점점 세졌다. 그러면서 부부는, 결혼이란 행복과는 거리가 먼 것이라는 사실을 깨닫게 된다. 그러나 그들 역시 다른 부부들처럼 그런 사실을 숨긴다. 얼굴에 가면을 쓰고 더 없이 행복한 듯 가장했다. 그리고 어떤 날은 서로에게 심한 말을 퍼붓다가 갑자기 물끄러미 쳐다보며 키스하면서 껴안고는 "부부 싸움은 칼로 물 베기"라는 속담으로 위안을 얻었다.

결혼 4년째가 되자 두 사람은 서로를 이해할 수 없고, 의견의 일치도 기대할 수 없다는 결론에 이른다. 그래서 더 이상 상대의 이야기를 끝까지 듣지 않게 되었다. 둘 사이에는 "몇 시야? 잠잘 시간이네" 같은 최소한의 대화만이 오갔다.

인간은 자신이 처한 처참한 상황을 직시하지 않으려고 자신의 눈까지 멀게 하는 법이다. 여자는 불행을 직시하지 않으려고 항상 바쁜 척했다. 힘든 가사 노동에 매달리고, 아이들의 먹거리, 의복, 교육과 건강에 전념함으로써 현실을 잊으려 했다. 남자 또한 회사 일에 빠지고, 취미 활동과 도박에도 빠졌다. 그러면서 부부 사이의 대화가 없는 것을 정당화했다.

여자는 몸이 약해졌다. 의사는 여자가 아이를 그만 낳아야 한다며 임신 중단을 선고했다. 여자는 아이 낳는 일에서 해방되자 살이 통통하게 오른, 아름다운 30대 여인이 되었다. 그리고 결혼과 함께 그만두었던 피아노에 빠져들었다. 바로 그때 한 음악가가 나타났다. 그는 세련된 매너에서 비롯된 쾌활함을 가진 남자였다. 그리고 여자와 피아노 이중주를 한다며 집 안에 들락거렸다. 새로운 남자를 발견한 여자에게 남편은 더욱 초라해 보였고, 그들의 언쟁은 극에 달한다.

어느 날 내가 무심코 어느 집 개가 전람회에서 메달을 받았다고 하자 아내는 메달이 아니라 찬사만 받았다고 되받더군요. 그렇게 해서 또 말다툼이 시작되었죠. 주제는 걷잡을 수 없이 바뀌었고 비난이 이어졌습니다. 이를테면 "또 시작이네." "당신이 ~라고 했잖아요?" "천만에 그런 말한 적 없어." "그럼 내가 거짓말을 했다는 거예요?" "그래, 잘한다. 더 해. 더 해보라고!" 그렇게 견디다가 더 이상 참지 못하면 나는 한마디 합니다. "입 닥쳐!"라고. 그러면 아내는 방을 뛰쳐나가 아이들 방으로 가서 "네 아버지가 나를 죽이려 한다"고 소리칩니다. 내가 쫓아가서 "엄살떨지 마"라고 하면 아내는 당신은 사람을 죽이고 나서도 엄살떨어서 죽었다고 할 사람이라고 대듭니다. 그러면 나는 고함을 지르지요. "차라리 죽어버려!"라고요. 뭐 이런 식이죠. 이런 말다툼이 시작되면 정말이지 그녀를 죽이고 나도 죽고 싶어졌습니다.

결혼 생활은 언쟁의 연속이었다. 그리고 어느 날 출장에서 예정보다 하루 일찍 돌아온 남편은 아이들과 유모가 자는 자정 넘은 시간에, 음악가와 아내가 피아노 앞에 나란히 앉아 있는 장면을 목격하게 된다. 눈이 뒤집힌 남편은 아내를 칼로 찌른다. 그리고 달아나는 남자를 찌르려고 쫓아가는데, 아내가 팔에 매달려 저지하는 바람에 남자는 무사히 도망친다.

"법정에서는 내가 10월 5일 칼로 아내를 살해했다고 합니다. 내가 아내를 살해한 것은 그날이 아니에요. 훨씬 전입니다. 사람들은 지금도 자기 아내를 죽이고 있지 않습니까? 모든 사람들이 말입니다. 나도 똑같았습니다."

이것이 사랑과 결혼에 대한 예순셋의 톨스토이가 말하는 솔직한 담론이다. 사랑은 잠깐 지나가는 바람이고, 결혼이란 지루한 언쟁의 계속이라는. 그러면서 작가는 그들의 결혼이 지루한 언쟁으로 이어지게 된 원인을, 서로를 이해하는 데 필요한 상상력의 부족을 들고 있다. 남자는 여자의 순결만을 사랑했고, 아내는 남자의 경제적 조건만을 사랑했다. 그래서 결혼이 지루한 후반전으로 접어들었을 때 남자는 순결을 잃은 아내를 죽였고, 경제적 풍요가 채워지자 여자는 다른 남자를 원했다. 이것은 자연스러운 수순이었고, 예고된 불행이었다.

결혼이란 할 가치가 있는 것인가. "두 사람 사이의 지루한 시간을 제거할 능력이 있다면 그것은 할 가치가 있다. 그러나 결혼이 지루함의 연속으로 직행하는 길이라면 가치가 없다"고 톨스토이는 말하고 있다.

우리는 때로 내릴 역을 지나친다. 망설이다, 머뭇거리다, 알면서도 속절없이. 불행한 결혼 생활이란 내릴 역을 지나칠 때 스쳐가는 바깥 풍경 같은 것이다. 행복한 결혼이란 어떤 것일까.

"두 사람의 차이를 인정하고 조율할 줄 모르는 사람과는 결혼하지 마세요."

《낭만적 연애와 그 후의 일상》의 작가 알랭 드 보통이 한 말이다. 무언가 잘못돼가고 있다는 생각이 들 때마다 되뇌면 좋을 충고이다.

o

잘못 채운 첫 단추,
그 후

나쓰메 소세키의 《그 후》

단추를 채워보니 알겠다

세상이 잘 채워지지 않는다는 걸

단추를 채우는 일이

단추만의 일이 아니라는 걸

단추를 채워보니 알겠다

잘못 채운 첫 단추, 첫 연애 첫 결혼 첫 실패

_천양희, 〈단추를 채우면서〉 중에서

이 시 앞에서 마음이 편하다면 그 사람은 행복한 사람이다.
잘못 채운 첫 단추의 기억이 없는 사람일 테니. 살다 보면 잘못 채운 첫 단추 때문에 후회하고 가슴 치는 일이 얼마나 많은가. 인생이 자기 앞에 무릎이라도 꿇을 것만 같이 자신만만한 시절에, 우리는 근시안이 되어 종종 첫 단추를 잘못 채운다. 그리고 먼 훗날 한숨지으며 말한다. 그때는 어려서 세상을 몰랐다고.

일본의 소설가 나쓰메 소세키夏目漱石가 1909년에 발표한《그 후》는 잘못 채운 첫 단추 때문에 인생이 망가지는 연인들의 이야기이다.

일본인들에게 '국민 작가'라는 존칭을 받고 있는 나쓰메 소세키는 두 얼굴을 가진 작가이다. 한쪽 얼굴은 애국 작가이다. 그는 자국민들에게 '일본인의 고매한 정체성을 확립한 작가'로 추앙받는다. 그의 대표작인《마음》에서 그는 천황이 죽자 따라 죽는 인물들을 줄줄이 그려내어 일본 열도에 애국심을 불러일으켰다. 그런 공로로 그는 1984년부터 20년 동안 일본 지폐 천 엔에 얼굴이 새겨지는 명예를 얻었고, 일본 국어 교과서의 단골 작가가 되었다.

또 하나의 얼굴은 자유를 갈망하는 청춘의 얼굴이다. 자유는 그의 삶에서부터 시작된다. 영국 유학 후에 일본제국대학교 교수로 있던 어느 날, 그는 교수보다 사회·경제적 지위가 낮은 소설가가 되기 위해 교수직을 던진다. 그리고 교수로 돌아와

달라는 후배 교수들에게 "박사는 100년 후에 흙으로 변하고, 교수도 100년 후에는 흙으로 변한다. 그러나 나는 100년 후까지 작가로 남아 있을 것이다"라는 공개서한을 신문에 발표한다. 그는 '자유를 위해 빵을 버린다'고도 했다. 그러나 그는 운 좋게도 소설로 빵까지 소유하게 되었으니 억세게 재수 좋은 사람이기도 했다.

《그 후》는 한 여자를 사이에 두고 두 남자가 사랑 전쟁을 벌이는 연애 소설에서 가장 흔한 삼각관계를 다루고 있다. 주인공 다이스케는 부유한 사업가의 차남이다. 평소 '성실과 열의'를 금과옥조로 내세우는 아버지는, 사실은 회사 경영에서 온갖 부정적인 수단을 모두 동원하는 위선자이다. 다이스케는 이런 아버지를 경멸한다. 그래서 그는 아버지가 주선하는 고액 납세자의 딸과의 혼사를 계속 거부하고 있다.

다이스케는 아버지의 돈으로 무위도식하지만 그 점에 대한 죄의식이 없다. 단지 부르주아 사회로부터 자신의 정신적 우위를 지켜내기 위한 정신적 저항 수단이라 생각한다. 게으름을 피운다고 해서 모든 것에 게으른 것은 아니다. 정신적 우월감을 가져다줄 취미와 감각에는 많은 정력과 시간을 투자한다. 다이스케는 결코 자신이 빈둥거리고 있다고 생각하지 않는다. 단지 자신은 직업에 의해 더럽혀지지 않은 충실한 시간을 보내는 고귀한 부류의 인간이라고 생각할 뿐이다. 그래서 친구들은 그를 '고급 유민遊民'이라 부른다.

서른이 된 다이스케에게는 쓰라린 경험이 있다. 미치요에 대한 일이다. 대학 시절, 그에게는 히라오카와 스가누마라는 두 친구가 있었다. 미치요는 대학에 다니기 위해 시골에서 올라온 스가누마의 여동생이었다. 그녀는 예뻤다. 그래서 다이스케와 히라오카는 남매의 자취 집으로 자주 놀러 갔고, 함께 이야기하고, 산책도 다녔다. 그들은 그런 식으로 2년을 보냈다.

그런데 대학을 졸업하던 해에 스가누마는 장티푸스로 사망하고, 그해 가을 히라오카는 미치요와 결혼한다. 두 사람 사이에서 다리 역할을 한 사람은 다이스케였다. 현실적인 성격의 히라오카가 결혼 의사를 밝히며 다이스케에게 부탁하자, 다이스케는 우정이라는 명분을 띠고 미치요를 설득하여 결혼을 성사시켜주었다.

그런데 지금 다이스케는 그 일을 후회하고 있다. 아니, 집에서 결혼 상대자를 소개해줄 때마다 미치요의 얼굴이 떠올라 결혼할 수가 없다. 다이스케는 미치요를 좋아했지만 친구의 부탁을 거절하고 자신의 마음을 드러낼 만큼 용감하진 않았다.

은행에 취직해서 지방 근무를 하던 히라오카가 갑자기 다이

스케의 집을 방문했다. 3년 만에 만난 히라오카는 취직 부탁
과 함께 빚이 많다는 이야기를 한다. 다이스케는 미치요 걱정
에 가슴이 아팠다.

　"미치요 씨가 힘들겠군."
　"괜찮아. 그 여자도 많이 변했으니까 말이야."
　다이스케는 그렇게 말하는 히라오카의 눈동자 안에서 왠지
모를 공포를 느꼈다. 어쩌면 이들 부부의 관계를 원상태로
회복시키는 것은 무리라는 생각이 들었다. 만일 이들 부부가
자연의 도끼에 의해서 둘로 쪼개진다면…. 두 사람이 멀어지
면 멀어질수록 자기와 미치요는 그만큼 가까워지지 않으면
안 되기 때문이다.
　"가정도 그다지 고맙지 않아. 가정을 중시하는 건 자네 같은
독신자들뿐일 거야."
　그 말을 듣는 순간, 다이스케는 히라오카가 미워졌다. 그렇
게 가정이 싫다면 네 아내를 내가 맡겠다고 확실히 말해주고
싶었다.

　알고 보니 방탕한 생활로 직장을 그만둔 히라오카. 빚과 가
난 때문에 고통당하는 미치요. 다이스케는 미치요를 위해 이
것저것 도와주며 그녀를 고생시키는 친구를 원망한다. 미치요

는 몸까지 약해져 눈에 띄게 야위어갔다. 그것을 지켜보는 다이스케는 히라오카에게 분노를 느낀다.

다이스케는 미치요에 대한 책임감까지 느낀다. 3년 전에 왠지 모를 슬픈 표정을 짓는 그녀를 히라오카에게 맡긴 사람이 바로 자기였기 때문이다. 그는 앞뒤 가리지 않고 자연이 시키는 대로 미치요와의 관계를 발전시킬 것인지 아니면 정반대로 아무것도 모르는 척 옛날로 돌아갈 것인지 선택해야만 했다. 결국 미치요를 책임지는 것이 하늘의 뜻이고 자연의 뜻이라고 판단했다.

다이스케는 꽃집에 가서 흰 백합을 한 아름 사들고 집으로 왔다. 빗방울을 잔뜩 머금은 꽃을 수반水盤 둘에 나누어 꽂고 미치요에게 편지를 썼다. 급히 할 이야기가 있으니 집에 들려달라고. 사환使喚이 편지를 가지고 나가자 그는 방을 가득 채운 백합 향기 속에 자신을 송두리째 내맡겼다.

백합 향기 속에서 미치요의 옛 모습이 선명히 떠올랐다. 다이스케는 그렇게 한참을 있다가 "오늘 비로소 자연의 옛 시절로 돌아가는구나"라고 중얼거렸다. '왜 좀 더 일찍 돌아갈 수 없었던 것일까? 왜 처음부터 자연을 어겼던 것일까?' 하는 생각도 했다. 재현된 과거 속에서 순수하고 완벽하고 평화로운 생명을 발견했다. 모든 것이 아름다웠다. 미치요가 도착했을 때 백합 향기 속에서 다이스케가 말했다.

"나에게는 당신이 필요해요. 이 말을 하기 위해 일부러 당신을 부른 겁니다."

다이스케의 말은 감관을 초월해서 바로 미치요의 가슴에 전해졌다. 그녀의 떨리는 속눈썹 사이로 눈물이 나와 뺨 위로 흘러내렸다. 흐느낌 사이로 '너무하세요'라는 말이 손수건 너머로 들렸다. 그 말이 다이스케의 청력을 전류처럼 자극했다. 다이스케는 자기의 고백이 너무 늦었다는 것을 통렬히 느끼고 있었다.

"그때 왜 저를 버리셨지요? 잔인해요."

"그럼… 내가 평생 고백하지 않았다면 당신은 더 행복할까요?"

"그런 뜻이 아니에요…. 저도 당신이 그런 마음을 주시지 않았다면 살아갈 힘이 없었을 거예요."

모든 것이 끝났다. 다이스케는 선언했다.

다이스케는 히라오카를 찾아가 말한다. 미치요를 사랑하고, 미치요를 행복하게 해줄 의무가 자신에게 있으니 그녀를 양보해달라고. 지금 이 일은 '세상의 관례에 따라 맺어진 부부와 자연의 순리로 맺어진 부부 관계가 일치하지 않아서 생긴 모순'일 뿐이며, 그래서 자신은 사회적인 관례에 따라 미치요 씨의 남편인 자네에게 사과하며 부탁하는 것이라고.

다이스케는 무릎 위로 눈물을 떨어뜨렸다. 히라오카의 안경도 흐려졌다. 그러나 이내 히라오카가 정색을 하고 말한다.

"주지. 하지만 지금은 줄 수가 없네. 나는 자네 짐작대로 미치요를 사랑하지 않는지도 모르지. 하지만 미워하지는 않았어. 미치요는 지금 병에 걸려 있네⋯. 누워 있는 환자를 자네에게 주기는 싫네. 병이 나을 때까지는 남편인 내가 간호할 책임이 있네. 그리고 이제 자네와 나는 친구도 아니니 우리 집에 출입하지 말아주게나. 자네와 만날 일이 있다면 그건 미치요를 넘겨줄 때뿐일 것일세."

다이스케는 감전이라도 된 것처럼 벌떡 일어나 떨리는 목소리로 외쳤다.

"자네는 미치요 씨의 시신만을 나에게 보여줄 심산이군. 그건 너무해. 그건 안 돼!"

며칠 후 다이스케는 형으로부터 히라오카가 아버지에게 보낸 장문의 편지를 건네받는다. 그리고 집안의 명예를 짓밟은 자식과 절연할 것이며 일체의 경제적 지원을 끊는다는 아버지의 전갈도 받는다. "너는 바보 천치다." 형이 남긴 한마디 말을 곱씹던 다이스케는 벌떡 일어나 일자리를 구하러 태양이 이글

거리는 거리로 뛰쳐나간다.

"타들어간다. 타들어가."

그는 걸으면서 중얼거렸다.

"아, 움직이는구나. 온 세상이 움직이는구나."

그는 전차 안에서도 중얼거렸다. 그의 머리는 전차의 속력에 비례해서 어지럽게 돌기 시작했다. (…) 점점 불덩어리처럼 달아올랐다. (…) 빨간 우체통이 눈에 띄었다. 그러자 그 빨간색이 다이스케의 머릿속을 헤집고 들어와 빙빙 돌기 시작했다.

이 암담한 불행은 언제 어디서 잉태된 것일까. 세 사람의 불행은 잘못 채운 첫 단추에서 시작된 것이 분명하다. 다이스케는 사랑이라는 감정을 방치했다. 그리고 우정과 의협심이라는 명목으로 히라오카와 그녀를 이어주고, 다이스케를 향한 미치요의 사랑을 차단했다.

미치요는 실연의 아픔을 안고 히라오카와 결혼한다. 그래서 남편을 행복하게 해줄 수가 없었다. 히라오카는 아내가 자신을 사랑하지 않는다는 것을 알 수밖에 없었을 테니까. 그래서 그가 방탕한 남편이 된 걸까? 어쩌면 히라오카는 가해자가 아닌 피해자인지도 모른다.

스물여덟 살에 귀족원 서기관장의 딸과 중매 결혼한 나쓰메 소세키는 평생 아내와 불화했고, 위궤양을 앓았고, 위궤양으로 죽는다. 그런 그가 말하는 것 같다. '마음이 하는 소리를 들어라. 그것이 당신의 진실이다.'

이 소설은 빵과 자유에 대해서도 말한다. 빵과 자유는 인간이 행복해지는 데 필요한 두 바퀴이다. 먹고, 입고, 결혼하고, 가정을 꾸리기 위해서는 빵이라는 바퀴가 필요하고, 즐겁고, 뿌듯하고, 자존감을 느끼며 행복하기 위해서는 자유라는 바퀴가 있어야 한다. 자유 없는 빵은 우리를 소크라테스의 살찐 돼지로 만들 것이고, 빵 없는 자유는 우리를 통 속의 철학자 디오게네스로 만들 것이다.

빵을 상징하는 아버지와 히라오카, 자유를 대표하는 다이스케. 자유를 모르는 히라오카, 빵이 없어진 다이스케. 둘 다 미치요를 사랑하지만 그녀를 행복하게 해줄 능력을 잃었다. 그들이 잘못 채운 첫 단추 때문에.

º

을의 사랑

슈테판 츠바이크의 《모르는 여인의 편지》

흰 가운을 입은 남자를 졸졸 따라가는 새끼 오리들의 사진이 있다. 사진 속의 사람은 오스트리아의 동물학자 로렌츠이고, 오리들은 그의 실험실에서 태어난 새끼 오리들이다. 어미에게서 부화되지 못하고 로렌츠의 실험실에서 부화된 오리들은 로렌츠가 엄마인줄 알고 그를 졸졸 따라다녔던 것이다. 그래서 로렌츠는 태어나서 처음 본 움직이는 물체를 어미인 줄알고 따르는 새끼 동물들의 본능을 '각인 효과'라고 명명했다.

로렌츠의 '각인 효과'와 비슷한 것으로 셰익스피어의 '꽃물효과'가 있다. 셰익스피어의 《한여름 밤의 꿈》에는 '요정이 큐피드의 화살을 맞아 상처 난 팬지의 즙을, 잠자는 사람의 눈꺼

풀에 바르면 깨어나서 처음 본 사람을 사랑하게 된다'는 이야기가 나온다. 그래서 처음에는 사랑이 A→B→C→D의 방향으로 꼬리를 물었는데, 꽃물을 바른 후에는 D→C→B→A의 방향으로 바뀐다는 동화적 상상력이 펼쳐진다.

영국의 셰익스피어가 《한여름 밤의 꿈》에서 '꽃물 효과'로 사랑을 풀이할 때, 극동의 우리나라 할머니들은 '눈에 콩깍지가 씌었다'는 '콩깍지 효과'를 주장하며 사랑을 설명하려 했다. 셰익스피어나 우리 할머니들이나 어쨌든 눈이 비정상이 돼야 사랑이 싹튼다는 점에는 이견이 없는 듯하다. 애석하게도 콩깍지보다는 꽃물이 더 시적詩的인 매개물이어서 그런지 셰익스피어의 이론은 널리 퍼지고, 우리 할머니들의 이론은 국내에 머물게 된 것 같다.

사랑에도 이와 비슷한 본능이 있다. 사춘기 때 가까이에 있는 이성에게 끌리는 '근거리 효과'가 그것이다. 그래서 여학생들은 총각 선생님을, 남학생들은 처녀 선생님을 짝사랑하는 소동이 벌어지곤 한다. 그러나 나이가 들면서 자연스레 근거리 효과는 사라지고, 다른 이성을 사랑하고 결혼하게 된다. 대부분의 인생이 그렇게 흘러간다.

결국 사랑과 결혼은 이미 결정된 거대한 운명의 수레바퀴에 의해 실현되는 것이 아니라 같은 시대, 같은 공간이 만들어내는 '시공의 효과'가 아니겠는가.

로렌츠의 오리들처럼 처음 본 남자를 졸졸 따라다니며 사랑한 여자가 있다. 오스트리아의 소설가 슈테판 츠바이크Stefan Zweig가 1922년에 발표한 《모르는 여인의 편지》의 주인공이다. 말하자면 별난 사람의 별난 사랑, 외골수 여자의 지독한 짝사랑이지만 '각인 효과'가 만들어낸 사랑인 것만은 틀림없다. 언제 어디에나 남자와 여자가 있고, 사랑이라는 환상이 존재하는 한 있을 법한 이야기이기도 하다.

오스트리아 빈에서 태어난 츠바이크는 1938년 오스트리아가 독일에 강제 병합되자 조국의 현실을 받아들일 수 없다며 영국, 미국, 브라질 등지를 떠돌며 살았다. 그렇게 4년을 방황하던 츠바이크는 1942년에는 지독한 우울증에 걸려 부인과 동반 자살을 하며 세상에 한 줄의 짤막한 작별 인사를 남긴다.

"이 시대는 나에게 어울리지 않는다. 나는 이 시대가 불쾌하다."

자기 시대를 불쾌하게 생각하는 사람이 어디 츠바이크뿐이랴. 세상과 불화한 사람은 어느 시대, 어느 나라에나 있다. 그렇다고 그들이 다 자살하는 것은 아니다. 대부분은 그냥 참으며 살아간다. 참는 사람과 자살하는 사람의 차이는 무엇일까. 이 소설 속에 답이 있다.

산악 여행을 마치고 비엔나로 돌아온 유명 소설가 R씨는 기차역에서 산 일간 신문의 날짜를 보고 오늘이 자신의 생일이란 것을 알았다. 그 순간 '벌써 마흔 살이 되었구나'라는 생각이 머릿속을 스쳐 지나갔다. 별다르게 기쁘거나 슬프다는 느낌은 없었다. 신문을 쓱 훑어보고는 택시를 잡아타고 집으로 돌아왔다.

그러니까 모르는 여인의 편지를 받은 사람은 독신이고, 여행을 즐기는 마흔 살의 소설가이다. 이 소설가는 집에 와서 그동안 온 우편물을 뜯어보다가 "저를 전혀 기억하지 못하는 당신에게"라는 서두로 시작되는 편지를 발견한다. 편지에는 한 여자가 언제 어디서 R씨를 만나 어떻게 사랑하다가 왜 죽어가는지에 대한 사연이 상세하게 기록되어 있었다.

당신이 이사 오셨을 그때 저는 겨우 열세 살밖에 안 된 아이였죠. 지금 당신이 이 편지를 읽고 계시는 그 방과 제가 살고 있던 방은 복도 하나를 사이에 두고 마주보고 있었습니다. 서기의 미망인으로 항상 검은 상복을 입고 계셨던 저의 어머니와 그 여인의 딸인 바싹 마른 계집아이를 당신은 기억하지 못하실 거예요. 그 일은 아주 오래전 15년이나 16년 전 일이니까요.

홀어머니 밑에서 자란 소녀의 눈에 R씨는 그녀가 발견한 최초의 완벽하고 아름다운 남성이었다. 그날부터 사춘기 소녀의 모든 감각 기관은 R씨를 향한다. 문틈이나 열쇠 구멍, 창문을 통해 남자의 행동을 남몰래 관찰하고, 그의 머리끝에서 발끝까지 알고 싶어 했다.

사랑을 시작한 소녀에게는 여러 가지 변화가 일어난다. 가장 먼저 일어난 변화는 외모 가꾸기였다. 그에게 예쁘게 보이고 싶어 옷을 깨끗하게 빨아 입고, 이를 닦고, 머리를 빗질했다. 공부도 열심히 하여 반에서 중간 정도 하던 성적이 상위권으로 올라갔다. 그리고 그가 음악을 즐겨 듣는다는 이유로 음악 시간을 좋아하고, 그가 쓴 책을 샅샅이 찾아 읽고, 그가 잡았던 손잡이에 남몰래 입을 맞추었다.

열세 살에서 열여섯 살까지 그렇게 지내던 소녀는 어머니가 재혼하는 바람에 인스브루크라는 먼 도시로 이사를 가게된다. 짝사랑에 몰두하느라 소녀는 어머니에게 새로운 남자가생겼다는 것도 몰랐다. 어머니가 이사 소식을 알렸을 때 소녀는 R씨와 헤어져야 한다는 생각에 기절하고 만다.

새로운 도시에서 저는 당신이 쓰신 책은 하나도 빼놓지 않고사서 읽었어요. 당신의 이름이 신문에 난 날은 저에게 축제

일이었습니다. 당신이 쓰신 책의 한 문장 한 문장을 제가 암송할 수 있다는 것을 당신은 믿지 않으실지 모릅니다. 누군가가 한밤중에 자는 저를 깨워 당신 책에서 뽑은 몇 줄의 문장을 읽어준다면, 저는 꿈속에서처럼 그다음 문장을 보지 않고도 낭송할 수 있습니다.

　그녀는 그것만으로 만족할 수가 없었다. 여학교를 졸업하자 은어처럼 살던 도시로 돌아가 직장을 잡았다. 그리고 일이 끝나면 남자의 집으로 가서 그의 방 창문 아래를 서성였다. 불이 켜져 있으면 그가 무엇을 하는지 상상하고, 불이 꺼져 있으면 그가 어디 있는지 궁금해했다. 그러던 어느 날, 새벽에 남자가 어떤 여인과 팔짱을 끼고 집으로 들어가는 것을 본다. 그러나 그녀는 사랑을 멈출 수가 없었다.

　어느 날 밤, 그녀는 밤늦게 귀가하던 남자의 눈에 띈다. 남자가 그녀 앞으로 걸어오더니 "방에 들어가 차나 한잔할까요?"라며 흡사 밤거리 여자를 초청하듯 다정하게 말했다. 그러나 그녀는 아무 말 없이 남자를 따라 들어가 그에게 처녀성을 바친다. 이튿날 아침, 남자는 떠나는 그녀에게 꽃병 속의 장미 한 송이를 주며 미소 지을 뿐, 그녀가 옛날 복도 맞은편에 살던 소녀라는 걸 알지 못한다.

그리고 열 달 만에 그녀는 아들을 낳는다. 그러나 그녀는 그에게 알리지 않는다. '거리의 여자가 낳은 아기가 나의 아이일 리 없다'고 생각할 것이 두려웠기 때문이다.

남녀 간의 애정 문제에 있어서는 단 한 점의 근심도 갖지 않으려는 것이 당신의 타고난 기질이지요. 홀가분하게 유희를 즐기려는 것이 당신의 천성이랍니다. 그런데 당신이 난데없이 아버지로서 한 아이의 운명을 책임져야 한다는 말을 듣는다면 당신은 고통을 견디기 어려웠을 것입니다.
당신의 즐거운 인생에 저의 슬픔을 던져 넣으려는 것이 아닙니다. 오해하지는 마세요. 당신을 괴롭힐 생각은 아니니까요⋯. 당신께 조금이라도 부담을 드리지 않는 것이 제게 남은 마지막 위안입니다.

아버지를 쏙 빼닮은 아이는 아름다운 소년이 되었다. 여인은 아들을 일류 학교에 보내고, 일류 청년으로 키우고 싶었다. 그러자면 돈이 필요했다. 다행히 젊고 아름다웠던 그녀는, 나이 많은 부자들에게 몸을 주고 돈을 받아 아이를 귀족처럼 키울 수 있었다. 그녀를 사랑하게 된 어느 백작이 그녀에게 청혼했으나 그녀는 거절했다. 다른 남자 밑에서 아이를 키우고 싶지 않았기 때문이다.

몇 년이 흐른 후, 우연히 그녀는 카페에서 R씨를 다시 보게 된다. 그날도 남자는 여자에게 다가와 미소를 지으며 차나 한 잔하자고 말한다. 그때 그녀는 생활비를 대주는 남자와 함께 있었지만 그에게는 한마디 말도 없이 남자를 따라 그의 집으로 간다. 남자는 여전히 여자가 누구인지 기억하지 못한다. 개울에 놓인 징검다리 돌을 밟고 물을 건너듯 무심히 지나갈 뿐이었다.

어느 날 열두 살의 아름다운 소년이 된 아들이 폐렴에 걸린다. 그녀는 발버둥 치지만 아이는 죽어가기 시작했다. 여자는 싸늘하게 식어가는 아이 곁에서 처음으로 남자에게 편지를 쓴다.

지금 전 이 세상에 당신 말고는 사랑하는 사람이 없습니다. 하지만 당신은 제게 어떤 분이신가요? 저를 결코, 결코 알아보지 못한 당신, 바람처럼 제 곁을 그냥 스쳐 지나간 당신, 거리의 돌을 밟고 지나가듯 저를 밟고 지나간 당신, 늘 멀리서 떠나는 저를 영원히 기다리게 하는 당신은 제게 어떤 존재인가요? 저는 사랑도, 연민도, 위로도 바라지 않습니다. 제가 바라는 것은 단 한 가지뿐입니다. 너무나 고통스러운 이 고백이 사실이라는 것을 당신이 믿어주시기를 바랄 뿐입니다.

박수 칠 때 손바닥이 언제나 똑같은 소리를 내지는 않는다. 두 손바닥이 엇나가기도 하고, 마주친다 해도 두 손바닥이 똑같은 강도로 마주치지 않아 소리가 나지 않기도 한다. 사랑도 그렇다.

사랑한다고 해서 두 사람이 똑같이 사랑하는 일은 드물다. 항상 한쪽이 다른 한쪽보다 더 사랑한다. 그래서 사랑에도 '갑을관계'가 성립된다. 사랑은 이 세상의 힘의 원리와는 달라서 덜 사랑하는 사람이 갑이 되고, 더 사랑하는 사람은 을이 된다. 그래서 덜 사랑하는 사람은 갑처럼 배짱을 튕기게 되고, 더 사랑하는 사람은 을처럼 애걸하며 매달리게 된다. R씨 앞에서 소녀는 영원한 을이었다.

자신을 기억하지도 못하는 남자를 사랑한 여인의 편지를 읽으며, 나는 가슴에서 도랑물 소리를 듣는다. 그녀의 무모하기까지 한 짝사랑이 사실은 순수와 정직, 연민과 희생을 운명처럼 껴안고 살아온 세상의 모든 '을'에 대한 은유 같기 때문이다.

나도 그동안 누군가의 헌신적인 사랑을 밟고 선 R은 아니었을까? 친구들을 만나면 은근히 내 안부를 물어본다던 고향의 그 친구도 모르는 여인이고, 있는 정성 없는 정성 다 들여 키운 자식에게 늙어서 배신당하는 불쌍한 부모들도 모르는 여인들이다. 그리고 조국 오스트리아를 그리워하며 이국을 떠돌다 죽은 이 소설의 작가 슈테판 츠바이크도 모르는 여인이다.

그런데 나는 왜 이 무모한 순애보를 읽으며 "대한 독립 만세"를 외치며 죽어간 사람들의 하얀 옷이 떠오르는 것일까.

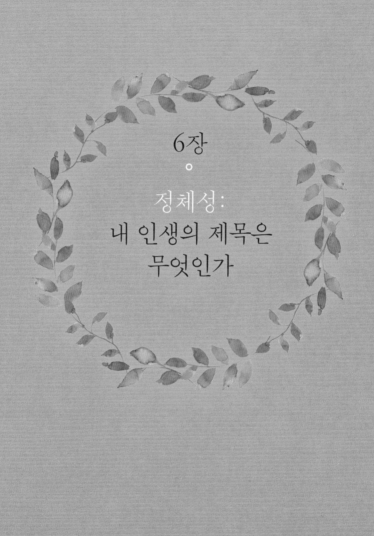

6장

정체성:
내 인생의 제목은
무엇인가

○

외모가 바뀌면
운명이 바뀔까

작자 미상의 《박씨전》

미모에 대한 찬양은 전래 동화에서 절정을 이룬다. 백설 공주도 예뻤고, 심청이도 예뻤고, 콩쥐도 예뻤고, 라푼젤도 예뻤다. 못생긴 여자가 전래 동화의 주인공이 된 예는 없다.

뺑덕 어멈의 입술은 썰면 한 접시였고, 팥쥐 모녀는 눈이 퉁방울 같았고, 마녀의 눈은 찢어지고 코는 매의 부리처럼 꼬부라졌다. 우리는 이렇게 어린 시절 내내 예쁜 것은 선, 미운 것은 악으로 배웠다. 그러니 누군들 예쁘기를 원하지 않을 수 있겠는가.

병 주고 약 주는 식으로 옛 사람들은 변신담도 만들었다. 미녀와 야수, 구렁덩덩 신선비, 개구리 왕자, 엄지공주, 미운 오리 새끼 이야기까지…. 이런 변신담은 빼어난 외모를 갖지 못한 사람들을 다소나마 위로해준다. 나도 초등학교 때 안데르센의 《미운 오리 새끼》를 읽고 예쁜 아이 축에 끼지 못하는 서러움을 잠시나마 잊을 수 있었다. 그 위로에 힘입어 반에서 20등을 하다가 2등까지 성적을 올리기도 했다.

동서양의 변신담은 착하게 살면 예뻐질 수 있다고 속삭인다. 그러나 현실에서는 아무리 기다려도 그런 변신의 기회가 찾아오지 않는다. 한 방에 아름다워질 수 있다면? 그건 너무나도 큰 유혹이고, 떨치기 어려운 황홀함이다.

이런 황홀의 심리를 잘 반영한 소설이 있다. 조선 후기에 창작된 것으로 알려진 작자 미상의 《박씨전》이다. 이 소설은 세계 문학사에서 봐도 가장 완벽한 변신담이다.

때는 조선의 국력이 약했던 인조 시대 어느 봄날, 금강산에 사는 박 처사가 나라에 충성하고 나랏일을 공평하게 처리하여 칭송이 자자한 재상 이득춘의 집을 방문한다. 박 처사의 비범함을 알아본 이득춘은 그와 바둑과 퉁소를 즐기며 여러 날을 보낸다.

그러던 어느 날, 박 처사가 이득춘의 아들 이시백을 사위로 맞고 싶다고 청한다. 이득춘은 박 처사의 비범함을 보고 그 딸도 평범한 인물은 아닐 것이라 판단하고 즉시 허락한다. 그런데 혼례를 올리고 보니 신부의 인물이 괴물처럼 흉측했다.

> 얼굴은 이끼로 덮인 돌덩이처럼 빡빡 얽었으며, 낯빛은 검고
> 붉었다. 머리털은 짧고 몹시 구불구불하고 이마는 메뚜기 이
> 마만큼이나 좁았다. 눈썹은 두 치 가까운데, 눈은 실 드나드
> 는 바늘귀만큼 작았다. 코는 험한 바위 같았고, 나발 같은 입
> 은 두 주먹을 넣고도 남을 만큼 큰데, 그 코와 입이 한데 붙
> 어 있었다.

우리나라 고전 문학의 주인공 중 못생기기로는 팥쥐 어멈과
뺑덕 어미의 외모가 유명하지만, 박 씨에 비하면 아무것도 아
니다. 이시백은 이렇게 흉측한 아내를 차마 마주할 수 없어 첫
날밤에 소박하고, 시어머니 역시 며느리를 구박한다. 결국 박
씨는 뒤뜰에 따로 조그만 초당을 짓고 그곳에 몸을 숨긴 채 몸
종 계화와 외로이 살게 된다.

시아버지 이득춘이 아내를 소박한 아들을 꾸짖었지만 이시
백은 여전히 박 씨를 멀리했다. 그런 구박을 당하면서도 박 씨
는 하룻밤에 신선 같은 솜씨로 시아버지의 관복을 짓고, 비루
먹은 망아지를 사다 3년 동안 길러 천리마로 만들고, 자신이
기거하는 초당을 '피화당避禍堂'이라 이름 짓고 둘레에 나무를
심는다.

박 씨가 시집온 지 3년이 되었을 때에, 박 처사가 이득춘의 집을 방문하여 딸에게 추한 허물을 벗을 때가 되었음을 알리자, 박 씨는 허물을 벗고 선녀처럼 아름다운 여인이 된다. 이시백은 아름다운 박 씨를 보자 언제 박대했냐는 듯이 그녀의 방을 떠나지 않는다. 이에 박 씨는 "자기 아내의 속도 볼 줄 모르는 이가 어찌 효와 충을 알 것이며, 나라를 위해 큰일을 할 수 있겠느냐?"며 준엄하게 꾸짖은 후 용서한다.

세월이 흘렀다. 이때 나라 밖에서 후금이 나라의 이름을 청이라 바꾸고 세력을 키워 조선의 북쪽 변두리 지역으로 쳐들어와 싸움을 걸었다. 하지만 임경업 장군이 두려워 감히 국경을 넘지는 못했다. 앉아서 천 리, 서서 만 리를 내다보는 신통력을 지닌 청나라 황후는 황제에게 조선을 꺾으려면 "한양에 있는 신처럼 숭고한 인물인 박 씨를 먼저 없애야 한다"고 조언한다.

박 씨가 청나라의 계획을 간파하고 이시백을 통해 이에 대한 대비책을 조정에 전하지만, 간신 김자점이 "한낱 여자의 말을 어찌 믿을 수 있겠나"며 반대하여 결국 조선은 전쟁의 화를 피할 수 없게 된다.

남한산성으로 피난을 떠난 인조를 쫓아 오랑캐 장수 용골대는 남한산성으로 향하고, 아우 용울대는 한양성에 남아 재물을 빼앗고, 젊은 여인들을 잡아들였다. 용울대와 군사들은 박 씨가 있는 피화당까지 쳐들어갔다가 뜰을 지키는 나무들에 호되게 당한다. 박 씨의 몸종 계화는 용울대의 목을 베어 그 머리를 뒤뜰의 높은 나무에 매단다.

적장 용골대가 인조의 항복 문서를 받아 들고 의기양양하게 한양성으로 들어섰지만, 아우 용울대의 소식을 듣고 원수를 갚으러 이시백의 집으로 달려간다. 하지만 그 또한 피화당의 나무들에 호되게 당했고, 박 씨의 전술에 벌벌 떤다. 결국 용골대는 박 씨에게 무릎을 꿇어 목숨을 구걸한다.

임금은 박 씨의 말을 듣지 않은 것을 크게 후회하고, 박 씨를 충렬 부인에 봉하고 큰 상을 내린다. 이후 박 씨는 나라에 큰일이 있을 때마다 충성을 다하는 한편, 집안을 화목하게 이끌며, 열한 남매를 낳고 여생을 평안히 보내다가 이시백과 한날한시에 세상을 떠난다.

이 소설은 역사와 허구의 결합으로 이루어진 독특한 작품이다. 조선의 임금 인조, 임경업 장군, 이득춘, 이시백, 김자점, 용골대는 실존 인물이고 병자호란, 남한산성의 굴욕도 역사의 한 조각이다. 그러나 박 씨 부인, 몸종 계화, 앉아서 만 리를 내다보는 청나라 황후, 청나라의 여자 자객 기홍대는 허구 인물이다. 그리고 여자들에게 쩔쩔매며 쫓겨간 청나라 장수들의 굴욕 또한 허구이다. 특히 남자는 실존 인물로, 여자는 모두 허구 인물로 구성한 창작 기법이 흥미롭다.

누가, 왜 이런 작품을 썼을까. 밝혀진 바는 없지만 우리는 추측할 수 있다. 치욕스런 항복 이후 국가적 울분을 삭이기 위해 어느 양반집 규수가 방에 앉아 쓴 작품이 아니었을까. 특히 청나라 황후가 여자 자객 기홍대를 보내며 "조선의 남자들은 미인을 밝히는 족속들이라 미인계를 쓰면 반드시 성공할 것"이라고 말하는 장면이 나오는데, 이 내용으로 미루어 보아 지은이는 조선 사대부들 사이에 팽배한 '외모 지상주의'를 비판하는 의식 있는 여성이었을 가능성이 높다.

조선 중기의 남성들처럼 21세기 대한민국 남성들도 여전히 미인을 좋아한다. 남자들 사이에 누가 연애를 시작했거나 결혼한다고 하면 가장 먼저 나오는 말이 "예뻐?"라는 우스갯소리가 있는 걸 보면 말이다. 이러한 남성 중심의 사회를 살아가기 위해 여성들은 외모에 신경을 쓸 수밖에 없었고, 그렇기에 우리나라에서 성형이 보편화된 것이라면 지나친 억측일까.

병자호란 당시 청나라에 끌려간 포로는 대부분 여성이었다.

무능한 남성들이 나라를 지키지 못한 대가를 여성들이 치룬 것이다. 의식 있는 여성이라면 현실에서 당한 패배와 아픔을 소설을 통해서라도 역전시키고 싶었을 것이다.

《박씨전》은 오랑캐를 무릎 꿇린 박 씨의 통쾌한 활약을 통해 현실에서 이룰 수 없던 민족의 꿈을 상상 속에서나마 이루게 해준 작품이다. 누가 조선의 여인네를 남성의 종속물이라 말했는가. 조선에도 자기 정체성을 가진 여성들이 이렇게 존재했었는데 말이다. 그녀의 이름을 알 수 없는 것이 아쉽다.

o

가면을 쓰면
자기를 잃어버린다

찰스 디킨스의 《위대한 유산》

　남성들에게 바치는 가장 전통적인 찬사는 '신사'라는 말이다. 요즘은 '훈남' '짐승남' '까도남' '뇌섹남' 등의 용어로 그 찬사가 다양해지고 있지만, 지금도 신사라고 불리는 것을 불쾌해할 남자는 없을 것이다.

　17~18세기 기사 계급에서 시작된 영국의 신사 문화는 19세기에 최고조에 달한다. 영국 남자들은 누구나 신사가 되는 꿈을 꾸었고, 여자들은 신사와 결혼하는 게 꿈이었다.

　그런데 신사가 되기 위해서는 특별한 조건을 갖추어야 했다. 첫 번째는 돈을 벌 필요가 없는 사람이어야 했다. 그래서 귀족의 자제이거나 후원자가 있어 놀면서도 우아한 삶을 영위할 수 있는 남자들만 신사가 될 수 있었다. 두 번째는 우아하게 무위도식하며 지낼 만큼의 교양을 갖추어야 했다. 교양에는 패션 감각, 대화 실력, 스포츠 능력 등이 포함된다. 그래서 신사들은 멋진 옷을 차려입고 파티에서 춤을 췄고, 말을 타고 사냥을 했다. 세 번째는 명예를 목숨처럼 생각하는 사람이어야 했다. 그래서 자신과 가문의 명예를 더럽힌 자에게는 목숨을 내놓고 결투를 신청했다.

영국의 신사 문화는 조선시대의 양반 문화와 매우 흡사하다. 땟거리가 없어도 '공자 왈 맹자 왈', 마당에 널어놓은 곡식이 비에 떠내려가도 '공자 왈 맹자 왈' 하던 조선의 양반들. 1780년대에 조선의 박지원은 《양반전》과 《허생전》으로 이런 양반 문화를 신랄하게 비판했다. 박지원보다는 80년쯤 늦었지만, 1861년에 영국의 찰스 디킨스Charles Dickens도 《위대한 유산》이라는 소설로 영국의 신사 문화를 향해 날카로운 질문을 던진다. 진정한 신사는 누구인가.

《위대한 유산》의 주인공 핍은 공동묘지 근처에서 가난한 대장장이 매형과 성격이 난폭한 누나와 함께 살고 있는 소년이다. 매질하는 누나 때문에 집에 있는 게 즐겁지는 않았지만, 우직하고 따뜻한 매형 덕분에 도망가지 않고 살 수 있었다.
일곱 살의 크리스마스 전날, 핍은 부모님 무덤에 꽃을 바치러 공동묘지에 갔다가 그곳에 숨어 있던 한 남자를 만나게 된다. 발에 수갑을 차고 있던 험상궂은 남자는 쇠를 끊을 줄칼을 구해주지 않으면 소년을 죽이겠다고 협박한다. 소년은 매형의 대장간에서 줄칼을, 부엌에서 먹을 것을 훔쳐다가 남자에게 준다. 그리고 그가 허겁지겁 먹는 것을 보며 "만족해하시니 기쁘다"고 위로해준다.

그 후 1년쯤 지난 어느 날, 핍에게 행운이 찾아온다. 마을에서 가장 부유한 새티스 저택의 주인 미스 해비셤이 시중들 남자아이를 찾는데 핍이 선택된 것이다. 다음 날 핍이 새티스 저택에서 만난 것은 컴컴한 방에서 촛불을 켜고 먼지와 거미줄 속에서 웨딩드레스를 입은 채 앉아 있는 백발의 노파와 핍과 비슷한 또래의 아름다운 소녀 에스텔러였다.

에스텔러는 아름다운 얼굴과는 달리 차갑고 잔인한 소녀였다. 핍에게 "지저분한 평민" "천하고 더러운 놈"이라며 음식을 땅에 던지고 주워 먹게 했다. 그래서 새티스 저택을 방문한 이후 핍은 처음으로 자신이 무식하고 비천한 존재라는 사실을 인식하게 된다. 행복하지는 않았지만 따뜻한 매형 덕분에 푸근하던 삶 전체가 흔들리기 시작한 것이다.

자신의 집을 부끄럽게 생각하는 것만큼 불행한 일이 있을까? 우리 집 응접실을 아늑한 곳, 현관을 신전의 입구쯤으로 생각했는데. 부엌은 순결한 공간이고, 매형의 대장간은 남자다움을 키우는 공간으로 생각했는데. 그러나 에스텔러로 인해 그 집은 부끄러움의 대상이 되었다.

나는 나 자신이 부끄럽게 생각될수록 신사가 되고 싶었다. 신사가 되어 에스텔러에게 부끄럽지 않은 남자가 되고 싶었다.

핍이 열여섯 살이 되어 매형의 대장간에서 견습공으로 일할 때, 그에게 두 번째 행운이 찾아온다. 재거스라는 변호사가 찾아와 핍이 어느 부호의 유산 상속자가 되었고, 상속의 조건은 신사 수업을 받는 것이라고 했다. 상속은 성년이 되는 스물한 살에 집행될 것이며, 이제부터 자신이 법적 후견인이 된다고 말했다.

핍은 변호사가 준 돈으로 양복을 맞춰 입고, 그가 지정한 런던에 가서 신사 수업을 받는다. 그러던 어느 날 하숙집의 룸메이트인 하버트로부터 놀라운 사실을 듣는다. 그것은 미스 해비셤의 과거와 핍이 새티스 저택에 드나들기 전에 해비셤 양이 선택한 소년이 바로 하버트 자신이라는 것이었다.

미스 해비셤은 양조업으로 큰돈을 번 재산가의 무남독녀였다. 열여덟 살이 되었을 때 한 남자를 사랑하게 되었는데, 그

남자는 그녀에게 많은 액수의 사업 자금을 요구했고 사랑에 눈이 먼 그녀는 그가 원하는 자금을 모두 제공했다. 그런데 결혼식 날 아침, 남자는 결별의 편지를 보내고 사라진 것이다.

해비셤 양은 배신의 충격으로 그 후 25년 동안 밖을 나오지 않았고, 결혼 케이크가 준비된 그 방에서 드레스를 입고 기거해왔으며, 양녀 에스텔러는 다른 남자에게 아픔을 주기 위해 특별히 양육되는 소녀라는 사실을 이야기했다. 그러면서 하버트는 자신은 그 집에서 해고된 것을 행운으로 여긴다고 했다.

이런 엄청난 사실 앞에서도 핍은 에스텔러를 그리워하며 신사 수업에 열중한다. 완벽한 신사가 되어 에스텔러 앞에 떳떳하게 서기 위해 런던의 양복점에서 옷을 맞춰 입고, 사교 춤, 승마, 펜싱을 배우고 교양 있는 대화를 위해 외국어를 배우고, 독서도 했다.

그리고 좀 더 빨리 신사가 되기 위해 '숲속의 방울새 모임'이라는 상류 사회 모임에 들어가 귀족이나 부잣집 아들들과 교류했다. 그러자니 후견인으로부터 매달 받는 돈은 언제나 부족했고, 빚은 점점 늘어갔다.

어느 날은 매형 조가 런던으로 찾아오자 그를 창피해하며 쌀쌀맞게 대한다. 신사 수업은 핍을 서서히 속물로 만들어갔다.

그즈음 어느 비오는 날 밤, 한 남자가 핍의 하숙집을 찾아온다. 일곱 살 때 공동묘지에서 만났던 탈옥수 매그위치였다. 그는 놀란 핍에게, 그때 굶주린 자신에게 음식을 갖다 준 친절한 소년을 잊지 못했으며 앞으로 큰돈을 벌면 반드시 그 소년에게 주겠다고 다짐했었다고 말한다. 그런데 운 좋게 큰돈을 벌어서, 핍에게 상속하기 위해 그가 스물한 살이 될 때까지 변호사에게 맡겨두었고, 그러니 이제 너는 내 아들이라고 말한다. 자기는 지금 아들을 만나기 위해 감옥을 탈출한 것이며, 신사가 되어가는 너를 보니 한없이 흐뭇하다고….

핍은 반갑지 않았다. 자신의 후원자가 미스 해비셤인 줄 알았는데 살인자인 탈옥수라니…. 그러나 핍은 쫓기는 그를 돕지 않을 수 없었다. 갖은 위험을 무릅쓰고 그 남자를 다른 나라로 피신시키려 했지만, 결국 발각되어 남자는 사형 선고를 받는다. 사형 선고를 받고 감옥에 있을 때 그가 핍에게 말한다.

"사랑하는 핍, 그래도 나는 만족한단다. 나는 아들을 만났고, 넌 이제 내가 없어도 신사가 될 수 있으니까."
매그위치는 그렇게 말했지만 신사 수업으로 지식인이 된 나는 그럴 수 없음을 알았다. 사형수의 재산은 이제 국가에 몰수될 것이라는 것을 알기 때문이다.
"하지만 신사가 나와 아는 사이라면 곤란하지. 앞으로 나를

만나러 올 때는 다른 사람과 우연히 같이 온 것처럼 행동해
라. 그리고 내가 재판정에 나오면 너는 내가 잘 볼 수 있는
자리에 앉아라. 그게 마지막 소원이다."
매그위치의 손이 바르르 떨렸다. 나는 그의 손을 꼭 잡아주
었다.

매그위치가 죽고 당장 핍에게 달려든 것은 거대한 빚이었
다. 빚을 기간 내에 갚지 않으면 체포될 것이라고 했다. 결국
막대한 유산을 기대한 핍의 꿈은 물거품이 된 것이다. 그 충격
으로 핍은 쓰러진다.

몇 달 후, 핍이 병원에서 의식을 회복했을 때 미음을 떠먹이
고 있는 사람의 얼굴이 어렴풋이 보였다. 매형 조였다. 그러고
는 어느 날 매형은 "회복된 걸 알았으니 그만 간다"는 편지 한
장을 남기고 시골로 내려갔다. 편지 속에는 핍의 빚을 갚은 영
수증도 함께 들어 있었다.
핍은 순간, 그동안의 인생이 파노라마처럼 지나가는 것을
보았다. 어린 시절에는 누나의 매질 때문에 불행했고, 소년기
에는 미스 해비셤으로 인해 헛된 야심을 품었고, 에스텔러에
대한 사랑 때문에 자괴감을 맛보았다. 그리고 재거스가 가져
온 막대한 유산 이야기에 유혹당했다. 필립은 그 수상한 행운

들이 신사 수업을 시켜주지는 못했지만, 인간 수업은 시켜주었다는 것을 깨달았다.

'내가 받은 막대한 유산은 다름이 아닌 매형 조와 사형수 매그위치로부터 받은 뜨거운 마음이었어. 그리고 가장 아름다운 신사는 매형 조야.'

'대장장이 조가 진정한 신사'라는 핍의 각성은 수백 년 동안 신사라는 사람들이 쓰고 있던 두꺼운 가면을 찢어내는 말이었다. 디킨스가 위선에 찬 영국 사회를 향해 던지고 싶었던 폭탄이기도 했다.

디킨스는 이 소설에서 신사를 조롱했다는 죄목으로 영국 상류 사회로부터 냉대를 받았고, 미국의 상류 사회에서는 출판 금지 명령을 받는다. 1870년대 뉴욕을 배경으로 하는 이디스 워튼의 《순수의 시대》에는 '신사를 멋진 주인공으로 내세우지 않는다'는 이유로 디킨스의 소설을 절대 읽지 않는 인물들까지 등장한다.

2010년 세계 최고의 베스트셀러는 마이클 샌델의 《정의란 무엇인가》였다. 그가 강연 차 한국에 왔을 때 한 기자가 물었다.

"《정의란 무엇인가》가 한국에서 유독 많이 팔린 이유가 무엇이라고 생각하십니까?"

샌델 교수가 즉시 대답했다.

"아마도 지금 한국인들이 가장 목말라 하는 것이 '정의'이기 때문이 아닐까요?"

그런 것 같다. 우리는 정의에 목말라 《정의란 무엇인가》를 100만 권이나 산 것 같다. 인구 1억 명의 일본에서 60만 권이 팔리는 동안, 인구 5천만 명인 한국에서는 100만 권이 팔렸다는 것을 달리 설명할 길이 없다.

우리는 지금 어떤 가면을 쓰고 있는가. 애국자의 가면을 쓴 정치가도 보이고, 성자의 가면을 쓴 종교인도 보이고, 정의의 가면을 쓴 교수도 보이고, 기업가의 가면을 쓴 사기꾼도 보인다. 그리고 모두들 그런 가면을 붙잡기 위해 신사 수업에 열중하고 있다.

"가면을 쓰면 누구나 자기를 잃어버린다."

인간의 가면 벗기기를 작가의 소명으로 삼았던 찰스 디킨스가 한 말이다. 내 삶에서 돈으로 환산될 수 없는 유산은 무엇인가. 그리고 내가 벗어던져야 할 가면은 무엇일까.

○

모든 여자의 가슴에는
영웅이 산다

막심 고리키의 《어머니》

나의 어머니 정인순 여사는 외나무다리도 못 건너는 겁쟁이
였다. 어찌나 겁이 많던지 천장에서 쥐가 바스락거리면 이불
을 뒤집어쓰고 벌벌 떨었다. 그런 어머니가 전혀 다른 모습을
보여준 적이 있다.

1960년 4월 19일, 어머니는 태평로 국회의사당 앞 시위대
한가운데 있었다. '서울대학'이라는 플래카드를 들고 경무대
(현재의 청와대)를 향해 나아가고 있는 대학생들과 함께. 어머니
는 2014년, 백한 살의 나이로 돌아가시기 전까지 4~5년 치매
를 앓으셨지만, 정신이 돌아오면 어김없이 그 이야기를 전래
동화처럼 반복하곤 했다.

1960년 4월 19일 11시 40분. 라디오에서 서울대학생들이

"3·15 부정 선거 무효!"라고 외치며 태평로에 모였다는 뉴스를 들은 어머니는 빨래를 하다 그곳으로 달려갔다. 서울 지리도 잘 모르는 시골 여인이 사람들에게 물어물어 태평로까지 달려가 아들의 이름을 부르며 시위대 한가운데로 뛰어들었다. 아들인 것 같아 뛰어가 어깨를 잡으면 아니고, 또 아니고…. 어머니는 그렇게 아들의 이름을 부르며 엎어지고 고꾸라지면서 시청 앞 광장을 헤맸다. 아마도 멀리서 누가 보았다면 매우 정치적인 40대 여성으로 착각했을 것이다.

드디어 경찰 저지선이 가까워졌고 경찰이 쏜 최루탄과 물대포에 어머니는 눈을 뜰 수 없었다. 그리고 곧 총성이 울리며 앞선 학생들이 쓰러지는 것을 보았지만, 어머니는 아들의 이름을 부르며 시위대를 떠나지 않았다. 또다시 두 번째 총성이 울렸다. 앞장선 학생들이 쓰러지고, 뒷줄의 학생들이 흩어지며 광장에는 핏물이 낭자했지만 어머니는 아들의 이름을 부르며 광장을 달렸다. 누군가가 어머니의 다리를 걸어 넘어지게 하기 전까지.

아들을 찾지 못한 어머니는 터진 옷고름과 치마 주름을 움켜잡고 울면서 집으로 돌아와, 마루에 걸터앉아 있는 아들을 발견했다. 아들은 시위대 속에 있다가 경찰의 발포가 시작되

자 어머니가 걱정할까 봐 집으로 달려왔다고 말했고, 두 모자
는 부둥켜안고 감격의 눈물을 쏟았다.

그 후 오빠는 데모 같은 건 절대 하지 않는 학생이 되었고,
어머니는 텔레비전에서 시위하는 대학생들을 보면 한마디 하
는 여인이 되었다.

"에그 쯧쯧… 하라는 공부는 안 하고."

아들이 운동권 학생으로 남았다면 어머니도 운동권 엄마가
되었을 것이다. 전태일의 어머니, 이한열의 어머니가 그랬던
것처럼 시위대 맨 앞에 서서 피켓을 들고 목이 터져라 외치는
투사가 되었을 것이다.

어머니에게 아들이란 어떤 존재일까. 이성과 객관의 눈을
가리는 존재인가. 가슴에 숨어 있던 영웅심을 되살려주는 촉
매인가.

어머니와 아들의 가슴 절절한 관계를 생각할 때마다 생각
나는 소설이 있다. 러시아의 작가 알렉세이 막심 고리키Aleksey
Maxim Gorky가 1907년에 발표한 《어머니》이다. 아들을 통해 세
상을 이해하고, 아들을 통해 진리를 터득하는 한 여인의 초상
을 그린 소설이다.

《어머니》의 주인공 펠라게야 닐로브나는 겁 많고 나약한 여

자였다. 공장 노동자 미하일 블라소프의 아내인 그녀는, 매일같이 되풀이되는 남편의 술주정과 폭력에 시달리면서 한 번도 대거리하지 못하고 울기만 하는 여자였다. 그녀는, 30년 동안 공장 노동자로서 비참하게 살아온 분풀이를 자신에게 해대는 비겁한 남편 때문에 언제나 숨죽이고 살았다. 그래서 항상 말 없이 허리를 굽히고 다녀 젊어서부터 허리가 굽어버렸다.

이 불행한 여인의 외아들 파벨 블라소프도 공장 노동자이다. 아버지는 아들도 개처럼 팼다. 열네 살이 되던 해, 파벨은 때리려는 아버지의 손목을 꽉 잡고 말한다.

"건드리지 마세요."

아들을 못 때리게 된 남자는 그 몫을 고스란히 아내에게 퍼부었다. 남자는 어느 날 밤, 술을 마시고 들어와 "다 죽이겠다"고 소리치다가 쓰러져 죽었다. 남편이 죽은 날, 동네 여인들이 소곤댔다.

"펠라게야는 좋아 죽겠을 거야. 이제 매를 맞지 않아도 되니까."

남편이 죽자 두 모자의 삶은 조용하고 평온했다. 아들은 어디선가 책들을 가져와 읽기 시작했고, 베껴 쓰기도 했다. 책을 읽은 후부터 아들의 생활은 달라졌다. 아들은 가끔 방바닥도 쓸고, 침대도 청소했다. 공장 촌에서 집안일을 하는 남자는 아무도 없었다.

"어머니 전 금서를 읽고 있어요. 우리 노동자들에 대한 이야기를 하고 있다고 해서 금지된 책이에요. 만약에 제가 이런 책을 가지고 있다는 게 발각되면 저는 감옥에 가게 돼요. 제가 진실을 알고 싶어 한다는 이유로 감옥에 간단 말입니다."

"그러면 너는 무얼 하려고?"

"우선 공부를 하고 다음엔 사람들을 가르치겠어요. 우리 같은 노동자들은 배워야 해요. 우리는 알고 이해해야만 합니다. 우리들의 삶이 어째서 이렇게 고통스러운지를…. 어머니, 그런데 절 이해하시겠어요?

"이해한다. 오, 사랑하는 아들아."

그녀는 울부짖었다.

인류 평화를 위해 자신을 던지겠다고 생각하는 돼지는 없다. 사람만이 그런 생각을 한다. 파벨은 사람의 생각을 하기 시작한 것이다. 그의 아버지는 하지 못한 생각이다. 문맹의 어머니는 아무것도 몰랐지만, 아들이 옳은 길을 가고 있다는 것만은 알았다.

그 후, 그녀는 아들을 돕기 위해 발 벗고 나선다. 아들이 감옥에 가면 아들을 대신하여 수십 리씩 걸어 다니며 동지들에게 쪽지를 전하고 전단을 돌렸다. 아들은 러시아 노동자들의 구심

점이 되고, 어머니는 아들을 도와 열혈 조직원이 된다. 아들이 감옥에 가면 그녀는 더욱 열심히 일했다. 자신이 열심히 일하는 것만이 아들을 사랑하는 길이라고 믿었다. 그녀는 이제 파벨의 어머니를 넘어 러시아 노동자들의 어머니가 되었다.

재판을 받던 날, 아들은 자기 변론 시간에 긴 연설을 한다. 노동자들은 그 연설 원고를 비밀리에 인쇄하여 전국에 뿌리려 한다. 어머니가 운반책을 맡았다.

그녀는 큰 가방에 인쇄된 연설문을 넣고 기차역으로 간다. 그러나 헌병이 그녀에게 따라붙는다. '가방을 버리고 달아날까?' 그렇게 생각하다가 그녀는 고개를 젓는다. '아들의 말이 적힌 종이를 버린다고? 말도 안 돼. 부끄러운 줄 알아! 아들의 이름을 더럽히다니! 난, 누구도 두렵지 않아.' 그녀는 침착하게 의자에서 일어나 개찰구를 빠져나가려 한다. 그러나 비밀경찰이 그녀의 어깨를 움켜잡는다. 순간 그녀의 눈앞에 모든 것이 소용돌이치기 시작했다. 그녀는 가방을 활짝 열고 연설문 뭉치를 집어 흔들며 소리친다.

"어제 정치범들에 대한 재판이 있었어요! 거기 내 아들 블라소프도 있었습니다. 그 애가 연설을 했지요. 이게 바로 그것입니다. 난 지금 그걸 운반하고 있는 중입니다. 사람들이 그

걸 읽고 진실을 알게 하려고요…."

"입 닥치지 못해!"

경찰이 그녀의 얼굴에 주먹을 날렸다.

"피바다를 이룬대도 진리는 죽지 않을 것이다!"

어깨, 머리 할 것 없이 마구 발길질이 들어왔지만 어머니는 계속 소리쳤다. 헌병이 목소리가 나오는 그녀의 목을 잡고 누르기 시작했다. 사방이 빙글빙글 돌고 검은 회오리바람이 온 하늘에 이는 것을 느꼈다. 그녀는 마지막 남은 목소리를 짜내었다.

"진리는 죽지 않을 것이다아아!"

그녀에게 대답이라도 하듯 군중 속에서 흐느끼는 소리와 엄청난 함성이 동시에 터져 나왔다.

이렇게 끝나는 막심 고리키의 소설 《어머니》는 그 후 러시아 노동자들의 교과서가 되었다. 그리고 이 소설은 유럽 프롤레타리아의 상용 참고서가 되었고, 우리나라에서도 운동권 학생들의 필독서가 되었다. 한때 어두운 정치의 시절에는 이 책을 가지고 있다는 이유만으로도 빨갱이라는 낙인이 찍혀 잡혀가던 시절도 있었다.

이 소설의 줄거리는 실제 사건에 기초한 것으로 전해진다. 1902년 소르모프에서의 노동자들이 메이데이 시위행진에서

노동자 표트르 잘로모프와 그의 어머니 안나 키릴로브나 잘로
모바의 활약을 고리키가 소설화한 것이라고 한다.

　모든 남자의 가슴속에는 영웅이 산다고 한다. 모든 여자의
가슴속에도 영웅이 산다. 그 이름은 모성이다. 남자의 영웅심
이 천하를 호령하는 것이라면, 여자의 영웅심은 자식을 지키
는 것이다. 여자는 약해도 어머니는 강하다. 모성이 있는 한
세상의 모든 어머니는 영웅이다.

○

내 인생의 제목은
무엇인가

프란츠 카프카의 《변신》

"즐거운 곳에서는 날 오라 하여도 내 쉴 곳은 작은 집 내 집 뿐이리."

1960년대, 그 궁핍하던 시대에 우리나라 사람들이 많이 부르던 노래이다. 음악 교과서에는 빠지지 않는 단골손님이었고, 소풍이나 모임에서 너도나도 부르던 애창곡이기도 했다. 그런데 요즘은 이 노래를 부르는 사람을 거의 볼 수가 없다. 교과서에서도 사라진 지 오래이다. 즐거운 집은 어디로 간 걸까.

일자리를 잃고 폭군이 된 아빠, 공장에서 파김치가 되도록 일하는 엄마의 지친 얼굴, 매일 아빠에게 매타작을 당하는 여섯 살 소년. 크리스마스에도 거리로 내몰려 돈벌이를 해야 하는 소년은 아빠에게 사랑받고 싶어서 고급 담배를 사다드리지만, 다정한 말 한마디를 듣지 못하자 결심한다. 크면 아빠를 죽이겠다고.

이렇게 살벌한 가족이 등장하는 동화《나의 라임오렌지나무》는 1968년에 출간되자마자 세계 27개국으로 들불처럼 퍼져 나가면서 초대형 베스트셀러가 되었다. 이 책을 나에게 소개해준 친구가 말했다. 그 책 읽으면 실컷 울 수 있다고. 나 또한 눈물을 철철 흘리면서 읽었는데, 읽고 정신을 차리고 생각하니 눈물의 정체가 의심스러웠다. 제제와 뽀르뚜가 아저씨의 아름다운 우정 때문에 흘린 감동의 눈물이었는지, 제제가 불쌍해서 흘린 동정의 눈물이었는지….

그러다 어느 날 알게 되었다. 그 눈물에는 감동의 눈물 절반에 서러움의 눈물 절반이 섞여 있었다는 것을. 그동안 학교와 어른들이 가르쳐준 '가족=사랑'이라는 개념이 절반은 허구라는 사실을 나는 그 동화를 통하여 알고 만 것이다. 마치《홍길동전》이라는 소설을 통해 근엄한 양반가의 치부를 속속들이 보았던 것처럼, 그 동화를 통해서 가족 간에 도사리고 있는 낯선 얼굴 하나를 본 것이다.

1915년, 프란츠 카프카Franz Kafka가 발표한《변신》도 가족이라는 단어 속에 숨겨진 섬쩍지근하고 낯선 얼굴을 보여주는 소설이다. 카프카는 너무나 익숙해서 아무도 그 본질을 의심하지 않았던 가족이라는 우상을 우리 앞에 끌어내려놓고, 낯설고 불편한 질문을 던진다.

'어느 날 당신이 징그러운 벌레로 변한다면, 그래도 당신은 가족의 일원으로 남아 있을 수 있을까요?'

의류 회사 영업 사원 그레고르 잠자는 아침에 일어났을 때 자신이 한 마리 벌레로 변해 있음을 알게 된다. 지금까지 부모님과 여동생을 위해 밤낮없이 일하여 생활비를 벌어 오던 그레고르는 하루아침에 집안의 기둥에서 벌레로 전락한 것이다.

어머니는 "사람 살려요!"를 외치며 무섭다고 기절 소동을 벌였고, 아버지는 화가 나서 그레고르에게 욕을 하며 사과를 던져 등에 치명상을 입힌다. 그리고 누이동생은 '오빠'라는 호칭 대신 '저거'라고 부른다. 순식간에 '착한 아들' '사랑하는 오빠'에서 '증오하는 벌레'로 변한 그레고르는 방 안에 감금된다. 그리고 그 흔한 소독약 한 번 바르지 못한 그레고르의 몸은 썩어 들어간다.

집안의 실질적인 가장이었던 그레고르가 벌레가 되어 경제 활동을 못 하게 되자, 그동안 병약해서 집 안에서만 지내던 아버지는 밖에 나가 일자리를 찾고 다시 건강해진다. 어머니와 여동생도 일거리를 얻어 자신들의 앞가림을 해나가기 시작한다.

> 우리는 저것을 쫓아내야 해요. 누이동생이 소리쳤다. 나는
> 이 괴물 앞에서 오빠 이름을 입 밖에 내지 않겠어요. 만약
> 에 이게 오빠라면 동물이 사람하고 살 수 없다는 것을 진즉
> 에 알아차리고 자기 발로 이 집을 떠났을 거예요. 그랬더라
> 면 우리도 오빠에 대한 추억을 명예롭게 기억할 수 있을 거
> 예요. 우리는 이것과 더 이상 같이 살 수 없어요.

가족들에게 공포와 괴로움의 대상이 된 그레고르는 어느 날
아침 죽은 채 발견된다. 등에 박힌 썩은 사과 조각과 부드러운
먼지로 덮인 곪은 상처를 가진 모습으로…. 그 모습을 본 가족
들은 "이제야 신에게 감사할 수 있겠다"고 말하면서 감사 기도
를 드린 후, 홀가분한 마음으로 음식을 싸가지고 교외로 소풍
을 나간다.

《변신》은 이렇게 싱거울 정도로 간단한 줄거리이다. 그러
나 이 간단하고도 괴상한 스토리는 우리를 당혹하게 한다. 그
저 타성에 젖어 살아가다가 어느 날 문득 '내 삶이 한 마리 벌
레보다 나은 게 무엇인지' 고민해본 독자라면, 이 소설이 단지
기괴한 이야기만은 아니라는 것을 이미 눈치 챌 것이다. 이 이

야기야말로 우리 모두의 이야기이고, 아득한 옛날부터 지금까지 꾸준히 존재한 사실이지만 애써 보지 않으려 했던 진실이라는 것을.

카프카는 가족의 맨 얼굴을 우리에게 보여준다. 우리가 오랫동안 사랑의 공동체라고 믿어온 가족마저 사실은 '경제 공동체가 아니냐'고 에둘러 말하고 있다. 한층 더 나아가 카프카는, 세상이 다 나를 배신해도 가족만은 내 편일 것이라고 믿어왔던 무모한 믿음의 이면을 보여주면서 인간은 원래 고독한 존재라고 말한다.

어느 날 내가 벌레가 된다면 그래도 나는 가족의 일원으로 인정받을 수 있을까. 그레고르의 불행이 단지 고약한 부모와 형제를 둔 억세게 재수 없는 그레고르만의 불행일까. 이 물음에 자신 있게 그렇다고 말할 수 있는 사람이 얼마나 될까.

생활비를 벌기 위해 낮에는 보험 회사에서 일하고, 살아 있다는 것을 느끼기 위해 퇴근 후 새벽까지 글을 썼던 카프카. 그래서 그는 영양 결핍과 폐결핵에 시달렸고, 마흔한 살이라는 젊은 나이에 폐결핵으로 벌레처럼 죽었다. 그런 카프카가 말해주는 또 다른 진실은 무엇일까.

이 작가는 현대 문명 속에서, 인간이 기능으로만 평가된다는 사실을 말해준다. 그레고르가 생활비를 버는 동안은 그의 기능과 존재가 인정됐지만, 돈을 벌지 못하자 그의 빈자리는 곧 다른 사람으로 대체되고 그의 존재 의미는 사라져버린다.

우리도 언젠가 그레고르처럼 기능을 상실할 수 있다. 실직, 교통사고, 병듦, 늙음 등으로 누구나 기능 상실자가 될 수 있다. 나는 어디로 가고 있는가. 기능을 상실한 벌레가 되기 전에 누구나 한번쯤 골똘히 생각해야 할 문제이기도 하다.

이 소설은 소외와 단절의 이야기이고, 고독의 이야기이다. 물질적인 성공은 배고픔을 벗어나게 해준다. 그러나 일자리가 있어도 내면의 배고픔은 좀처럼 물러가지 않는다. 새마을 운동을 하며 열심히 일한 덕분에 우리는 보릿고개를 면하고 잘살게 되었지만, 그렇다고 해서 불안과 소외감에서 벗어날 수 있었는가? 아니, 오히려 불안과 소외의 문제는 더욱 심각해졌다.

20세기 초까지 인간은 고독할 틈이 없었다. 인간의 수명이 고작 쉰 살 정도에서 끝났기 때문이다. 그러나 이제는 싫든 좋든 100세 시대를 맞이하게 될 것이다. 이제 노년기는 예순 살부터 40년 동안 계속된다. 인생의 어느 기간보다 가장 긴 기간이다. 경제 무능력자, 소외자로 살아야 할 시간이 40년 이상이 된다는 것은 얼마나 두려운 일인가.

100세 시대를 견디기 위한 가장 좋은 방법으로 연금이 거론된다. 보험 회사들은 최저 생활비를 친절하게 계산해주면서 연금 가입을 권한다. 정말 연금만 들면 고독이 해결되는 걸까. 하루 세끼 밥만 먹으면 고독하지 않을까.

인간은 누구나 주워온 아이이다. 결국 혼자이고, 갈 때도 벌레처럼 혼자 간다. 남들이 하는 대로 따라가다 보면 나는 사라지고 허무만 남는다. 최소한의 행복을 지키는 일은 내 인생의 제목에 충실한 것이다. 작품 속에서 천재 작가 카프카가 묻는다. 당신의 삶의 제목은 무엇이냐고.

작가에는 네 가지 유형이 있다. 살아서나 죽어서나 유명한 작가, 살아서는 무명이었으나 죽어서 유명해지는 작가, 살아서는 유명했으나 죽어서 무명이 되는 작가 그리고 살아서나 죽어서나 무명인 작가이다. 셰익스피어나 톨스토이가 그 첫 번째 유형이라면 두 번째 유형의 대표 주자는 아마도 프란츠 카프카일 것이다.

카프카는 죽음을 앞두고 친구 막스 브로트에게 자신의 모든 글을 불태워줄 것을 부탁했다. 그러나 친구는 그 부탁을 들어주지 않았고, 우리는 지금 카프카를 읽고 있다.

°

당신은 누구신가요?

루쉰의 《아Q정전》

한 사람 한 사람의 삶은 자기 자신에게로 이르는 길이다. 일찍이 그 어떤 사람도 완전히 자기 자신이 되어본 사람은 없었다. 그럼에도 누구나 자기 자신이 되려고 노력한다. 더러는 결코 사람이 되지 못한 채 개구리에 그치거나 도마뱀에, 개미에 그치고 만다. 그리고 더러는 위는 사람이고 아래는 물고기인 채로 남는 경우도 있다. 그러나 모두 인간이 되라고 던져진 하나의 돌인 것이다.

헤르만 헤세가 《데미안》의 서장에서 비장한 어조로 한 말이다. 어쩌면 모든 문학은 우리가 자신이 되는 데 필요한 그 무엇을 가르쳐주기 위한 비밀문서인지 모른다. 문학에 그런 사명이 있다면 루쉰魯迅의 《아Q정전》은 바로 그 사명을 충실하게 이행하고 있는 소설이다.

《아Q정전》을 쓴 루쉰은 1902년에 일본에서 의학을 공부하다 문학가로 전환한 작가이다. 어느 날 학교에서 청일 전쟁 때 스파이 노릇을 했다는 한 중국인이 공개 처형되는 뉴스를 보게 된다. 공개 처형장의 구경꾼들은 대부분 중국인이었다. 일본인이 자기 동족을 처형하는 장면을, 무덤덤한 표정으로 눈을 번뜩이며 구경하는 중국인들. 그것을 본 일본인 학우들이 배를 잡고 웃을 때, 루쉰은 치욕감을 느낀다. 그날 루쉰은 '지금 중국인들에게 필요한 것은 건강한 육체가 아니라 건강한 정신'이라는 것을 깨닫는다. 루쉰이 의학도에서 문학도로 돌아선 '기의종문棄醫從文' 사건은 이렇게 시작되었다.

1911년 중국의 신해혁명이 새로운 세상을 만들지 못하고 구태로 돌아가자, 루쉰은 중국인을 가리켜 '창문도 없는 쇠로 만든 방에 갇힌 사람인 철옥자鐵獄子'라고 칭하며 "기절한 이 사람들을 깨워서 살려내야 하느냐, 깨어나면 더 고통스러울 테니 그냥 두어야 하느냐?"라는 유명한 말을 한다. 그리고 깨우기로 결심한 듯 《광인일기》《아Q정전》 등의 소설을 속속 발표한다.

이렇게 애국적이고 계몽적인 동기에서 나온 루쉰의 작품들은 중국의 정치 상황이 바뀔 때마다 다른 평가를 받았다. '위대한 문학가, 사상가, 혁명가'가 되어 교과서마다 나오다가 '아Q의 시대는 죽었다'라는 말로 비판의 대상이 되어 교과서에서 사라지기도 한다.

《아Q정전》의 주인공 아Q는 이름도, 성도 몰라 사람들이 그냥 '꾸이Q'라고 부르다가 친근하게 부를 때 사용하는 '아阿'가 붙어 만들어진 이름이다. 말하자면 웨이좡 마을의 동네 강아지 같은 이름이다. 아Q는 집이 없어 동네 사당에 살고, 머리에는 나두창 부스럼이 나 있고, 날품팔이를 해서 근근이 먹고사는 처지였지만 무슨 이유에서인지 자존심만은 강했다.

그는 웨이좡 마을에서 가장 행세하는 조 나리댁 사람들이나 생원 시험을 준비하는 글방 도령들도 존경하지 않았다. 그리고 성안城內에 다녀오더니 그곳 사람들까지 무시했다.

나무 의자를 웨이좡에서는 '긴 의자'라 하고, 아Q도 그렇게 불렀다. 그런데 성안 사람들은 '가는 의자'라고 부른다며, 이건 말도 안 되는 웃기는 일이라고 아Q는 말했다. 또 웨이좡에서는 대구를 기름에 지진 다음에 파 잎을 반 치 길이로 썰어 위에 얹는데, 성안 사람들은 파 잎을 가늘게 채 썰어 얹는다며 말도 안 되는 웃기는 일이라고 했다.

그러니까 아Q의 자존심은 우물 안 개구리의 것이었다. 동네 건달들은 이런 아Q를 걸핏하면 놀리고 때렸다. 그러나 아Q는 그만의 '정신승리법'으로 대처했다. 아Q는 형식적으로는 언제나 졌지만, '정신승리법'을 통해 이겼다고 생각했다. '자식에게 맞은 셈 치자… 요즘 세상은 정말 개판이라니까…' 그러고 나면 자신이 그들을 용서한 것처럼 만족스러운 승리의 기분이 드는 것이었다.

처음에는 '정신승리법'을 속으로만 중얼거렸으나 점점 대담해져 입 밖으로 내뱉곤 했다. 그래서 아Q를 놀리던 사람들은 그에게 '정신승리법'이 있다는 것을 알고, 그를 더욱 괴롭혔다. 그의 변발을 잡아당길 때면 미리 아Q에게 말했다.

"아Q, 이건 자식이 아비를 때리는 것이 아니라 사람이 짐승을 때리는 거야. 네 입으로 말해 봐. 사람이 짐승을 때린다고."

그러면 아Q는 한술 더 떠서 아첨하듯 말했다.

"버러지를 때리는 거라고 생각하면 어때? 난 버러지야. 이래도 놔주지 않을 거야?"

그는 자신을 경멸하고 업신여기는 데에는 자신이 1등일 거라고 생각했다. 그러다가 곧 '경멸하고 업신여기는'만 쏙 빼고 자기가 1등이라는 것만 기억하며 좋아했다.

그러나 그의 '정신승리법'은 이중 구조를 가졌다. 왕털보에게 얻어맞은 날에는 길에서 만난 젊은 비구니에게 욕하고 침을 뱉으며 승리감을 맛보았고, 조 나리에게 모욕당한 날에는 그 집 하녀 오마를 괴롭히며 승리감을 맛보았다. 아Q의 '정신승리법'은 강자에게는 저항이 아닌 굴종으로, 약자에게는 강자가 되어 갑질을 하면서 얻는 비겁한 승리감이었다.

《아Q정전》은 크게 두 부분으로 나뉜다. 앞부분은 '정신승리법'을 통해 아Q의 영혼을 보여주고, 뒷부분은 아Q의 죽음을 통해 중국 민중의 얼굴을 보여준다.

혁명당 때문에 사방 백 리에 이름을 떨치고 있는 거인 나리가 벌벌 떠는 것을 본 아Q는 '혁명은 좋은 것'이라고 생각하며 혁명당에 들어가겠다고 마음먹는다.

아Q는 낮술을 먹고 우쭐한 나머지 큰 소리로 외쳤다.
"혁명이다! 혁명!"
웨이좡 사람들이 모두 나와 아Q를 두려운 눈길로 바라본다. 예전에 한 번도 본 적이 없는 눈길이다. 아Q는 그 눈길을 보자 오뉴월에 얼음물을 마신 것처럼 속이 시원해졌다. 그래서 더욱 큰 소리를 질렀다.

"좋구나, 좋아…. 후회해도 소용없다. 덩더꿍 덩덩. 쇠 채찍으로 네 놈들을 후려치리라…."

"어이, 아Q 씨."

자오 나리가 겁에 질린 채 기어들어가는 소리로 아Q를 불렀다. 아Q는 자기 이름 뒤에 씨 자가 붙으리라고는 생각도 못해서 자기와 상관없는 말인 줄 알고 노래만 불렀다.

혁명당이 성안에 들어왔지만 큰 변화는 일어나지 않았다. 지사 나리는 관직명만 달라졌을 뿐 그대로였고, 거인 나리도 그대로였고, 군대를 맡은 사령관도 그대로였다. 뱃사공인 치진이라는 사내만이 길가다가 붙잡혀 변발을 잘렸다고 한다.

그로부터 나흘 뒤 아Q는 한밤중에 갑자기 체포되어 관청으로 끌려간다. 밤에 군인 일개 소대, 경찰 일개 소대, 자위단 일개 소대 그리고 밀정 다섯 명이 슬금슬금 웨이좡 마을로 들어와 그를 잡아간 것이다. 그는 영문도 모른 채 관청으로 끌려갔고, 문맹이라 읽을 줄도 모르는 서류에 시키는 대로 동그라미로 사인을 그리고, 다른 죄수들과 함께 수레를 타고 거리를 끌려 다녔다.

그가 사형장의 이슬로 사라진 후, 웨이좡 사람들은 한결같이 아Q가 잘못했다고 말했다. 총살당한 것이 그 잘못의 증거라고. 그가 나쁜 사람이 아니면 왜 총살을 당했겠느냐는 사람도 있었다. 그런데 성안 사람들의 가장 큰 불만 사항은 사형의 방법과 사형수의 노래 솜씨에 관한 것이었다.

총살은 목을 치는 것보다 볼거리가 못 된다는 것이었다. 더구나 그는 얼마나 덜 떨어진 사형수였는가? 그렇게 오래 거리를 끌려 다니면서도 노래 한 소절 못하다니, 괜히 따라다니느라 헛고생만 했다고 사람들은 말했다.

작가는 아Q에 대해 일말의 동정도 표현하지 않는다. 아Q를 섣부른 혁명당원으로 만들지도, 계몽의 도구로 만들지도 않았다. 억울한 죽음에 대한 한마디 변명도 없이 마을 사람들의 구경거리로 종결짓는다. 그럼으로써 당시 중국 민중의 얼굴을 클로즈업시킨다.

"내가 그린 것은 현재보다 이전의 한 시기이다. 다만 내가 본 것이 현대의 전신이 아니라 현대의 후신, 더구나 불과 20~30년 뒤의 일일지도 모른다는 것을 나는 두려워한다."

《아Q정전》을 쓴 후 루쉰이 한 말이다.

아Q는 누구인가.

이 소설을 읽은 후 가장 먼저 떠오른 질문이다. 루쉰은 아Q에 대하여 "과거의 금송아지를 생각하며 자만하는 중국인의 일그러진 초상"이라고 했고, 프랑스의 작가 로맹 롤랑은 "프랑스 대혁명 때도 아Q는 있었다"고 말했다. 그러면서 아Q를 어디서나 볼 수 있는 인류의 보편적인 얼굴이라고 말한다.

자신이 삶의 주인이 되지 못한 채 다른 사람의 지식, 돈, 권력에게 그 자리를 내어주고, 다른 사람의 판단대로 살아간다면 우리는 아Q일 수밖에 없다. 개인이 되는 것을 포기하고 집단이 되어 아름답고 추한 것, 옳고 그름을 구분하는 능력을 상실할 때 우리는 아Q일 수밖에 없다. 가족 이기주의, 지역 이기주의, 학연 이기주의, 직업 이기주의를 신봉하는 한 우리는 자신의 삶의 제목을 모른 채 사라진 아Q일 수밖에 없다.

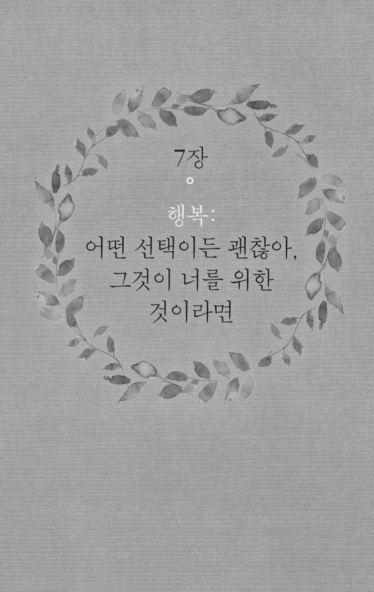

7장

행복:
어떤 선택이든 괜찮아,
그것이 너를 위한
것이라면

소소한 행복을 나눌 사람
당신 곁에 있나요?

알렉산드르 푸슈킨의 《대위의 딸》

"어떤 남자가 좋아? 용감한 남자? 유머러스한 남자? 스마트한 남자? 돈 많고 교양 있는 남자? 내가 다 돼줄게."

영화 〈노트북〉의 이 대사는 수많은 여자들의 가슴을 설레게 했다. 그러나 이 달콤한 대사로 두고두고 행복했던 사람은 그리 많지 않았을 것이다. 곧 현실로 돌아온 여자들의 가슴에서는 풍선에서 바람 빠지는 소리가 들렸을 테니까. 추억의 창고 속에 이처럼 달콤한 사랑 고백이 저장되어 있는 사람이 얼마나 될까. 제대로 된 연애도 없이 중매 결혼한 내 친구 희선이는 영화관을 나오며 울먹이는 목소리로 나에게 전화를 걸었다.

"그런 고백 한 번 들을 수 있다면 평생 소원이 없겠어."

동화 속 왕자들은 정중하게 한쪽 무릎을 꿇고 장미꽃을 바치며 고백한다.

"아름다운 그대, 나와 결혼해주십시오. 당신을 행복하게 해드리겠습니다."

소설 속 젊은이들도 제각각 멋을 내며 사랑을 고백한다. 《춘향전》의 이몽룡은 춘향의 집으로 들어가 '신분이 차별하여 정식 혼인은 못 하지만 너를 버리지 않고 행복하게 해주겠다'며 불망기不忘記라는 각서를 써준다. 《로미오와 줄리엣》에서 줄리엣이 "그대의 성은 왜 원수의 몬터규냐?"고 절규하자 로미오는 "당신을 위해 나의 성을 버리겠다"며 가문을 배신한다. 《여자의 일생》의 천하의 바람둥이 쥘리앵은 커다란 꽃다발을 잔느에게 바치며 '나의 아내가 되어주십시오. 행복하게 해드리겠습니다'라고 정중하게 허리를 숙인다.

다양한 사랑의 고백이 있지만 내용은 동일하다. '당신을 행복하게 해주겠다'는 내용이다. 어디 영화뿐이랴. 현실 속의 남자들도 사랑 고백 장면에서 어김없이 '너를 위해'라고 인류애의 화신인양 말하면서, 희생정신을 드러낸다.

'손에 물 한 방울 묻히지 않고 호강시켜주겠다'는 선심성 사랑 고백이 먹고살기 힘들었던 1960년식 고백이었다면, '너 하나만 사랑할게'라는 고백은 여성의 지위가 높아진 1980년대

식 고백이다. 지금도 수많은 남자들이 사랑하는 여자에게 말한다.

"너를 행복하게 해줄게."

그러나 아주 색다른 사랑 고백을 한 남자가 있다. 러시아 작가 알렉산드르 푸슈킨Aleksandr Pushkin이 1836년에 발표한 《대위의 딸》의 주인공 표트르 안드레이치 그리뇨프이다. 그는 사랑하는 여인에게 "아름다운 아가씨, 나를 행복하게 해주십시오"라고 고백한다. 당신을 행복하게 해주겠다는 것이 아니라 '나를 행복하게 해달라'고 요구한 것이다.

기사도 정신은 눈곱만큼도 보이지 않는 고백이어서 다소 뻔뻔스러워 보이기도 하지만, 그러나 또 얼마나 정직하고 솔직한 고백인가. 당신의 행복을 위해서가 아니라 나의 행복을 위한 사랑 고백. 그래서 표트르 안드레이치의 사랑 고백은 어떤 미사여구보다도 진실하고 아름다워 보인다.

《대위의 딸》은 러시아 근대 역사의 한 획을 그은 '푸가초프의 반란(1773~1775)'이라는 폭풍 속을 뚫고 살아온 한 젊은 귀족 장교의 사랑 이야기이다.

어머니 배 속에 있었을 때 나는 가까운 친척인 근위대 소령

B공작의 배려로 세묘노프스키 연대에 중사로 등록되었다. 만일 어머니가 주위의 기대를 저버리고 딸을 낳았다면 아버지는 태어나지도 않은 중사의 사망 신고를 제출했을 것이고, 사태는 그것으로 마무리되었을 것이다. 나는 학업을 마칠 때까지 휴가 중인 것으로 되어 있었다.

1770년대 러시아의 예카테리나 2세 시대. 여제 예카테리나 2세는 남편 표트르 3세를 폐위시키고 스스로 제위에 올라 폭정을 편다. 귀족이라면 태어나지도 않은 태아를 연대 중사로 입적시킬 수 있을 만큼 부정이 만연한 시대에, 농민들의 삶은 그 어느 때보다도 처참했다. 그녀의 재위 기간 중 여기저기서 크고 작은 봉기가 일어났는데, 그중 예카테리나 행정부를 가장 크게 위협했던 것은 '푸가초프의 반란'이었다.

주인공 표트르 안드레이는 이런 혼란스러운 사회에서 엄격한 퇴역 장교의 장남으로 태어난다. 소년이 열일곱 살이 되던 어느 날, 궁중 연감을 훑어보던 아버지가 예전에 자기 밑에 있던 중사가 장군이 되었다는 소식을 읽고는 화가 나서 아내에게 말한다.

"우리 페트루샤가 몇 살이지?"

"이제 열일곱이⋯."

아내의 대답이 채 끝나기도 전에 성질 급한 아버지는 "됐어!"라고 소리치며 아들을 군대로 보내겠다고 선언한다.

"그렇지만 귀족 군대는 안 돼. 일반 군대에 가야 호된 맛도 보고, 화약 냄새도 좀 맞지."

그렇게 되어 표트르 안드레이치는 열일곱 살에 시종 사벨리치를 데리고 토끼털 외투에 여우 털 코트를 덧입고, 어머니가 울면서 꾸려준 차 도구와 음식, 돈이 든 트렁크를 여행용 마차에 싣고 국경 지역으로 떠난다.

근무지인 국경의 요새를 찾아가던 중 두 사람은 눈보라를 만나 길을 잃고 방황하다가 한 농부의 길 안내로 위험을 벗어난다. 감사한 마음에 페트루샤는 얇은 옷을 입고 떠는 농부에게 술 한 잔을 사주고 토끼털 외투를 선물로 준다.

요새에 도착한 페트루샤는 사령관인 대위의 가족과 가깝게 지낸다. 대위는 늙고 태만했지만 걸걸한 대위의 아내인 바실리사 예고로브나가 사령관 노릇을 톡톡히 했다. 대위의 아내는 페트루샤에게 은근히 질문 공세를 퍼부었다.

부모님은 살아 계시냐, 어떤 분이냐, 농노는 몇 명이나 되느냐 등등. 내가 아버님 영지에 약 3백 명가량의 농노가 있다고 말하자 그녀가 말했다.

"저런 세상에! 그런 부자도 다 있구먼! 우리는요 젊은이, 그

럭저럭 입에 풀칠은 하지만 문제는 우리 마리아라우. 혼기는 찼는데 보낼 것이 있어야지. 참빗 한 개에 빗자루 한 개, 목욕탕에 갈 3카페이카 동전 한 잎뿐이라우. 착한 신랑감이 나타나면 좋으련만…. 안 그러면 평생 노처녀로 늙겠수."

나는 마리아 이바노브나를 바라보았다. 그녀는 온통 얼굴이 새빨개져서 접시 위에 눈물을 떨어뜨리고 있는 게 아닌가?

고이 자란 귀족 장교는 대위의 딸 마리아 이바노브나를 사랑하게 된다. 그래서 고백한다.

"예쁘고 착한 마리아 이바노브나, 제 아내가 되어 저를 행복하게 해주십시오."

그러고 얼마 후, 푸가초프 반란군이 요새로 쳐들어온다. 요새는 5분 만에 무너지고 사령관 부부는 처형당한다. 그때 페트루샤는 자기에게 길을 안내해주었던 농부가 푸가초프라는 것을 알게 된다. 푸가초프 역시 술 한 잔을 사주고 토끼털 외투를 준 사람이 페트루샤라는 것을 알고 살려준다.

그러나 반란이 진정되자 이번에는 푸가초프와 안다는 사실 때문에 페트루샤는 반역죄로 체포된다. 이에 마리아는 모스크바로 달려가 궁전의 정원 울타리에 숨어 있다가 산책 중인 여제에게 무릎을 꿇고 페트루샤의 목숨을 살려달라고 간청한다.

정치적으로는 악명 높은 여제였지만, 전사한 사령관 딸의 청을 기꺼이 들어준다.

푸가초프 반란사를 배경으로 한 소설치고는 전쟁 장면이 장난처럼 지나간다. 더욱이 푸가초프는 악당으로 그려지지도 않고, 잘생긴 이목구비에 번쩍이는 눈빛과 고마움을 아는 남자로 그려진다.

폭정을 자행하는 예카테리나 2세도 단아하고 교양 있는 부인의 모습으로 나온다. 그래서 이 소설을 읽는 독자들은 여제와 반란군의 수장을 동급으로 인식하고, 푸슈킨이 말하고자 하는 역사의 코믹성을 알아차린다. 황제나 반란군의 수장이나 결국 똑같은 인간이라는 것을.

푸슈킨은 이 소설에서 무슨 이야기를 하고 싶었던 것일까. 그것은 아마도 역사의 소용돌이 속에 핀 대위의 딸과 페트루샤의 아름다운 사랑일 것이다. 페트루샤와 마리아는 잘난 것 없는 평범한 젊은이들이었다. 그들은 반란의 소용돌이 속에서 오직 사랑하는 사람과 헤어지지 않기를 희망할 뿐이었다. 그래서 그들은 살아남았고, 소소한 행복을 나누며 함께 여생을 보내게 된다. 이것이 푸슈킨이 말하고자 한 값진 인생일 것이다.

그러나 작가 푸슈킨은 페트루샤와는 정반대의 삶을 산 불행한 남자였다. 그는 모스크바의 한 무도회에서 열여섯 살의 미녀 나탈리아 곤차로바에게 감전되다시피 반해 결혼한다. 그러나 미모밖에는 취할 것이 없는 경박한 나탈리아와의 결혼은 악몽이었다. 허영덩어리 나탈리아는 사교계의 여왕이 되어, 날이면 날마다 야회夜會와 무도회를 전전하며 명사들과 스캔들을 뿌리고 다녔다. 푸슈킨은 이 모든 사치의 비용을 원고료로 충당해야 했다. 결국 푸슈킨은 아내와의 염문 당사자에게 신사로서의 의무인 결투를 신청하게 되고, 그 결투로 죽는다.

작가의 삶과 《대위의 딸》의 소박한 사랑 이야기는 어울리지 않아 보인다. 그러나 사람은 항상 가지 않은 길을 그리워하는 법. 이것이 푸슈킨이 바란 인생은 아니었을까? 격동하는 역사와 작은 사랑 이야기. 푸슈킨은 그 작은 사랑의 위대함을 이야기하고 싶었는지 모른다.

"소소한 행복을 나눌 사람이 당신 곁에 있나요?"

푸슈킨이 우리에게 묻고 있다.

ㅇ

여자에게
자기만의 방이 필요한 이유

버지니아 울프의 《댈러웨이 부인》

여성이 글을 쓰려면 '자기만의 방'이 필요해요. 그 방은 사회
적 능력과 밀접하게 연결되어 있지요. 우리 시대에 여성이 글
을 쓴다면 아마도 공동의 거실에서 쓸 거예요. 과거 시대에
위대한 재능을 갖고 태어난 여성은 모두 실성하거나, 총으로
자신을 쏘거나, 반은 마녀로 반은 마법사로 두려움 속에 조롱
을 받으며 외딴 오두막에서 외롭게 살다 생을 마감했다는 걸
우리는 알아요. 그토록 불합리한 시대에 '자기만의 방'이 없
는 여성들의 글쓰기는 '헤아릴 길 없는 사회를 상대로 홀로
투쟁하는 것'이며 쓰디쓴 좌절을 맛보는 통로였지요.

_버지니아 울프, 《자기만의 방》 중에서

이 글을 처음 읽었을 때 눈물이 왈칵 쏟아졌다. 그날 나는 부엌 한편에 놓인 4인용 식탁에서 버지니아 울프의 글을 읽던 중이었다. 이제 조금 있으면 아이들과 남편이 돌아오고, 나는 밥상을 차리기 위해 책과 노트북을 허둥지둥 치워야 할 것이다.

버지니아 울프는 나를 계속 울렸다. 여성이 글을 쓰기 위해서는 공간으로서의 방뿐이 아닌 영혼의 방도 있어야 한다고 했다. 그 글이 나를 더욱 비참하게 만들었다. 공간의 방도 없는 내가 영혼의 방을 가지려면 얼마나 많은 눈물이 필요할까. 누구에게도 억압받지 않는, 독립적이고 자유로운 영혼의 방, 나는 언제쯤 그런 방을 가질 수 있을까.

《댈러웨이 부인》은 버지니아 울프Adeline Virginia Woolf가 1928년 에세이집 《자기만의 방》을 내놓기 3년 전에 여성의 독립적인 영혼에 대한 생각을 문학적으로 구성한 소설이다.

런던 사교계의 주요 행사 중 하나인 댈러웨이 부인의 파티가 열리는 날, 파티의 안주인 댈러웨이 부인은 파티에 쓸 꽃을 사기 위해 상쾌한 아침 거리로 나선다.

"오늘은 직접 꽃을 사러 가야겠어. 테이블엔 스위트피가 어울리겠지."

하원의원의 아내인 그녀는 정기적으로 파티를 연다. 파티에 초대되는 사람들은 금장식이 달린 옷을 입은 수상, 남편의 동료 의원들 그리고 그의 지인과 친구들이다. 그녀는 자신을 둘러싼 사람들을 초대해서 만남과 대화, 잡담과 소통의 공간을 제공한다. 그럴 때마다 그녀의 존재는 그녀를 에워싸고 있는 사람들 사이로 가볍게 스며들었다. 그녀가 사랑하는 것은 인생, 런던, 6월. 파티는 댈러웨이 부인이 사는 방식이었다.

클라리사 댈러웨이는 원래 피터 월시를 사랑했다. 그러나 그녀는 긴밀하고 열정적인 사랑으로 억압적인 분위기를 만드는 피터 대신 여유 있고 관대한 리처드 댈러웨이와 결혼한다. 남편과 일정한 거리를 유지하며 독립적인 삶을 살고 싶었기 때문이다. 만약 리처드가 〈타임〉지를 읽으며 그녀에게 자유를 주지 않았다면 그녀는 질식했을 것이다.

고향 집의 열린 창가에 서 있으면 무언가 대단한 일이 일어날 것만 같았다. 꽃들이며 나무를 휘감고 조용히 피어오르는 연기, 하늘 높이 솟아올랐다가 뛰어내리는 까마귀를 보고 있는데, 피터 월시가 말했었지. "채소밭에서 명상 중인가요?" 아니 "나는 꽃양배추보다 사람을 더 좋아해요"라고 했던가? (…) 그네를 타던 내게 피터가 갑자기 키스를 했을 때는 첨엔 놀랐지만 기분은 그리 나쁘지 않았어. 그래, 피터 월시! 모험을 사랑하고 위선을 혐오했던 사람, 열정적인 키스로 내 가

슴을 설레게 했던 남자. 그런데 왜 피터를 생각할 때면 말다 툼하던 게 먼저 떠오르는 걸까? (…) 그런데 왜 나는 피터와 결혼하지 않았을까?

생각에 잠겨 파티에 입을 옷을 수선하던 그녀에게 뜻밖의 손님이 찾아온다. 30년 전, 실연의 상처를 안고 인도로 떠난 피터가 돌아온 것이다. 30년 만의 재회인데도 댈러웨이 부인 은 그가 낯설지 않았다.

'어쩜, 하나도 변하지 않았어. 불안할 때 주머니칼을 만지작 거리는 습관까지 똑같네.'

피터는 인도에서 만난 육군 소령의 아내를 사랑하게 되었다 고 고백한다. 나이가 들어도 여전히 위험한 사랑에 빠질 수 있 는 피터를 보며 댈러웨이 부인은 30년 전으로 돌아간다.

피터와는 모든 것을 함께 해야만 했다. 무엇이든 자세하게 말해야만 했다. 그걸 참을 수가 없었다. 분수 옆 작은 정원에 서 그가 또 뭔가를 꼬치꼬치 물었을 때 그녀는 피터와 헤어 질 결심을 했다. 아마 그렇지 않았더라면 둘 다 파멸했을 것 이다. 비록 그 뒤로 몇 년을 가슴에 화살이 꽂힌 듯 괴로움을 안고 지내야 했지만…. 그런 쓰라림은 사람을 사랑한 대가일 것이다.

파티가 시작되고 수상이 참석하여 분위기는 고조되어갔다. 클라리사는 쉰 살이 넘었고, 병을 앓은 뒤 창백해졌지만 "와주셔서 너무나 기뻐요!"라고 말하며 청록색 어치새처럼 지저귀며 파티장을 떠다닌다.

어디에 있든 자신만의 세계를 만들 수 있는 특수한 재능, 그런 여성 특유의 재능을 발휘하는 클라리사. 그녀가 방에 들어서면 늘 그녀는 사람들에게 둘러싸인다. 시선을 사로잡는 특별한 구석도 없고, 특별히 아름답지도 않고, 특별히 재치 있는 것도 아니었지만 그녀가 들어오면 그 공간은 늘 그녀의 공간이 되었다. 거기 있는 것만으로도 충분한 존재감을 발휘했다.

클라리사는 그가 알고 있는 누구보다 그에게 많은 영향을 끼쳤고, 언제나 그런 식으로 원하지도 않는데 그의 앞에 나타났다. 그녀는 정직했지만 고드름처럼 차가웠고, 지저분한 여자들, 시대에 뒤떨어진 사람들을 싫어했다. 그녀를 생각하면 영국의 초가을 들판이 떠올랐다. 왜 그녀는 날 가만 내버려두지 못할까? 아무튼 그녀는 잘생긴 친구 리처드와 결혼해서 행복하게 잘살고 있지 않은가? 피터는 구석 벽에 기대서서 중얼거렸다.

'댈러웨이 부인, 댈러웨이 부인. 클라리사라는 이름은 사라져버렸어! 이젠 파티나 여는 댈러웨이 부인만 남았지.'

클라리사를, 물질과 사회적인 성공의 욕망 때문에 순수함을 잃어버린 여인이라 비판했던 피터는 그녀가 열고 창조한 파티의 새로운 공간에 황홀해한다.

"나도 가야겠어요."
피터가 말했다. 하지만 그는 잠깐 동안 그대로 앉아 있었다. 이 두려움이 뭐지? 이 황홀감은 또 무얼까? 그는 곰곰이 생각했다. 나를 이상한 흥분으로 가득 채우는 이것은 무엇일까?
"클라리사야."
클라리사가 거기 있기 때문이었다.

파티는 아직 끝나지 않았고, 피터는 클라리사를 비난하면서도 황홀해한다. 그 이유는 무엇일까. 피터는 클라리사에게서 무엇을 본 것일까. 오십이 넘은, 머리가 희끗희끗한 중년 여인. 병을 앓고 난 후 가무잡잡하게 늙어버린 그녀에게서 은은히 풍겨 나오는 황홀한 아름다움의 정체는 무엇일까.

30년의 시간을 오가며, 결혼 전후 여자의 달라진 삶의 모습을 보여주는 이 소설은, 결혼을 앞두고 선택의 갈림길에 선 젊은 여성의 복잡한 심리와 결혼 이후에 자신의 선택을 뒤돌아보며 인생을 다시 생각하는 중년 여성의 복잡한 심리를 함께 담고 있다. 단편적인 경험으로서의 로맨스가 아니라 여성의 인생 전체에서 사랑과 결혼이 주는 의미를 생각하게 한다.

　대부분의 소설은 사랑으로 시작해서 결혼과 함께 끝나지만 《댈러웨이 부인》에서는 이미 결혼한 여성이 자신의 선택을 뒤돌아보며 다른 사랑의 가능성을 꿈꾼다. 버지니아 울프는 클라리사가 왜 피터 대신 리처드를 선택하게 되었는지, 그 이유를 독자가 발견할 수 있도록 흥미진진한 드라마 구조로 엮어 놓았다. 아마도 '자유' '독립된 영혼'이라는 말로 대치될 수 있는 '자기만의 방' 때문일 것이다.

　서로 바짝 붙어 서 있는 나무는 서로의 성장을 방해하지만, 적당한 거리에 서 있는 나무는 서로에게 도움을 준다. 인간도 마찬가지이다. 독립된 영혼을 갖기 위해서는 서로 간의 적당한 거리가 필요하다. 부부간의 거리, 부모 자식 간의 거리, 친구 간의 거리가 필요하다. 그래야만 자기만의 방을 유지할 수 있다.

　댈러웨이 부인, 그녀는 지상 위에 자기만의 방을 지키기 위해 억압적인 사랑보다 자유로운 결혼을 선택하고, 자기만의 방을 아름답게 꾸미기 위해 파티를 열었다. 그리고 그 방에서의 삶을 사랑했다. 삶이 없으면 다른 어떤 것도 가치가 없기 때문에.

사랑은 늘 옳다. 그것이 진정으로 삶을 위한 것이라면.

○

언제나 누군가를
사랑해야 하는 여자

안톤 체호프의 《귀여운 여인》

거리에서 쓸쓸한 얼굴을 보게 되는 날은 슬프다. 사막처럼 황량한 영혼의 한 자락이 엿보이는 얼굴. 그런 얼굴의 주인공이 노인이라면 그의 전 생애가 보이는 것 같아 슬프고, 젊은 사람이라면 그의 현재가 보여서 더 슬프다. 그러나 무엇보다 슬픈 일은 친구의 얼굴에서 그런 표정을 발견할 때이다.

며칠 전, 쓸쓸한 얼굴의 친구를 만났다. 그녀는 어린 시절의 내 친구로, 부유한 집안에서 자란 예쁘장하고 귀여운 얼굴의 소녀였다. 온순하고, 웃을 때 보조개가 쏙 들어가는 뺨을 가진 처녀였다. 고향에 가면 재산가의 아들과 결혼해서 떵떵거리며 산다는 소문이 자자했다. 지금은 남편과 사별한 후에 재혼하고, 이혼하고… 혼자 살고 있지만, 친정에서 막대한 재산을 상속받아 평생 돈 걱정 없이 산다고 했다. 그런데 그녀는 왜인지 가난해 보였다. 옷차림이 아닌 영혼이…. 사랑이 빠져나간 삭막한 빈 동굴을 보는 것 같았다. 그날 친구와 헤어져 돌아오는 길에 나는 문득 러시아의 작가 안톤 체호프Anton Chekhov가 1899년에 발표한《귀여운 여인》을 생각했다.

《귀여운 여인》의 주인공 올렌카는 혼자 사는 여인이다. 그녀는 퇴직 팔등관의 외동딸로, 아버지가 물려준 집에서 결혼하지 않은 채 조용히 나이 드는 중이었다.

올렌카는 조용하고 온순하며 정이 깊은 여자였다. 그녀의 눈은 잔잔하고 부드러웠으며 몸은 매우 건강한 편이었다. 통통하고 볼그레한 뺨이며 보드랍고 흰 살결에 까만 점이 찍힌 목덜미며, 무슨 재미있는 얘기를 들을 때 떠오르는 티 없이 상냥한 웃음 같은 것을 보면, 사내들은 으레 "거 삼삼한 걸" 하며 자기들도 덩달아 미소를 지었다. 여자들은 얘기를 주고받다가도 "아이 참 귀엽기도 하지!"라며 느닷없이 그녀의 손을 잡곤 했다. 그래서 사람들은 그녀를 '귀여운 여인'이라고 불렀다.

올렌카의 영혼은 언제나 누군가를 사랑하고 있었다. 어릴 적에는 아버지를 사랑했고, 2년에 한 번씩 올렌카의 집을 방문하는 작은 어머니도 사랑했다. 중학교 시절에는 프랑스어 선생님을 열렬히 사랑했다.

그녀의 집은 도심에서 떨어져 있었지만 티볼리 야외 공연장에서는 가까웠다. '티볼리'의 경영주 쿠킨은 그녀의 집 건넌방을 빌려 쓰고 있었다. 음울한 얼굴을 한 쿠킨은 비구름이 몰려오는 날이면 습관처럼 하늘에 대고 푸념을 했다.

"제기랄! 어쩌겠다는 거야? 퍼부을 테면 얼마든지 퍼부어라! 공연장을 물바다로 만들어버리란 말이야! 차라리 날 물속에 집어 처넣어버리라지. 하하하!"
올렌카는 쿠킨의 넋두리를 들을 때면 눈에 눈물이 글썽해지곤 했다. 드디어 쿠킨의 불행이 그녀의 마음을 흔들어놓았다. 쿠킨은 키가 작달막하고 말할 때마다 입이 삐뚤어지는 사내였지만, 그 불행한 표정이 올렌카의 마음속에 있는 순수하고도 깊은 애정을 불러 일으켜냈다.

두 사람은 결혼했다. 올렌카는 극장에 나가 입장권을 팔고, 장부를 정리하고, "연극이야말로 이 세상에서 가장 보람 있고 중요한 것이며, 연극을 통해서만 인간은 참다운 위안을 얻을 수 있다"며 쿠킨에게 들은 말을 주위 사람들에게 들려줬다. 그러나 행복은 오래가지 못했다. 극단 일로 모스크바에 간 쿠킨이 돌연사를 하는 바람에 그녀는 과부가 된 것이다. 올렌카는 거리나 이웃집에서도 들릴 만큼 큰 소리로 통곡했다.

그로부터 석 달 뒤, 올렌카는 교회에서 돌아오는 길에 우연히 목재상 푸스토발로프와 나란히 걷게 되었다. 남자는 점잖고 침착하게 상복 입은 올렌카를 위로했다. 올렌카는 점잖은 목재상에게 호감을 느꼈고, 목재상도 마찬가지여서 두 사람은 결혼했다.

그녀는 벌써 오래전부터 자기가 목재상을 해온 듯한 기분이 들었고, 또 목재야말로 세상에서 가장 중요한 물건이라고 생각되었다. 그래서 대들보, 서까래, 판자, 각목 등등 그런 말들까지도 친근하게 들렸다. 잠잘 때에도 목재 꿈을 꾸었다.

두 부부는 말다툼 한 번 없이 6년을 살았다. 그러나 어느 겨울날 감기에 걸린 남편이 죽었다. 그녀는 서럽게 울며 검은 옷에 싸여 수녀처럼 살았다.

집 안에만 파묻혀 있는 올렌카를 위로해준 사람은 세 들어 사는 수의관 스미르닌이었다. 그래서 그녀는 세 번째 행복을 찾을 수 있었고, 다시 '가축병과 위생'에 대해 동네 사람들에게 조곤조곤 이야기하는 여인이 되었다. 그러나 세 번째 행복도 곧 끝나고 말았다. 군대 소속 수의사인 스미르닌이 소속 연대와 함께 멀리 전근을 가버렸기 때문이다. 올렌카는 다시 혼자가 되었다.

이제 그녀의 귀여운 얼굴은 사라지고, 삭막하고 불행한 얼굴만 남았다. 그러나 그녀에게 무엇보다 불행한 것은 이제 어떤 의견도 가질 수 없다는 것이었다. 사랑하는 남자들이 곁에 있을 때에는 입에서 술술 나오던 의견이, 이제는 떠오르지 않았다. 그녀는 생각할 수 있는 힘과 생활의 방향을 제시해주는 사랑이 필요했다.

날이면 날마다 아무 기쁨도, 아무 의견도 없이 지내던 어느 날, 수의관 스미르닌이 그의 열 살 먹은 아들 사샤와 함께 돌아왔다. 올렌카는 사샤와 잠시 이야기를 하거나 차를 마시면 가슴이 따뜻해지고 달콤하게 저려오는 것을 느꼈다. 올렌카는 바쁜 사샤의 부모를 대신하여 아이를 돌보며 행복감을 맛보았다. 그러면서 틈틈이 거리에 나가 "요즘은 열 살 먹은 아이들에게 공부를 너무 많이 시킨다"거나 "너무 어려운 것을 가르친다"는 등 교육에 대한 의견을 말하는 여인이 되었다.

　귀여운 여인 올렌카는 언제나 누군가를 사랑해야 하는 여인이었지만, 자신만은 사랑하지 않았다. 아마 누군가가 그녀에게 너 자신은 어디 있냐고 물었다면 사랑하는 남자의 가슴을 가리키며 "사랑이란 두 사람을 일심동체로 만드는 것"이라고 말했을 것이다. 그녀의 행복은 언제나 타인으로부터 왔다. 그녀 내부에는 자체적으로 행복을 만들어낼 발전 시설이 없었다. 그래서 무한 긍정이 만든 그녀의 행복은 아름다웠지만, 자체 충전이 불가능한 그녀는 불행했다. 몸속에 배터리가 없는 여자, 자기 정체성을 상실한 그녀는 진열장 속의 인형에 불과했다.

　올렌카는 1890년대 러시아에만 존재했던 여인의 이름이 아니다. 요즘도 올렌카는 도처에 살고 있다. 그녀가 지금 우리나라에 산다면 '바비 인형'이나 '태엽 공주'로 불리지 않았을까.

　흔히 여자의 가슴에는 세 개의 사랑이 산다고 한다. 엄마나 누나 같은 사랑, 연인 같은 사랑, 딸 같은 사랑. 남자의 가슴에도 세 개의 사랑이 살 것이다. 아버지나 오빠 같은 사랑, 연인 같은 사랑, 아들 같은 사랑. 지금 나는 어떤 연인일까.

○

우리에게
집이란 무엇인가

에드워드 모건 포스터의 《하워즈 엔드》

살다 보니 책과 살림살이가 많아져 좀 더 넓은 집으로 이사하기로 했다. 집을 부동산에 내놓고 기다리던 중 한 여인이 찾아왔다.

"평소에 이 집에서 살고 싶었어요. 지나다니면서 늘 쳐다봤어요."

"아, 그러세요?"

나는 반가워서 그녀를 거실로 안내했다. 그런데 안으로 들어온 그녀는 아무 말 없이 고개만 숙이고 앉아 있다.

"부동산에는 다녀오셨나요?"

"네…."

"그럼 오기로 결정하신 건가요?"

"아녜요. 그게… 돈이 부족해서요…."

가슴이 철렁했다. 깎아달라고 왔구나. 그런데 부동산은 왜 이런 사람을 집으로 보냈담.

"부동산에서는 꿈도 꾸지 말라고 해요…. 많이 모자라거든요."

나는 당황했다. 여윳돈이 없는 상태라 거절할 말을 찾아야 하는데 말이 나오지 않는다.

"…어떻게 안 될까요?"

고개를 들고 나를 바라보는 그녀의 눈에 물기가 어렸다. 순간, 나는 무엇엔가 떠밀리듯 말했다.

"그렇게… 하세요."

저녁에 이 소식을 들은 남편이 한마디 했다.

"나는 가끔 당신을 이해할 수가 없어."

그러나 나는 나를 이해할 수 있다. 그건 내가 《하워즈 엔드》라는 소설을 읽었기 때문이다.

《하워즈 엔드》는 집에 대한 이야기이다. 영국의 에드워드 모건 포스터Edward Morgan Forster가 1910년에 발표한 이 소설은 '하워즈 엔드'라고 불리는 저택을 중심으로 이야기가 펼쳐진다. 그리고 '하워즈 엔드'는 어떤 등장인물보다 강력한 존재감을 가지고 독자에게 질문을 던진다. 집이란 무엇인가. 어떤 의미를 갖는가.

작가가 네 살부터 10년 동안 살았던 집의 기억이 모티브가 되었다는 이 소설은, 집이란 주택이나 재산이기 이전에 시간과 감정이 깃든 기억의 공간이며 영혼의 거처라고 말한다. 그래서 집은 법적 상속자 대신 영적 상속자에게 돌아가야 한다는 목소리를 담고 있다. 집이 투기의 대상이 되고, 재산 증식의 지름길이 되는 사회에 살고 있는 우리에게는 너무나 생소한 '집의 철학'이다. 그러나 영국 작가 포스터는, 집과 가문과 사랑 이야기를 잘 버무려 독특한 작품을 창조해냈다.

소설은 첫 장부터 '하워즈 엔드'의 모습을 묘사하는 것으로 시작된다.

이 집은 우리가 생각했던 것과 조금 다른 것 같아. 작고 낡았지만, 전체적으로 매력적인 붉은 벽돌집이야. 현관 입구가 그 자체로 하나의 방처럼 되어 있어. 현관 입구에 있는 또 하나의 문을 열면 터널 같은 계단이 나타나고, 계단을 올라가면 2층이 나와. 2층에는 침실 세 개가 나란히 있고. 그 위에는 또 다락방 세 개가 나란히 있어. 그리고 정원 왼쪽 방향에 아주 커다란 우산느릅나무가 집 위로 약간 기울어진 채 정원과 초지의 경계 역할을 하고 있어.

'하워즈 엔드'는 런던 교외에 위치한 농가 주택으로, 윌콕스 부인인 루스가 친정으로부터 상속받은 그녀의 생가이다. 그녀는 현대의 속도와 번쩍임의 세계가 아닌 느림과 부드러운 빛의 세계에 속해 있다. 누구라도 그녀의 눈을 보면, 그녀에게는 과거만이 부여해줄 수 있는 지혜가 있다는 걸 알게 된다. 그것은 우리가 막연히 '귀족 정신'이라고 부르는 것일 게다.

루스 윌콕스는 뚜렷한 특징이 없다. 카리스마도 갖고 있지 않다. 그런데 바로 거기에서 그녀의 개성이 시작된다. 그녀를 한 번 본 사람들은 곧바로 그녀를 믿게 되고, 거기에서 그녀의 카리스마는 시작된다.

루스 윌콕스가 결혼한 남자는 정신적인 깊이가 얕은 남자였다. 그는 '잡초를 제거하지 않은 투박한 친절'을 아내에게 줄 수 있을 뿐인 수완 좋은 사업가였다. 그는 소득을 올리려고 규칙을 위반하지만 별로 죄의식을 느끼지 않았고, 생각보다는 행동을 숭상하는 남자였다.

그녀의 자녀들도 그녀와는 다른 세계에 살았다. 두 아들과 딸은 철저하게 아버지의 세계인 경제 논리에 속해 있었다. 그래서 그녀가 사랑하고, 그녀를 사랑해주는 윌콕스 가문은 그녀에게 늘 낯선 밀밭이었다. 그녀는 슬퍼지면 화를 내는 대신 가족들에게 다정히 웃어 보이고는 말없이 돌아서서 꽃이 있는 정원으로 종종걸음을 쳤다.

　루스 윌콕스는 경제적 어려움을 겪지는 않고 살았다. 하지
만 좌절과 불행의 삶을 살았고, 50대 초반에 병으로 죽어가면
서도 별로 유감이 없었다. 자신의 병을 가족에게 알리지 않고
치료도 하지 않은 채 조용히 죽어갔다. 그녀는 생에 대해 얼마
간의 냉소주의자였다. 하지만 그녀의 냉소주의는 빈정대고 조
롱하는 것이 아닌 정중하고 친절한 냉소주의였다. 그녀가 죽
은 뒤에 윌콕스 씨가 그녀에게 한 최고의 찬사는 '한결같은 사
람'이라는 말이었다.

　윌콕스 부인은 평소에 '하워즈 엔드'를 가족에게 물려줄 수
없다고 생각한다. 그들에게 '하워즈 엔드'는 단순한 주택이면
서 언제든 돈으로 교환할 수 있는 재산일 뿐이었지만, 그녀에
게는 시간과 감정과 기억이 깃든 공간이자 영혼의 안식처였기
때문이다.
　그녀는 죽기 전에 '하워즈 엔드'를 물려줄 상속자를 발견한
다. 바로 여행길에서 우연히 만나 마음을 주고받게 된 노처녀
마거릿 슐레겔 양이다. 그녀는 아름다운 용모를 가진 것도, 대
단히 현명한 것도 아니었지만 그 두 가지를 대신하는 어떤 것
을 가졌다. 그것은 말하자면 인생에서 마주치는 모든 것들에

게 성실하게 반응하는 태도 같은 것이다.

마거릿은 세상을 사는 데 약간 미숙했지만, 자기가 속한 세계를 분명하게 설명할 줄 아는 지식이 있었다. 독서와 문학과 예술을 사랑하고 철학을 이야기하는 동아리 모임을 통하여 얻은 것들이다. 그것은 윌콕스 부인이 갖지 못한 미덕이었고, 윌콕스 부인이 무조건 믿음을 느끼게 하는 요소였다.

이 소설에는 또 하나의 집이 나온다. 마거릿 슐레겔 양이 동생들과 함께 사는 '위컴 플레이스'라는 이름을 가진 빌라이다. 마거릿 슐레겔 양은 29년 동안 살던 이 빌라를 떠나야 한다는 절박한 상황에 놓인다. 개발 때문에 건물주가 낡은 빌라를 헐고 화려한 고급 아파트를 짓기 위해 재임대를 거절한 것이다.

"정든 집과 헤어진다는 것, 그런 일은 일어나면 안 돼요."

마거릿의 사정을 들은 윌콕스 부인은 가슴이 아팠다. 그래서 임종의 순간에 '하워즈 엔드를 마거릿 슐레겔 양에게 준다'는 쪽지를 남기고 숨을 거둔다.

윌콕스 가문 사람들에게는 그보다 더 큰 배신이 없었다. 그들은 유언장을 찢어 벽난로 속에 던졌다. 죽은 여인이 '이해해 달라'고 했지만 그들은 그럴 수 없었던 것이다.

그 후, 윌콕스 씨에게 마거릿은 특별한 의미가 된다.

"슐레겔 양도 외로워요? 이렇게 혼자 남아 있는 건 별로 유쾌한 일이 아니오."

윌콕스 씨는 마거릿에게 청혼하고, 마거릿은 스무 살이나 많은 남자의 청혼에 대해 자신의 문학적, 예술적 감수성이 어딘지 성마른 그를 위로해줄 수 있을지 모른다는 생각으로 청혼을 받아들인다.

과거에도 그녀를 사랑한 남자들이 있었다. 그들은 스쳐가는 욕망으로 그녀를 사랑했다. 그녀 또한 몇 차례 사랑을 했다. 하지만 그것은 그저 남녀의 차이에서 기인하는, 남성적인 것에 대한 여성의 열망 같은 감정이었다. 그녀의 인격이 남자를 사랑한 적은 한 번도 없었다.

그녀는 스물아홉의 노처녀로, 결혼이란 재산의 결합이고 죽음의 상속세라는 것쯤은 이미 알고 있었다. 그래서 이 결혼은 슐레겔 가문이 가진 지적이고 섬세한 여성적 분위기가 윌콕스 가문의 투박하고 야성적인 남성성을 받아들인 것이라고 생각했다.

세속적인 윌콕스 집안과 이상을 추구하는 슐레겔 집안의 대결과 결합은 순조롭게 흘러갔다. 그들은 폭풍우를 뚫고 지나왔기 때문에 이제는 평화가 오리라고 생각했다. 환상을 품지 않고도 사랑할 수 있는 여자에게 이 이상의 보장된 평화가 또 있을까.

마거릿 슐레겔과 헨리 윌콕스의 결혼 후 '위컴 플레이스'는 헐린다.

집들도 나름대로 죽는 방식이 있다. 어떤 집들은 비극적 울부짖음 속에 죽고, 어떤 집들은 고요하게 죽어서 내세의 삶을 산다. 어떤 집들은 몸이 소멸하기 전에 영혼이 먼저 빠져나간다. 위컴 플레이스는 죽으면서, 두 자매를 그들이 생각하는 것 이상으로 크게 흔들어놓았다. 9월이 되었을 때, 집은 이미 아무 감정이 없는 시체나 다름없었고, 30년의 행복했던 기억도 죽어가는 집을 축복해주지는 못했다. 둥근 지붕이 달린 현관으로 가구며, 그림이며, 책들이 빠져나갔고, 마지막 이삿짐들이 덜컹거리며 떠났다. 한 주인가 두 주 동안 집은 갑자기 속이 텅 비었다는 사실에 놀란 듯 눈을 크게 뜬 채 서 있었다. 그런 뒤 무너졌다. 인부들이 집을 찢어 잿빛 티끌로 돌려보냈다.

평생 동안 죽어라 일만 한 노년의 헨리 윌콕스가 어느 날 자식들을 모아놓고 말한다. '하워즈 엔드'는 아내에게 상속하겠다고. 그러자 며느리가 말한다.

"결국은 돌아가신 어머님 뜻대로 되었네요. 정말 신기한 일이에요."

옆방에서 수를 놓으며 이 말을 들은 마거릿은, 헨리의 자녀들이 떠난 후 남편에게 묻는다.

"헨리, 아까 며느리가 한 말이 무슨 뜻이에요?"

헨리가 조용히 대답한다.

"그래, 그랬소. 하지만 아주 오래전 이야기이지. 루스가 병에 걸렸을 때 당신이 루스에게 아주 잘해주지 않았소? 그래서 루스는 당신에게 무엇인가 주고 싶었고, 어느 순간 멍한 정신으로 '하워즈 엔드'라고 썼던 것 같소. 그때 나와 아이들은 그게 황당하기만 해서 무시해버렸지. 마거릿이 장차 내 아내가 될 줄은 꿈에도 모르고 말이오."

마거릿은 말이 없었다. 마음 깊은 곳에서 무언가가 그녀의 인생을 세차게 흔들었고, 그녀는 몸을 떨었다.

그녀를 흔든 건 무엇이었을까. 루스 윌콕스의 영혼이었을까, '하워즈 엔드'의 영혼이었을까.

우리는 누구나 집에 담겨 산다. 그 집이 크고 좋은 집이든, 초라한 오막살이든 인간은 집에서 살 수밖에 없다. 앞으로도 그럴 것이다. 그래서 집과 사람은 필연적으로 어떤 관계 속에 놓이게 된다. 사랑하는 관계든, 경멸하는 관계든 혹은 무심한 관계든….

"우리가 머무는 공간이 우리의 몸과 마음의 행복을 좌우한다. 행복하기 위해서는 공간과 우호적 관계에 있어야 한다."
신경건축학의 선구자 에스더 M. 스턴버그가 그의 책《공간이 마음을 살린다》에서 주장한 말이다.
나는 지금 어떤 집에 살고 있는가. 나와 집은 서로 사랑하고 있는가, 아니면 서로를 이용하고 이용당하며 남남으로 살고 있는가.

《오래된 책이 말을 걸다》에 수록된 소설과 시의 출처

문학동네
블라디미르 나보코프,《롤리타》
이자크 디네센,《바베트의 만찬》

범우사
페터 한트케,《왼손잡이 여인》

어느 날 갑자기 어른이 된 당신에게

오래된 책이 말을 걸다

초판 1쇄 인쇄 2017년 3월 6일　초판 1쇄 발행 2017년 3월 13일

지은이 남미영　펴낸이 연준혁

출판 2본부 이사 이진영
출판 6분사 분사장 정낙정
책임편집 이경희
디자인 윤정아

펴낸곳 (주)위즈덤하우스　출판등록 2000년 5월 23일 제13-1071호
주소 경기도 고양시 일산동구 정발산로 43-20 센트럴프라자 6층
전화 031)936-4000　팩스 031)903-3891　홈페이지 www.wisdomhouse.co.kr

값 14,800원　ⓒ남미영, 2017
ISBN 978-89-5913-481-6 03810

* 잘못된 책은 바꿔드립니다.
* 이 책의 전부 또는 일부 내용을 재사용하려면 반드시
  사전에 저작권자와 (주)위즈덤하우스의 동의를 받아야 합니다.

오래된 책이 말을 걸다 / 지은이: 남미영. -- 고양 : 위즈덤하우
스, 2017
　　p. ;　cm

ISBN 978-89-5913-481-6 03810 : ₩14800

서평(평론)[書評]
도서(책)[圖書]

029.1-KDC6
028.1-DDC23　　　　　　　　CIP2017003493